本书为国家社会科学基金项目"空间视阈下的盎格鲁—撒克逊文学研究"（项目批准号：14CWW021）的成果。

Anglo Saxon

A Study of Anglo Saxon Literature From the Perspective of Space

空间视阈下的
盎格鲁-撒克逊文学研究

张涛◎著

中国社会科学出版社

图书在版编目(CIP)数据

空间视阈下的盎格鲁—撒克逊文学研究/张涛著. —北京：中国社会
科学出版社，2022.1

ISBN 978-7-5203-9468-0

Ⅰ.①空…　Ⅱ.①张…　Ⅲ.①英国文学—文学研究—中世纪
Ⅳ.①I561.063

中国版本图书馆 CIP 数据核字(2021)第 270725 号

出 版 人	赵剑英
责任编辑	郭晓鸿
特约编辑	杜若佳
责任校对	师敏革
责任印制	戴　宽

出　　版	中国社会科学出版社
社　　址	北京鼓楼西大街甲 158 号
邮　　编	100720
网　　址	http://www.csspw.cn
发 行 部	010-84083685
门 市 部	010-84029450
经　　销	新华书店及其他书店
印　　刷	北京明恒达印务有限公司
装　　订	廊坊市广阳区广增装订厂
版　　次	2022 年 1 月第 1 版
印　　次	2022 年 1 月第 1 次印刷
开　　本	710×1000　1/16
印　　张	15.75
插　　页	2
字　　数	220 千字
定　　价	86.00 元

凡购买中国社会科学出版社图书，如有质量问题请与本社营销中心联系调换
电话：010-84083683

目　　录

绪　　论

空间和地点是人类经验的基本组成部分。人类始终处在空间之中，并在各个具体地点之间移动。个体的体验和社会的实践都离不开空间和地点的存在，由此空间议题始终是关注和开掘特定时代中特定人群活动特征的一个重要切入点。回望一千多年前的不列颠岛，居住在那里的盎格鲁—撒克逊人有着属于他们自己和空间地点相连的方式与经历，从这一时期多样的文学文本中能观察到他们对不同的空间主题，例如家园、流放、朝圣等概念的理解。由此可以从多维度管窥盎格鲁—撒克逊文学中的空间表征与当时个人、群体、民族身份形成的关联，从而提炼出中世纪早期英国民族的文化记忆和历史成因。

一　盎格鲁—撒克逊文学特点及研究趋向

盎格鲁—撒克逊文学是英国文学的源头，也是近期国外英国文学研究关注的重点之一。鉴于这一时期特定的历史文化背景和文本创作的状况，需要首先界定及厘清一些概念。此外，从 20 世纪到最近几年，国内外的盎格鲁—撒克逊文学研究经历了显著的发展变化，研究对象和研究方法都得以全面拓展。本节将关注盎格鲁—撒克逊时期文学的基本信息及其重要特征，并概要介绍国际、国内学界的研究趋势。

（一）盎格鲁—撒克逊：历史阶段抑或文化指称？

"盎格鲁—撒克逊"（Anglo-Saxon）一词用来指称英国历史发展过

程中的一个时期。它指的是英国中世纪早期的这一阶段，开始于 5 世纪中期盎格鲁——撒克逊人的迁入，一直到 1066 年诺曼底公爵威廉在黑斯廷斯击败并杀死英格兰国王哈罗德，方才宣告了这一时期的结束，英国随之进入盎格鲁——诺曼时代（Anglo-Norman）。早前学者们因为两个方面的原因，主张这一时期是英国历史上的"黑暗时代"：第一，在罗马人撤离后的几个世纪之内，因为保存流传下来的文字材料非常有限，后世对这几百年间的历史和社会状况所知甚少；第二，因为不列颠岛沦陷于日耳曼蛮族之手，这代表了备受尊崇的古典世界的价值和成就在此地的丧失。1939 年考古发掘的萨顿胡（Sutton Hoo）大型皇家船葬墓地的出现，彻底动摇和推翻了对日耳曼移民文明程度十分低下的刻板印象。进入 21 世纪之后，伴随着新技术的应用，比如金属探测器和 DNA 采样的使用，更多有关这一时期的文物和人口定居等信息被发现和获取，当代人对这段遥远的过去有了更加全面和具象的了解。尤其是 2009 年出土发现的壮观的"斯塔福德郡宝藏"（Staffordshire Hoard）极大丰富了人们对这一时期文明程度的了解。与之相呼应的是，盎格鲁——撒克逊研究（Anglo-Saxon Studies）以其跨学科的特征，吸引了大量学者的关注，成为一个快速发展的研究领域。简而言之，对英国人和英国历史来说，盎格鲁——撒克逊时期无疑是非常重要的，这一时期持续了大约 600 年，在语言、文化、民族身份等各个方面都为后来形成的统一民族国家奠定了最初的基础。在一定程度上甚至可以说，英格兰的历史开始于盎格鲁——撒克逊人的到来。不仅因为这些新到来的日耳曼人给予了这个国家和民族现在通用的名字，更因现在英格兰民族的主体也是由他们的后裔所组成的。

讨论盎格鲁——撒克逊时期对整个英国民族和文化的塑形作用时，尤其需关注当时语言的传播状况。毋庸置疑，英语是在过去几个世纪中塑造英国国家身份的最重要因素之一。而在盎格鲁——撒克逊时期，语言并不是一个简单或单一的问题。在长达几百年的时间里，不列颠岛不断受到罗马人、盎格鲁—撒克逊人、维京人的入侵，文化生活也随之经历了起伏流动和交叉融合。这一时期的文化和语言处于杂糅状态，冰岛语和维京语、拉丁语和法语、日耳曼语和凯尔特语，以及许多当地的语言、文化和社会力量，都加入和成为盎格鲁—撒克逊大熔炉的一部分。研究这一时期的文学作品，需要对当时的文学创作脉络有一个大体的了解。这一时期的文学史的宏大叙事围绕着重大历史事件展开，文学和书籍发展的轮廓大致表现为：罗马人带来了书籍和拉丁语；随着罗马军团的撤离和盎格鲁—撒克逊人的定居，书籍和拉丁语在不列颠岛逐渐衰落；伴随着罗马传教士和爱尔兰传教活动的活跃，拉丁语的经典作品被重新引入不列颠岛各个地区，从7世纪末到8世纪，一些盎格鲁—撒克逊本土的拉丁语作家的杰作相继问世；在随后的维京人入侵时期，书籍创作和书面读写陷入低谷；从9世纪末开始的文化复兴，开始时发展较为缓慢，但在10世纪下半叶加快了步伐，与之相辅相成的是古英语作品产量的增长，这一现象到了11世纪尤为盛行。①

　　从以上盎格鲁—撒克逊时期文本创作发展的脉络中就可以看出，这一时期的文学作品主要由两种文字书写完成，一种是处于民族语言文学发展雏形中的古英语作品，另一种是深受基督教和欧洲大陆古典学影响的拉丁语的文本。为了全面考察这一时期的文学文化信息，本项研究力图将这两种语言的多种类型的文本纳入讨论的视野之中，因此用"盎格鲁—撒克逊文学"来界定需要探索的作品的范围，即研究对象既包含古英语文本，又包含盎格鲁—拉丁语文本，这样的安排契合了当时社会文化中两种语言占据主导地位的历史现实，于国内英国中世纪早期文学的研究也是一次有意义的尝试和努力。以下分别就两种语言的文本研究的重点及现状做一个简单的梳理。

---

① Richard Gameson ed. , *The Cambridge History of Book in Britain*, Vol. 1 c. 400 – 1100, Cambridge：Cambridge University Press, 2012, pp. 1 – 9.

（二）古英语文学和盎格鲁—拉丁语文学

古英语文学一直以来支配着整个盎格鲁—撒克逊文学文化的研究，以至于"盎格鲁—撒克逊"和"古英语"在很长一段时间里被认为是同义词。然而，盎格鲁—撒克逊时期的作家创作了大量的拉丁语文本。对古英语和盎格鲁—拉丁语作品的创作和文学价值不能简单地做出二分法，这种完全切割的方法既不正确也会影响对这个时期文学文化全面图景的再现。比如，艾尔德海姆（Aldhelm，639？—709）是盎格鲁—撒克逊时期第一位具有声望的著名学者和作家，他可以熟练运用拉丁语和古英语进行写作，对同时期和后世的作者都产生了深远影响。他的双语创作的经历和成就是一个典型的例子，说明盎格鲁—撒克逊诗人经常占据拉丁文化和日耳曼文化之间的一个阈限位置，不能严格清晰地将其纳入单一语言的创作范畴之内。要正确理解盎格鲁—撒克逊文化，必须打破古英语文本和盎格鲁—拉丁语文本之间长久以来人为设置的障碍。

在 21 世纪之前，盎格鲁—撒克逊文学研究领域普遍存在着割裂古英语和拉丁语文本研究的现象。① 从文本选集和文学史这两类著作的出版情况出发，可以明显地观察到当时重视古英语文本和忽视拉丁语文本的状况。首先，就文学一手资料的出版来说，古英语文学无疑获得了优先考虑的特权，赢得了更多重视，而盎格鲁—拉丁语文学则被边缘化和遭遇忽视。面向学生和普通读者的古英语文学的选集经常出版，但目前还没有关于盎格鲁—拉丁文学的选集面世。几乎整个古英语诗歌都有现代英语翻译，其中最受欢迎的经典文本比如《贝奥武甫》的现代英语

---

① 即便我们不去考虑任何文学价值，依然能很容易地理解为什么会出现这种割裂的状况。这里的关键原因是一直以来盛行的文化二分法，即要区分讨论对象是"本土的"还是"外来的"。由于盎格鲁—撒克逊的研究通常是在英语系的制度背景下进行的，所以古英语的"英语特性"为其被纳入英语研究学科提供了理论基础。它的价值在于它提供了英语的起点（在语言和文学意义上的单词），正如盎格鲁—撒克逊时期作为一个整体可以被视为英国历史的原始时代。古英语是英国文化最早可见阶段所特有的本土方言，属于英语的研究范畴；而拉丁语，即便是盎格鲁—撒克逊人使用的拉丁语，也很难符合传统的学科界限。可见，是由于现代学科的编造造成了本来一体存在的文化对象的分裂，因而需要打破这种二分法的樊篱，尽量还中世纪早期英国文学一幅完整的图景。

译本被不同翻译家一遍又一遍地进行打磨。① 在很大程度上，盎格鲁—拉丁文学文本仅以专业的、普通大众难以阅读到的学术版本得以传播，大多数文本没有现代英语版本，在受众方面受到很大限制。尤为重要的是至今尚未出版一本盎格鲁—撒克逊文集同时包含拉丁语文本和古英语这一民族语言文本。类似情况也反映古英语与中古英语并存的文学选集十分稀少，但已经有学者努力改变这种状况，出版了包含两种语言的选集，比如伊莱恩·特里哈恩（Elaine Treharne）编著的文集《古英语和中古英语选集：890—1450》（*Old and Middle English：An Anthology*，*c.*890 – 1400）就颇具影响力，在英美高校里被广泛使用。② 但是，对古英语和拉丁语给予同等重视的盎格鲁—撒克逊文学的选集却迟迟未能出版，这一点应当引起学界重视，希望尽早出现包含双语重点文本在内的盎格鲁—撒克逊文学选集。需要指出的是，最近三十多年里盎格鲁—拉丁语的文学作品受到了越来越多的关注，重要作品的现代英语版本陆续出版，尤其包含艾尔德海姆和比德（Bede）的代表作。20 世纪 80 年代前后出版的《艾尔德海姆：散文作品》（*Aldhelm：the Prose Works*）和《艾尔德海姆：诗歌作品》（*Aldhelm：The Poetic Prose*）收录了这位作家用拉丁语创作的大部分重点作品的现代英语译本。2015 年多伦多大学出版社还出版了艾尔德海姆谜语诗（riddles）的拉丁语和现代英语的对照版本。③ 比德一直是文学界和历史学界共同关心的研究对象，除了他较

---

①　已出版的现代英语版本的《贝奥武甫》目前已超 100 种，具体情况可参看 Marijane Osborn，"Annotated List of Beowulf Translations"，in *Arizona Center for Medieval & Renaissance Studies*，2014，https：//acmrs. org/academic-programs/online-resources/beowulf-list。其中最为通用的版本是谢默斯·希尼（Seamus Heaney）2000 年的诗体的译本，《诺顿英国文学选集》采用的是这一译本（*Norton Anthology of English Literature*，Vol. 1，8th edition，2006，pp. 29 – 99）。

②　Elaine Treharne，*Old and Middle English*：c. 890 – 1400：*An Anthology*，3rd edn. ，Oxford：Blackwell，2009.

③　这三部有关艾尔德海姆作品的著作是：Aldhelm，*Aldhelm，the Prose Works*，trans. Michael Lapidge and Michael W Herren，Cambridge：D. S. Brewer，1979；Aldhelm，*Aldhelm，the Poetic Works*，trans. Michael Lapidge and James L Rosier，Cambridge：D. S. Brewer，1985；Aldhelm，*Saint Aldhelm's Riddles*，trans. A. M. Juster，Toronto：University of Toronto Press，2015。

早受到学界关注的《英吉利教会史》之外，从 20 世纪末开始，比德的更多作品进入现代读者的视野，利物浦大学出版社推出的《历史学家译本》（Translated Texts for Historians）系列丛书现已出版了比德八部著作的现代英语译本，涉及历史、解经、自然科学等各个主题，对研究盎格鲁—撒克逊文化大有裨益。

这一时期的文学史同样表达出对古英语文本压倒性的偏爱。从 20 世纪 80 年代开始，陆续出版了一系列重要的古英语文学史，其中斯坦利·格林菲尔德（Stanley B. Greenfield）和丹尼尔·考尔德（Daniel G. Calder）合著的《古英语文学新评论史》（*A New Critical History of Old English Literature*）一度被视为古英语文学史的标准著作。① 作为一本讨论古英语研究史的专著，这本书最大限度地引入了盎格鲁—拉丁语，在讨论古英语的文本之前，加入了一篇由剑桥大学著名盎格鲁—拉丁文学研究学者迈克尔·拉皮奇（Michael Lapidge）撰写的关于《盎格鲁—拉丁语背景》的文章。然而，盎格鲁—拉丁语只是被含蓄地视为古英语的"背景"，而不是作为盎格鲁—撒克逊文学文化的一个同等重要的方面而收获关注。即便如此，随后出版的古英语文学史甚至没有走到这一步，它们完全排除了对盎格鲁—拉丁语文本的讨论。② 直到 20 世纪初这一现象才得到了很大程度的改观，接连出版了几本重要的导读和文学史，都将古英语文本和拉丁语文本并置为讨论的对象，统一称为盎格鲁—撒克逊文学。2001 年出版的论文集《盎格鲁—撒克逊文学指南》（*A Companion to Anglo-Saxon Literature*）③ 在讨论语料库、文学类别和文

---

① Stanley B. Greenfield and Daniel G. Calder, *A New Critical History of Old English Literature*, with a Survey of the Anglo-Latin Background by Michael Lapidge, New York & London: New York University Press, 1986.

② 参看 Malcolm Godden and Michael Lapidge, eds. , *The Cambridge Companion to Old English Literature*, Cambridge: Cambridge University Press, 1991; R. D. Fulk and Christopher M. Cain, *A History of Old English Literature*, Malden: Blackwell, 2003。

③ Phillip Pulsiano and Elaine M. Treharne, eds. , *A Companion to Anglo-Saxon Literature*, Oxford: Blackwell Publishers Ltd. , 2001.

化背景时，都收录了研究盎格鲁—拉丁语文本创作和历史语境的论文。
这是第一部能够将两种语言的文本都纳入讨论的文学史著作，即使二者
的权重分配肯定还是倾向于古英语，但已经是一次很大的突破和改变。
2011 年出版的《剑桥盎格鲁—撒克逊文学导论》（*The Cambridge Intro-
duction to Anglo-Saxon Literature*）① 十分关注日耳曼和拉丁两大文学传
统，专著用了约五分之一的篇幅介绍了当时拉丁语的创作状况，包括艾
尔德海姆、比德和阿尔昆（Alcuin, 735? —804）在内的代表作家，以
及他们的重点作品。相比 2010 年论文集形式的文学指南，这部文学史
专著将双语创作文本从历史背景、创作主题、内容特点等方面更加有机
地结合在一起。到了 2016 年出版的《剑桥中世纪早期英国文学史》（*The
Cambridge History of Early Medieval English Literature*）更是在总共三部分
的编排中设置一个部分去充分考察当时社会中拉丁语语言学习及文本创
作与古英语文学的相互作用和融合。②

　　简言之，盎格鲁—撒克逊文学研究学者们改变了过去只重视古英语
文本的思路，转而将两种语言的文本并置进行综合考察。近十几年来盎
格鲁—拉丁语文本逐渐融入整个时期的文学文化研究，这使得这一时期
的文学研究朝着更全面均衡的方向发展。本书将古英语和盎格鲁—拉丁
语文本都纳入讨论，也契合当代国际中世纪文学研究最新趋势，有助于
全面认知英国民族、文化、书写的源流。

　　（三）国内外研究特点及趋向

　　上面概述的文本选集和文学史的出版情况从一个方面反映了盎格
鲁—撒克逊文学研究已经取得了多方面的丰硕成果，这预示着进行更
深入研究的时机已经基本成熟。本书拟在跨学科的空间视阈下对这一
时期的古英语和盎格鲁—拉丁语文本进行解读，这项研究的进行正是

---

① Hugh Magennis, *The Cambridge Introduction to Anglo-Saxon Literature*, Cambridge：Cambridge University Press, 2011.

② Clare A. Lees ed. , *The Cambridge History of Early Medieval English Literature*, Cambridge：Cambridge University Press, 2016.

基于目前国内外学术研究成果已经累积形成的坚实基础，下面将概要
介绍国内外盎格鲁—撒克逊研究呈现的动态特点和发展趋向。囿于篇
幅和讨论的范围，这里不是给出盎格鲁—撒克逊研究发展的整个历史
全貌，而只是关注两点：一是近三四十年里盎格鲁—撒克逊文学文化
研究的主要方法及产生的新趋向；二是盎格鲁—撒克逊研究的主要阵
地和资源。

早在维多利亚时期，英国国内的学界就表现出对盎格鲁—撒克逊文
学文化研究的极大兴趣。因为 19 世纪大英帝国的强盛，很多学者希望
追根溯源，回到盎格鲁—撒克逊文本中去找寻民族发展的最初基因，一
时间形成一股研究热潮。① 但那时的研究方法相对单一或集中于个别文
本，并未形成一定的规模。随后到了 20 世纪，托尔金（J. R. R. Tolkein）
这样极具影响力的学者对《贝奥武甫》做出了经典且生动的解读，② 这
不仅在学术圈推广了盎格鲁—撒克逊文学研究，也点燃了更多普通读者
阅读中世纪早期文本的兴趣。自此以后，盎格鲁—撒克逊研究才渐渐在
英国文学文化研究领域发出属于自己的响亮声音，直到 20 世纪八九十
年代，研究内容和方法呈现出立体式和多元方向发展的特征，盎格鲁—
撒克逊文学研究初具规模。根据研究方法和趋向的变化，可以大致分成
以下三个阶段。

第一阶段：从 20 世纪的 80 年代开始到 20 世纪末，盎格鲁—撒克
逊传统研究方法已经相当成熟，成果斐然；同时跨学科的特征日趋明
显，新的现代研究方法开始被引入到文本研究之中。1986 年出版的论
文集《盎格鲁—撒克逊文化的来源》（*Sources of Anglo-Saxon Culture*）③
就是一本了解当时盎格鲁—撒克逊文学文化研究发展情况的合适指南。

---

① 参看 Hugh Magennis, *The Cambridge Introduction to Anglo-Saxon Literature*, pp. 175 – 179。

② J. R. R. Tolkien, *Beowulf*: *The Monsters and the Critics*, London: Proceedings of the British Academy, 1936.

③ Paul E. Szarmach ed. , *Sources of Anglo-Saxon Culture*, Kalamazoo, MI: Medieval Institute Publications, 1986.

这本书收录的是与第 18 届国际中世纪研究大会（International Congress on Medieval Studies）① 同时举行的盎格鲁—撒克逊文化起源研讨会（Symposium on the Sources of Anglo-Saxon Culture）（1983 年 5 月 5 日至 8 日）的会议论文。整本书的编排结构非常直观，共分为四个部分，标题分别为：文学（Literature）；历史、考古、艺术史（History, Archaeology, Art History）；跨学科的方法（Interdisciplinary Approaches）；研究工具（Research Tools）。文学这部分收录的论文大体上采用了文学史（literary history），渊源研究（source study），文本传播（transmission），以及解经阅读（exegesis）的分析方法。从而明显体现出这一阶段占据主导地位的依然是中世纪英国文学研究长期以来倚重的传统的批评方法。而第二部分的论文表现出盎格鲁—撒克逊文学研究的对象往往和历史文献、考古发现、工艺品上的古文字等息息相关，所以文学研究在一开始就与历史学、考古学等学科形成了联动的发展。另外，文集的第三部分虽然聚焦的是跨学科的方法，但实际涉及的学科十分有限，主要是图像学（iconography）和文物研究方面的内容，由此可见，除了历史和考古方面的研究，当时的学者对其他研究方法的采纳和使用还是十分有限。第四部分的研究工具指明了 20 世纪开始的人文学科一个重要的改革，即将文本转变为电子数据的创新，这一趋向也一直发展到现在形成数字人文（digital humanities）的研究潮流。就盎格鲁—撒克逊文学研究的工具，主要提到了多伦多大学正在编写的《古英语词典》（*Dictionary of Old English*），这部词典的编纂与计算机技术紧密结合，出版形式上

---

① 美国西密歇根大学（University of Western Michigan）举行的国际中世纪研究大会（International Congress on Medieval Studies）和在英国利兹大学（University of Leeds）举办的国际中世纪研究大会（International Medieval Congress）是中世纪研究领域里最负盛名的两个国际会议，皆为每年举办一次，这两个会议常常设有与盎格鲁—撒克逊研究相关的议题和论坛。而仅就盎格鲁—撒克逊研究这一小的领域，从 1983 年开始，国际盎格鲁—撒克逊学者协会（ISAS: International Society of Anglo-Saxonists）每两年举办一次国际会议。这一机构的成立和相关会议的举办都极大地促进了从事盎格鲁—撒克逊研究的学者进行更深入有效地交流，参与学者的学术背景十分广泛，涉及中世纪早期的英国文学、历史、考古、语言、宗教、社会等各个方面。

做了很大的创新，突破了纸质书的辖制，以相对较为方便查阅和补录的三种形式出版：微缩胶片形式、光盘形式和网络形式。另外，在编纂过程中，完成了《微缩胶片古英语词汇索引》(A Microfiche Concordance to Old English)，这个后来发展成为网络版《古英语词典语料库》(Dictionary of Old English Corpus)。

第二阶段：20 世纪末 21 世纪初，这一领域发展迅猛，并且出现传统研究手段和现代批评理论的结合。到了世纪之交的十几年间，盎格鲁——撒克逊文学的发展逐渐加速，出现了一批年富力强的优秀学者，他们中的大多数现在依然是盎格鲁——撒克逊文学研究的领军人物，活跃在各个著名高校和研究机构。1997 年由剑桥大学出版社出版的论文集《阅读古英语文本》(*Reading Old English Texts*)集合了古英语文学研究的关键方法。盎格鲁——撒克逊研究著名学者凯瑟琳·奥布莱恩·奥基夫(Katherine O'Brien O'Keeffe)担任主编，她在序言部分提到："考虑到近年来对批判性阅读的理论、方法和实践的浓厚兴趣，这是该领域的第一本书，并且是一本及时的书。"[①] 本书邀请了盎格鲁——撒克逊文学研究最具影响力的专家，每人撰写一章，介绍一种进行古英语文本阅读和研究的方法。这本书出版至今已经超过 20 年，但是书中介绍的很多方法现在看来也并不过时，在当前的研究领域依旧发挥着火热的功能。除了延续传统的研究方法，理论的渗透和促进作用在古英语文学研究中的作用已经初现端倪。全书共有九章，根据讨论对象的不同特点，可大致分成三个类别：首先是传统的从历史学和文献学(philology)的角度进行研究，包含四章内容：比较的方法(the comparative approach)，[②] 渊源研究，语言研究(language matters)，口头文学传统(oral tradition)；其次考虑到形式主义(美国的"新批评"和英国的

---

① Katherine O'Brien O'Keeffe ed., *Reading Old English Texts*, Cambridge: Cambridge University Press, 1997, p. 1.

② 这里所说的比较的对象是当时社会创作的多语言文本，尤其指古英语和拉丁语之间的对比研究，主要研究视角还是从语言方面切入进行讨论。

"实践批评"）对文本阅读的影响，研究注重文本与语境（text and context）、读者的参与和历史的运用等问题，涉及两章内容：文本的恢复（the recovery of texts）和历史主义方法（historicist approaches）；最后有三章关注后现代评论方法和现代技术的运用：分别涉及女性主义批评（feminist criticism），后结构主义理论（post-structuralist theories）以及计算机技术的应用（Old English and computing）。相比前一阶段，世纪之交的盎格鲁—撒克逊文学受到了理论热潮的影响，在研究领域实现了一场传统和后现代的对话，由此启发学者重新思考对中世纪早期文本的研究立场，尝试新的实践途径，做出新的综合分析。

　　第三阶段：在21世纪尤其是近十年的盎格鲁—撒克逊文学研究的实践发展中，传统方法和后现代手段这两种不同方向的解读方式逐渐达到一定的平衡状态，在跨学科和新的理论方法的视阈之下，盎格鲁—撒克逊文学研究展现了更强劲的活力。学者们除了延续传统，保持对文本、语言和历史语境的关注，更频繁地采纳新的理论方法。他们在解构主义、话语分析、符号学和精神分析等领域的研究成果有效地重新配置了语言、权力、身份等主题，为古英语和盎格鲁—拉丁语文学作品的研究提供了极富挑战性的研究途径。传统与后现代这两种看似冲突的解读方向逐渐找到了平衡点，促使盎格鲁—撒克逊文化文学研究朝着更多元的方向发展。2012年出版的《盎格鲁—撒克逊研究手册》（*A Handbook of Anglo-Saxon Studies*）一书充分展现了新兴理论和传统研究手段间的相互促进。在绪论部分，两位编者解释利用现代理论核心观点去阐释盎格鲁—撒克逊文本的必要性和可行性，并且指出盎格鲁—撒克逊研究本身天然具有现代性和跨学科的特征：

　　　　盎格鲁—撒克逊研究，也许比任何其他中世纪研究的子集，从一开始就建立在跨学科的基础上，尽管它的主要基础是文本；由于文献证据的碎片性，盎格鲁—撒克逊文本的阅读一直严重依赖于相邻领域的证据，如考古学、历史学、神学、艺术史、医学和民俗。①

在这样的研究语境下，盎格鲁—撒克逊文学研究势必要走出长期依赖文本和语言分析的传统舒适圈，打开更广阔的对话空间，立体式发展文学研究的构成、实践及其与更广阔的学术研究领域间的关系。同时需注意的是，这本书同样也打破了古英语和拉丁语的界限，而是以理论和文本结合时体现出来的核心话题展开讨论，具有一定的前沿性和实验性。

基于以上研究发展的特点和趋势，盎格鲁—撒克逊文学研究既需要关注传统基础的文本研究手段，也需跟进了解新的分析方法和技术的应用，研究者亟须关注这一领域的研究重镇和其提供的平台资源，及时了解学科发展的最新动态。总体上看，盎格鲁—撒克逊研究的中心主要分布在英国、美国及加拿大，其中有三所高校的院系和研究所提供了核心的教学研究及学术出版等资源。

第一个学术重镇是剑桥大学的盎格鲁—撒克逊、诺尔斯语与凯尔特语系（ASNC：Department of Anglo-Saxon, Norse & Celtic），它是目前全世界唯一一个以盎格鲁—撒克逊研究为核心导向的系所，这里聚集了剑桥大学中世纪研究的诸多精英力量，是一个教学和研究相结合的平台，具有跨学科、多语言、多元文化的特点。这里也是业内最权威杂志《盎格鲁—撒克逊英格兰》（*Anglo-Saxon England*）的主办单位，依托剑桥庞大的古典和中世纪研究的资源，影响力辐射至整个欧美中世纪英国文学的学术圈。由《盎格鲁—撒克逊英格兰》杂志编制的文献检索工具"盎格鲁—撒克逊研究目录"（Anglo-Saxon England Bibliography），一年出版一次，它与美国出版的古英语文学研究专业期刊《古英语研

---

① Jacquline Stodnick and Renee R. Trilling, eds., *A Handbook of Anglo-Saxon Studies*, Malden: Blackwell Publishing Ltd., 2012, p. 5.

究通讯》（*Old English Newsletter*）编制的"古英语研究通讯目录"（Old English Newsletter Bibliography）一起，成为盎格鲁—撒克逊研究领域内两个最重要的文献检索工具，两个目录都是每年出版一次，搜集了世界范围内所有的与盎格鲁—撒克逊研究有关的学术出版文章和著作。剑桥大学在中世纪早期英国文学方面的重要作用还体现在剑桥大学出版社十分关注和支持这方面的研究，出版了系列丛书《剑桥盎格鲁—撒克逊研究》（Cambridge Studies in Anglo-Saxon England），涵盖文学、宗教、历史等各个方面的研究主题。

牛津大学英文系（Faculty of English Language & Literature）也一直是中世纪研究的重镇之一，盎格鲁—撒克逊文学研究属于中世纪的教学研究团队。目前盎格鲁—撒克逊研究的领军人物奥查德（Andy Orchard）教授带领的团队获得了欧洲研究委员会（European Research Council）[①] 提供的 244 万欧元的研究经费，用以发展"盎格鲁—撒克逊诗歌综合图书馆"（CLASP：A Consolidated Library of Anglo-Saxon Poetry）这一研究项目。[②] 项目将收集整理盎格鲁—撒克逊这一时期现存于世的古英语和盎格鲁—拉丁语的诗歌文本，并生成第一个在线的交互式综合图书馆，建设多个功能的语料库以便识别每个文本特殊的声音、格律、拼写、发音、语法、语言程式、主题，以此在盎格鲁—撒克逊时期的两种主要文学语言之间建立起更确定的影响链。双语语料库包含近六万行诗歌，两种语言留存下来的文本大约各占一半的数量。这个项目目前还在建设之中，相信完成之后将对盎格鲁—撒克逊文学的双语研究有着直接的促进作用。

加拿大多伦多大学中世纪研究中心（Center for Medieval Studies）在国际中世纪研究中发挥了重要作用，中心编写的《古英语词典》为

---

① 欧洲研究委员会是欧洲的主要研究拨款机构，其职责是支持在欧洲的尖端科技研究。
② 项目的建设时间为 2016 年 9 月 1 日至 2021 年 8 月 31 日，更多信息参见网站，https：// cordis. europa. eu/project/rcn/204872/factsheet/en。

盖格鲁—撒克逊研究提供了便捷科学的工具。依托中心丰富的研究资源，多伦多大学出版社出版了有关盖格鲁—撒克逊研究两套重要的系列丛书。包含关注文本研究的《多伦多古英语研究系列丛书》（Toronto Old English Series）① 以及关注最新学术评论和研究的《多伦多盎格鲁—撒克逊系列丛书》（Toronto Anglo-Saxon Series）②。

以上综述显示出经过几十年的发展，国际盎格鲁—撒克逊文学研究日趋完善，形成了全面发展的态势：研究对象从单一的古英语文本到综合考虑双语的文本创作，研究方法从完全倚重于传统的批评方法发展转向到新的理论寻找研究的新角度，研究资源也呈现层次丰富和多元发展的面貌。总的来说，盎格鲁—撒克逊文学研究逐渐摆脱保守姿态和封闭状态，其讨论呈现出交叉、综合的新特点。

相较于盎格鲁—撒克逊文学研究在英美等国的深度积累，国内学界对于这一领域的学术热情和投入相对较低。但不可否认，经过几代学者的共同努力和深耕细作，同时依托国内中世纪研究的兴起和成熟，国内的盎格鲁—撒克逊文学研究在最近三四十年内获得了重要的发展，就发展过程中呈现的特点，可以大致分成三个阶段。

20 世纪 80 年代是国内盎格鲁—撒克逊文学研究的起步阶段，主要成果是一些介绍性的学术论文的发表。学者主要关注的是《贝奥武甫》这首英雄史诗。1982 年江泽玖的文章《英雄史诗 Beowulf 中的妇女形象》是国内第一篇研究古英语诗歌的学术论文，文中指出女性在这首

---

① 《多伦多古英语研究系列丛书》最初的设想是通过提供新版本的文本来满足古英语学者的研究需要。随着时间的推移，这套丛书的内容被拓宽，加入了有关文学中特定主题和文本研究的专著。虽然丛书的名称是古英语，但实际上近些年也囊括了拉丁语文本研究，比如 2005 年出版的论文集：Katherine O'Brien O'Keeffe and Andy Orchard, eds. , *Latin Learning and English Lore*。《多伦多盎格鲁—撒克逊系列丛书》集中在早期英国历史、文化和文学等方面的研究，收录的有原创性的专著、论文集、一手文本的翻译及学术评论。

② 除了剑桥大学和多伦多大学出版的这三个系列的丛书，在盎格鲁—撒克逊研究领域需关注 Boydell & Brewer 出版公司出版的两个系列，一个有关文本的《盎格鲁—撒克逊文本》（*Anglo-Saxon Texts*），另一个集中于这一时期的文学、历史等各个方面研究的《盎格鲁—撒克逊研究》（*Anglo-Saxon Studies*）。

史诗居于相对次要的地位，但她们的遭遇和苦衷，使这首诗歌更加细腻和富有诗意。1989 年的李金达的《贝尔武甫》一文主要揭示了诗歌的情节和主要特征。同年陈才宇发表的论文关注了古英语的诀术歌（charms），指出其艺术特征和传递的社会和民俗方面的信息，并结合中国古代的诀术歌进行了比较讨论。①

　　而到了 20 世纪 90 年代盎格鲁—撒克逊文学研究呈现勃然兴起的态势。首先，一批优秀学者发表了一系列论文对古英语文学作品尤其是《贝奥武甫》做了更加深入和全面的研究。李赋宁在 1998 年发表了两篇论文：《古英语史诗〈贝奥武甫〉》对情节安排、诗歌框架、氏族部落社会的价值观念、日耳曼诗歌语言等方面做了深入浅出的介绍与分析；另一篇论文《英国中世纪古英语时期文学》勾勒出英语发展的脉络，并且讨论了中世纪英国文学的分期。② 其他学者也就《贝奥武甫》的各个方面做了讨论，主要的文章有：刘乃银讨论诗歌结构的论文；王继辉的三篇论文分别关注了萨坦胡船葬与《贝奥武甫》之间的考证关联，罗瑟迦王与他所代表的王权理念，《贝奥武甫》诗中魔怪故事传统；陈才宇就诺贝尔文学奖获得者西缪斯·希尼 1999 年出版的《贝奥武甫》的现代英语译本做了短评。③ 学者们同时也拓宽了研究文本的范围：陈才宇发表了两篇论文分别讨论盎格鲁—撒克逊时期的箴言诗、宗教诗；王继辉发表了两篇论文，一篇关注古英语诗歌《创世记》对弥尔顿《失乐园》的影响，另一篇论述了不同学者就古英语《妻子哀歌》

---

① 江泽玖：《英雄史诗 Beowulf 中的妇女形象》，《上海外国语学院学报》1982 年第 5 期；李金达：《贝尔武甫》，《外国文学》1989 年第 5 期；陈才宇：《盎格鲁—撒克逊时期的诀术歌》，《外国文学研究》1989 年第 2 期。

② 李赋宁先生的两篇论文，第一篇刊登在《外国文学》1998 年第 6 期，第二篇刊登在《外国文学》1998 年第 5 期。

③ 这一时期从 1991 年至 2000 年，提到的有关《贝奥武甫》的重要论文有五篇。刘乃银：《时间与空间：〈贝奥武甫〉的结构透视》，《国外文学》1995 年第 2 期；王继辉：《萨坦胡船葬与〈贝奥武甫〉》（《国外文学》1995 年第 1 期），《〈贝奥武甫〉中的罗瑟迦王与他所代表的王权理念》（《国外文学》1996 年第 1 期），《〈贝奥武甫〉与魔怪故事传统》（《外国文学评论》1996 年第 1 期）；陈才宇：《西缪斯·希尼和他的新译〈贝奥武甫〉》，《外国文学评论》2000 年第 2 期。

一诗中的丈夫与妻子之间难解的关系给出的解释。① 其次，这一阶段出现了几本非常重要的著作，从语言学习教材、译著和专著方面都取得了重要突破。李赋宁的《英语史》② 厘清了英语的历史与现状，这本教材开国内之先河，单独辟有一章详细介绍了古英语的基本特征，无疑为国内古英语研究者和爱好者提供了英语语言发展史方面的珍贵材料。在译著方面出现了两本《贝奥武甫》的中译本。由冯象翻译的中文译本的《贝奥武甫：古英语史诗》1992 年由生活·读书·新知三联书店出版。冯象是哈佛大学中古英语文学博士，他的译本是从古英语的《贝奥武甫》直接翻译而来，当时在国内具有极大的补白价值。而次年《外国文学评论》上重刊了冯象在海外发表的学术论文，对《贝奥武甫》做出了学术史上的一些评述，对理解他翻译的这部史诗很有帮助。1999年译林出版社出版了陈才宇的译本《贝奥武甫：英格兰史诗》。值得注意的是，这一时期出现了第一本古英语研究的专著，即王继辉在1996 年出版的英文专著比较研究了益格鲁—撒克逊文学和古代中国文学中的王权理念。③ 简而言之，从 1991 年到 2000 年的这十年间，国内益格鲁—撒克逊文学的研究真正拉开了大幕，但需注意这一时期的成果主要集中于对少量重点古英语诗歌的研究上，角度多为对体裁、结构和主题的评论。

21 世纪的这十几年里是益格鲁—撒克逊文学研究厚积薄发的一个重要阶段。经过 20 世纪学者们在这一领域的开拓和深耕，这一阶段获得了很多开创性的研究成果，出版了一系列的著作。首先，一批学者以

---

① 这里总结提到了研究非《贝奥武甫》的其他古英语文本的重要论文有四篇。陈才宇：《益格鲁—撒克逊时期的箴言诗》[《杭州大学学报》（哲学社会科学版）1991 年第 3 期]，《益格鲁—撒克逊时期的宗教诗》（《外国文学评论》1992 年第 1 期）；王继辉：《古英语〈创世记〉与弥尔顿的〈失乐园〉》（《国外文学》1995 年第 2 期），《古英语〈妻子哀歌〉一诗中的丈夫与妻子》（《国外文学》2000 年第 3 期）。

② 李赋宁编著：《英语史》，商务印书馆 1991 年版。

③ 王继辉：《论益格鲁撒克逊文学和古代中国文学中的王权理念：〈贝奥武夫〉与〈宣和遗事〉的比较研究》，北京大学出版社 1996 年版。

文学史编撰、评介等形式对中世纪早期的英国文学进行介绍、梳理和评价，包括李赋宁、何其莘教授主编的《英国中古时期文学史》，陈才宇教授的《古英语与中古英语文学通论》和肖明翰教授著的《英语文学传统之形成：中世纪英语文学研究》，均为国家社科基金课题研究成果。① 以上专著都属于中世纪英国文学专史，将盎格鲁—撒克逊这一时期置于整个英国中世纪的大背景下，结合了中世纪早期和中后期的历史背景，对文学的体裁、内容和主题都做了专门的梳理。其次，商务印书馆的"汉译世界学术名著丛书"出版了《盎格鲁—撒克逊编年史》（*Anglo-Saxon Chronicle*）中译本，② 对文学和历史研究者都大有裨益。陈才宇在 2007 年出版了《英国早期文学经典文本》，③ 书中节选和选译了一些重要的古英语诗歌和散文。此外，国内还引进了原版的古英语语言及文学研究论著。北京大学出版社 2005 年引进出版了《古英语入门》（*A Guide to Old English*）④ 一书，作为"西方语言学原版影印系列丛书"中的一种，该书对国内学习和研究古英语语言和文学都起了很大的推动作用。外语教学与研究出版社于 2008 年出版了双语版《盎格鲁—撒克逊简史》（*The Anglo-Saxon Age：A Very Short Introduction*），⑤ 中文由肖明翰翻译。

　　此外，学界深掘对盎格鲁—撒克逊时期文本的研究，近十几年里发表的论文呈现如下特点：其一，学者们进一步加深了对《贝奥武甫》

① 李赋宁、何其莘主编：《英国中古时期文学史》，外语教学与研究出版社 2006 年版；陈才宇：《古英语与中古英语文学通论》，商务印书馆 2007 年版；肖明翰：《英语文学传统之形成：中世纪英语文学研究》，社会科学文献出版社 2009 年版。

② ［英］比德：《盎格鲁—撒克逊编年史》，寿纪瑜译，商务印书馆 2004 年版。"汉译世界学术名著丛书"在 1996 年就出版了比德《英吉利教会史》的中译本，笔者在国内第二阶段（1991—2000 年）的研究综述中并没有将其纳入其中，是因为目前国内的盎格鲁—撒克逊文学研究尚未对这本书进行专门讨论，它依然主要是英国古代史的研究对象，但是就本专著的研究目标，《英吉利教会史》是十分重要的盎格鲁—拉丁语的文学文本，将在本书第四章进行集中讨论。

③ 陈才宇：《英国早期文学经典文本》，浙江大学出版社 2007 年版。

④ Bruce Mitchell and Fred C. Robinson, *A Guide to Old English*, 6th ed., Introd. Shen Hong, Oxford：Blackwell Publishing Ltd., 2002；Beijing：Perking University Press, 2005.

⑤ ［英］约翰·布莱尔：《盎格鲁—撒克逊简史》，肖明翰译，外语教学与研究出版社 2008 年版。

经典文本的解读，既有著名学者刘乃银、王继辉和肖明翰等的深掘之作，① 又有青年学者跳出了既有的传统方法，引进了新的角度。其中史敬轩在《外国文学评论》上发表的两篇论文就代表了这一时期国内青年学者进行文本分析的新的深度：第一篇论文从传播学的角度讨论了《贝奥武甫》从北欧神话到古英语文本乃至现代英语文本的传播及归化过程中存在着许多未知的空白，学界对此仍持有较多争议和疑问，研究依然有待深化；另一篇关注行间音顿在古英语手稿中并不存在，却在现代出版物中出现，又在现代英语翻译中消失，这一现象显示了诗歌音韵修辞的问题，也反映了对古英语原作的身份理解问题。② 这两篇论文和国外学界的最新研究热点有所呼应，同时拓深了对这部英雄史诗的理解。其二，更多古英语文本进入研究的视野：学者们开始更加关注宗教主题的诗歌，尤其是古英语诗歌《创世记》《十字架之梦》等，并深入探究撒旦式人物、基督形象等主题，在讨论中突出了日耳曼和基督教两种文化传统之间的相互作用，有利于更加全面地理解当时的社会文化状况。其三，学者们开始有意识地进行国内中世纪早期英国文学的综述，有青年学者从古英语文学评介、古英语诗歌与散文研究、古英语文学译介三个方面对国内古英语研究进行梳理和总结，内容详尽且条理清楚。③ 另外，郝田虎在《改革开放 30 年的外国文学研究》第一卷第一章第一节中做了早期英国文学研究（古英语时期至 17 世纪初）的文献综述，将古英语放在早期英国文学大背景下，既注重了早期英国文学不同阶段之间的关联性，又单独给予古英语研究以足够关注，分析梳理皆鞭辟入里。④

---

① 三位学者对《贝奥武甫》的研究做出了更深的思考和探究，发表的论文有：刘乃银《重复与变化：〈贝奥武甫〉的结构透视》，《英美文学研究论丛》2002 年第 1 期；王继辉《再论〈贝奥武甫〉中的基督教精神》，《外国文学》2002 年第 5 期；肖明翰《〈贝奥武甫〉中基督教和日耳曼两大传统的并存与融合》，《外国文学评论》2005 年第 2 期。

② 第一篇名为《火烧屠龙王——〈贝奥武甫〉传播归化语境寻疑》2012 年第 1 期；第二篇名为《消失的呼吸：盎格鲁—撒克逊英雄史诗行间音顿的缺失与再现》2015 年第 2 期。

③ 杨开泛：《国内古英语文学研究 30 年述评》，《理论月刊》2012 年第 8 期。

④ 参看罗芃主编《改革开放 30 年的外国文学研究》（第一卷，文献综述，上），北京大学出版社 2018 年版，第 1—44 页。

　　虽然相较国外，国内的盎格鲁—撒克逊文学文化研究发展相对较为滞后，相比中古英语文学研究，也显得不够充分和全面，但是一代代的学者已经做出了很多拓荒式的扎实工作，为这一领域的深度发展做出了卓越的贡献。近几年国内中世纪研究呈现勃勃生机，2016 年底浙江大学外语学院成立了中世纪与文艺复兴研究中心，中心主任为郝田虎教授，中心名誉主任为沈弘教授。该中心已成功举办三届国际研讨会，并于近期出版了《中世纪与文艺复兴研究》论丛第一辑，里面设有古英语研究这个栏目。中世纪文学研究专家刘建军教授组织发起"欧洲古典与中世纪文学"全国学术研讨会也已成功举办三届，并且已出版《欧洲古典与中世纪文学研究》丛书第一辑。2019 年 6 月上海交通大学欧洲古典与中世纪文学研究中心揭牌成立，刘建军教授为中心主任。从这些学术平台的搭建和学术活动的举办中不难看出中世纪文学前倚古典主义，后接文艺复兴运动，是西方文明构建中的重要环节。置于这些高质量的学术对话和交流的背景下，中世纪早期英国文学这一领域的活力也在被逐渐激活。

　　总而言之，从 20 世纪 80 年代开始，国内盎格鲁—撒克逊文学研究经过近 40 年的稳健发展，逐渐呈现多元发展的趋向。但仍然存在一些问题：研究大多注重主题和人物，虽然结合了传统的中世纪文学的研究方法，但是在跨学科视阈下的研究很少，除了女性主义引起重视外，现代的研究方法发挥的作用甚微。此外，国内盎格鲁—撒克逊文学研究完全排除了拉丁语文本，这一点还没有跟上国际盎格鲁—撒克逊文学研究的新趋势，需进一步拓宽研究对象。与此同时，目前尚无专门的著作单独聚焦于盎格鲁—撒克逊文学的整体研究，发表的论文大多集中于分析《贝奥武甫》和少数几篇圣经改编诗歌及抒情诗歌，尚有很多重点作品未获足够关注。具体到空间研究，就文学作品的讨论还停留在分析少数几个作品的重点场景如宴会大厅这一层面上，国内尚无人明确、系统地从空间角度审视盎格鲁—撒克逊时期的文学作品。因此，在这样的背景下，本书具体讨论这一时期的两种语言的不同类型的文学作品，关注日耳曼和基督教两大传统合力作用下空间叙述的层次性。

二　中世纪早期英国文学中的空间研究

前一节已经展示和探讨了盎格鲁——撒克逊的文学研究是一个跨学科开展的立体系统，将这一研究对象置于空间视阈下，能整合关联不同层面的信息，拓深对文学文本的解读，并能加强其与社会文化间的互动。盎格鲁——撒克逊的空间研究是一个非常复杂的问题，需要批判性的审视。纵观几十年的学术研究发展史可发现，盎格鲁——撒克逊文本中的空间呈现问题总是被放在中世纪文学研究的大背景下进行，所以本节将回顾和梳理中世纪英国文学的空间研究并总结概述在此基础上盎格鲁——撒克逊叙事中的空间诗学研究取得的成果。

首先，20 世纪 60 年代出现在人文研究领域内的"空间转向"热潮引发学者们对空间问题进行深层次的解读，空间理论渐渐形成跨学科的立体式发展，涉及地理、哲学、文学研究等不同方向。在此理论背景下，空间问题进入中世纪人文学科的学术研究之中。这一时期的空间研究与地理学，尤其是"地点"（Place）研究息息相关。学者们开始关注文献中具体地点的考证，从考古学出发试图还原当时的社会风貌。此类研究深受德国地理学家沃尔特·克里斯泰勒（Walter Christaller）在其1966 年出版的著作《德国南部的中心地》（*Central Places in Southern Germany*）中提出"中心地理论"（CPT：Central Place Theory）的影响。克里斯泰勒这部著作考察了 20 世纪 30 年代德国南部考古遗址的空间格局，发现了社会经济体系与定居地布局之间的关系。尽管"中心地理论"成为考古学的一个标准理论，但是除了极少数的文学学者之外，大部分学者忽视了这一理论对文学文化研究所具有的启发性：将考古的具体发现和社会、经济系统相结合可以极大地拓深理解文学历史文本在空间和地点方面承载的社会意义。

20 世纪中期英国历史学家将关注焦点对准了景观研究。最具影响力的学者 W. G. 霍斯金斯（W. G. Hoskins）在 1955 年出版了其代表性专著《英格兰景观的形成》（*The Making of the English Landscape*），① 这部具有开创性的景观史巨著共由十个章节构成，概述了英格兰从古罗马人征服前的不列颠景观到现代英格兰的近五千年的景观，其中第二章"英格兰人的定居"聚焦了盎格鲁—撒克逊时期的村落外形、地产边界等重要景观，这些研究极大地推动了历史地理景观研究的深入发展。其后，英国历史地理学家德拉·胡克（Della Hooke）将"中心地理论"应用于分析盎格鲁—撒克逊时期的定居情况和地景研究等方面，著有《盎格鲁—撒克逊定居点》（*Anglo-Saxon Settlements*，1988）和《盎格鲁—撒克逊英格兰景观》（*The Landscape of Anglo-Saxon England*，1998）。② 前一本论文集主要关注盎格鲁—撒克逊人定居点，探讨盎格鲁—撒克逊社会结构的安排和功能。而在此基础上，胡克的第二本专著继续这一研究课题，结合考古学和历史学知识，透过景观特征来研究盎格鲁—撒克逊社会和文化的信息。

在以上有关空间研究和地景建构的专著中，专家们试图通过探讨盎格鲁—撒克逊人定居点和各种景观之间的关系来研究盎格鲁—撒克逊社会的政治和经济框架。"地方"研究是讨论的重点，历史、考古、环境等跨学科视角被综合运用于考察特定地理空间里相关的人类活动。到了世纪之交，尤其是 21 世纪，受到空间转向的影响，跨学科的空间走向越发多元，尤其注重和文化研究的结合。这一时期，出现了大批学者提倡通过分析历史文献和文学作品，以探讨中世纪地理概念下典型地点的

---

① W. G. Hoskins, *The Making of the English Landscape*, London: Hodder and Stoughton Ltd., 1995. 霍斯金斯的这本书在英国国内人文学科各个领域都引发了巨大反响，中译本已于 2018 年面世。参看［英］W. G. 霍斯金斯《英格兰景观的形成》，梅雪芹、刘梦霏译，商务印书馆 2018 年版。

② Della Hooke, *Anglo-Saxon Settlements*, New York: Blackwell Publishing Ltd., 1988; *The Landscape of Anglo-Saxon England*, Leicester: University of Leicester Press, 1998.

功能，考量这些空间地点如何反映和保留产生于斯的文化。由此可见，在"地方"研究发展日趋成熟之际，学者们的研究焦点转为文化与地理之间的深层联系。在这样的学术背景下，文化地理学作为一种批判性的研究方法在中世纪的空间研究中开始流行起来。研究将视阈拓展为文学和艺术作品中的不同地点和场景，这种方法构建了自然景观与想象空间之间的联系，以期获得有关中世纪作家和作品对空间的想象。代表性的著作包括克莱尔·A.李斯（Clare A. Lees）和吉莉安·R.奥维林（Gillian R. Overing）编著的《一个信仰的地方：定位中世纪地景》（*A Place to Believe in：Locating Medieval Landscapes*）和劳拉·L.豪斯（Laura L. Howes）编著的论文集《中世纪叙事中的地点、空间和地景》（*Place，Space，and Landscape in Medieval Narrative*）。① 两部论文集讨论了英国中世纪各类文本中体现出来的重点地点、地景的形式以及它们传递出来的社会历史的信息和意识形态及政治权力运作的特点。因为研究对象涵盖英国有关中世纪早期和后期的文本和考古发现，因此就盎格鲁——撒克逊时期的讨论非常有限：前一部论文集有四篇论文涉及这一时期，分别探讨了诺森伯兰地区（Northumbrian）景观、比德的创作和他所处的贾罗（Jarrow）地区的关系、水域在盎格鲁——撒克逊历史语境下充当的界限功能、古英语抒情诗歌中的景观。而第二部论文集只有一篇是关于古英语布道文中的神圣空间。

　　聚焦文化地理学这一空间视阈下的英国中世纪早期文本的讨论，最具影响力的代表学者为尼古拉斯·豪依（Nicholas Howe），他在这一研究领域做出了很多开创性的工作。他从重点的景观入手，鞭辟入里地剖析出它们所承载的历史记忆以及民族感情，在文章《盎格鲁——撒克逊英格兰的景观：继承、创造、想象》（The Landscape of Anglo-Saxon Eng-

---

① Clare A. Lees and Gillian R. Overing, eds. , *A Place to Believe in：Locating Medieval Landscapes*, University Park, PA：Pennsylvania State University Press, 2006；Laura L. Howes ed. , *Place，Space，and Landscape in Medieval Narrative*, Knoxville, Tenn. : University of Tennessee Press, 2007.

land：Inherited，Invented，Imagined）中，豪依一层层剥离了盎格鲁—撒克逊景观的文化含义与历史意义。他认为，地理景观承载着丰富的文化记忆，真实的存在受制于人类的虚构和沉思。盎格鲁—撒克逊人未能拥有被称作是"未标记的空间"，而这种历史感在这片土地上留下了痕迹，让人想起那些曾经来过这里的人。① 豪依进一步指出，盎格鲁—撒克逊诗歌很好地展示了盎格鲁—撒克逊景观在身体上和心理上的多重居住方式，它们连接着特定地方及人的外部和内部世界。从这个意义上说，盎格鲁—撒克逊人通过他们继承和创造的景观与过去进行对话。② 除了这篇十分具有启发性的论文，豪依还发表了两本重要的专著，他于1989 年出版的《盎格鲁—撒克逊英格兰的迁徙与神话》（*Migration and Mythmaking in Anglo-Saxon England*）是其代表著作，甚至被认为是盎格鲁—撒克逊文化地理学的一部奠基之作。这本书的观察打断了关于文学是否可以作为"现实"的证据这一争论，激发学者们纷纷转而关注文学作为特定社会想象和创造自身能力的产物。豪依宣称文学是产生它的社会的产物，"诗人可以在很大程度上看到他们继承的传统所允许他们看到的东西"。③ 豪依从考古学资料、地景和文本出发，解析了盎格鲁—撒克逊人对土地、家园的理解和其移民身份的关联。相隔了近 20年之后，豪依于 2008 年发表了另一部重要专著《书写盎格鲁—撒克逊英格兰地图：文化地理学论文集》（*Writing the Map of Anglo-Saxon England：Essays in Cultural Geography*），这本著作延续了他一贯的文化地理学的研究视角，依然重视地理、历史和文化视角的结合，讨论了两个核

---

① Nicholas Howe，"The Landscape of Anglo-Saxon England：Inherited，Invented，Imagined"，in John Howe and Michael Wolfe，eds.，*Inventing Medieval Landscape：Sense of Place in Western Europe*，Gainesville：University Press of Florida，2002，p. 93.

② Nicholas Howe，"The Landscape of Anglo-Saxon England：Inherited，Invented，Imagined"，in John Howe and Michael Wolfe，eds.，*Inventing Medieval Landscape：Sense of Place in Western Europe*，Gainesville：University Press of Florida，2002，p. 94.

③ Nicholas Howe，*Migration and Mythmaking in Anglo-Saxon England*，New Haven：Yale University Press，1989，p. 5.

心的问题：盎格鲁—撒克逊人如何想象过去的地方以及他们如何在盎格鲁—撒克逊时期的文本中展现他们的地方观念。

豪依的研究无疑为盎格鲁—撒克逊文学的空间诗学提供了切实可行的历史视角，但是他的研究主要还是从历史和地理的证据出发，对文本的分析比较宽泛。在他的研究的基础上，进入 21 世纪后，始于地点的空间讨论拓展联系至空间概念相关的文学主题的研究，更多学者开始聚焦于文本中的空间呈现和场景意义，出现了一些高质量的专著和论文。阿尔夫·西韦尔斯（Alf Siewers）在其论文中，对古英语史诗《贝奥武甫》和古英语诗歌《古德拉克 A》文本中的重点空间地点进行了寓言式的解读，然后提出两首作品中的主人公与怪物的战争主题可以被看作"盎格鲁—撒克逊文学对英国景观文学构建的隐喻"。[①] 法比安·米舍莱（Fabienne L. Michelet）2006 年发表的专著《创造、迁移和征服：古英语文学中的想象地理和空间感》（*Creation*，*Migration*，*and Conquest*：*Imaginary Geography and Sense of Space in Old English Literature*）是迄今为止最详尽研究古英语文学作品中想象空间的专著，作者指出了空间概念在这些文本中体现出从物质存在到精神象征的层次性，由此回应了盎格鲁—撒克逊景观作为文化创作或解释来源的观点。米舍莱充分展现了盎格鲁—撒克逊诗人是如何理解空间并在他们的作品中使用空间的。她介绍了"心理地图"这一关键理论概念，它是一幅想象的世界图景，是"周围环境、整个地球和/或整个宇宙的表象构成，受到传统的影响，并赋予了意义"。[②] 在这个定义中，米舍莱阐释了这样一幅想象中的世界图景是如何成为一种文化产物，从而能够洞察产生这种图景的文化，这也是本项研究开展讨论的一个重要前提。当学者们认识到可供分析的空间对象并不局限于考古遗迹的那些结构时，这意味着在空间和地点的

---

① Alf Siewers, "Landscapes of Conversion: Guthlac's Mound and Grendel's Mere as Expressions of Anglo-Saxon Nation-Building", *Viator*, Vol. 34, January 2003, p. 21.

② Fabienne L. Michelet, *Creation*, *Migration*, *and Conquest*: *Imaginary Geography and Sense of Space in Old English Literature*, Oxford & New York: Oxford University Press, 2006, p. 9.

研究中引入了一个重大的创新。空间和地点也作为想象的建构而存在，表现在对盎格鲁—撒克逊文学中创造和延续的文学场景的描述中。

综上所述，学者们在中世纪的空间研究中取得了显著的成就，他们在构建自然景观与抽象空间之间的联系方面所做的努力具有重要的价值。盎格鲁—撒克逊时期的空间研究正是经历了从单一层面到多角度展开，从分析具体地点到深掘文化景观与抽象空间的这一动态过程。然而需注意的是，对盎格鲁—撒克逊文学中空间是如何运作的这一领域的推测和调查虽然已经开始，但仍有一些有待深入的方面：首先，相比于对历史信息的定位和探索，对文学文本中的空间建构的讨论才刚刚起步，大多还是停留在将空间和地点置于一个静态的场景的视角，缺乏动态和立体式的剖析。其次，文本讨论的对象比较有限，具体到文本的分析还是停留在单个文本以及少量几个文本上面，未形成多角度的纵览和比较。再次，空间对人物身份建构所起到的重要作用在分析中往往未获重视，空间概念的不同呈现形式对个体发展还是民族形成都是一个重要的分析角度。最后，古英语文本和拉丁语文本的串联和比较研究鲜被关注，为了充分考察当时社会中占主导地位的日耳曼和基督教两大文化传统对社会生活产生的全面影响，需并置和比较双语文本就相近主题讨论时存在的特点。这些需进一步思考和探究的点也将是本书研究的重点。

三 研究方法：空间、地点、地景及身份构建

空间研究一直以来都是一场跨学科的盛宴，涉及众多学科：文学批评、地理、历史和文化研究、社会学、建筑学、艺术史和考古学、表演研究、城市规划、哲学和人类学等。基于上面分析的中世纪的空间研究，本书从空间理论、生态批评和文化地理学等多学科的角度来分析梳理盎格鲁—撒克逊时期的重点文本。本节将概要介绍本研究的理论基础及重点的理论视角和方法。

当代空间理论为这项研究提供了理论基础。自 20 世纪 60 年代以

来，一批代表性学者（亨利·列斐伏尔、爱德华·W. 索亚、米歇尔·福柯等）的出现，极大地激发了人文社会科学学科对空间性的理论兴趣。除了对空间作为地理现实的传统研究主题之外，空间转向的特点是对空间的生产、想象和实践产生了新的兴趣。一个核心观点是，空间就像历史和社会一样，总是被建构起来的。与传统的空间是一种给定的被动存在的概念不同，现代空间概念告诉我们，空间是人类通过与环境的实际接触而创造和塑造的。因此，空间不应仅仅被视为一个舞台或背景，而应被视为一个文化和社会结构。

（一）空间的层次

此项研究尤其受到亨利·列斐伏尔（Henri Lefebvre）和爱德华·W. 索亚（Edward W. Soja）空间理论的启发。他们阐述了空间在社会思想和实践中的表现不能被理解为独立于社会物质条件的思维方式的投射。[1] 每个社会都有自己的空间，"任何空间都暗示、包含和异化社会关系"。[2] 一定空间的功能与社会物质条件密切相关。列斐伏尔和索亚都将空间分为三层来阐述其复杂含义及功能。

在其开创性的专著《空间的生产》中，列斐伏尔指出空间不是一个死气沉沉的东西，而是一种充满关系和运动的社会产物。他试图颠覆长期以来二元论的哲学范式（即主体与客体、笛卡尔的"物质实体"与"精神实体"、康德学派的自我与非自我、后康德学派与新康德学派）。然后他提出了空间的概念三重体，即空间实践（spatial practice）、空间的表征（representations of space）和表征性空间（representational space）。列斐伏尔认为，空间实践包括生产和再生产，"社会关系的再生产占主导地位"。[3] 空间的表征强调社会关系所赋予的秩序，因而与

---

① Edward W. Soja, *Postmodern Goegraphies*: *The Reassertion of Space in Critical Social Theory*, New York: Verso, 1989, pp. 124 – 126; Henri Lefebvre, *The Production of Space*, trans. Donald Nicholson-Smith, Oxford: Blackwell Publishing Ltd. , 1991, pp. 31 – 33.

② Lefebvre, *The Production of Space*, p. 83.

③ Lefebvre, *The Production of Space*, p. 50.

知识、符号和代码相联系。表征性空间具有象征意义，它与作品、图像和记忆联系在一起。① 列斐伏尔进一步将空间关系的表征与人类的体验联系起来。因此，空间的三重体模型引入了感知的（perceived）、构想的（conceived）和生活其中的（lived）这三个空间的层次。② 这三个层次分别重视地理空间的物理存在、空间的抽象思想和产生空间思想的社会关系，由此人们就可以从逻辑—认识论的角度来理解空间。这一阐释角度指明社会空间不仅被社会实践所占据，而且被"感官现象，包括想象的产物"所占据。③ 作为马克思主义思想家，列斐伏尔在分析社会空间的多元性时，希望指出资本主义社会中空间的生产与社会的再生产之间的联系。事实上，列斐伏尔的讨论并不局限于现代世界。斯塔内克（Lukasz Stanek）指出："所有研究列斐伏尔理论的学者都认为，这两个三重体都具有跨文化和跨历史的特征。"④ 笔者认同这种判断，并且认为三位一体的模式提供了一个全新的视角来研究盎格鲁—撒克逊文学文本中的空间和地点的多重功能。文学文本中再现的各种地点和地景是一种文化符号，也是一种空间符号，代表着社会实践，意味着空间表征和表征空间的特点。

在列斐伏尔的空间三重体基础上，索亚提出了一种新的空间三分法，包括第一空间、第二空间和第三空间。第一空间是关于空间形式的具体物质性，即从经验上可以观察到的地理现实；第二空间包含想象空间、思想空间以及心理或认知形式的空间表征；第三空间是社会空间的生活空间，是实践的生活现实。第三空间是建立在第一空间和第二空间基础上的创造性重组，因此，它超越了仅仅将空间描述为物质的、物理

---

① Lefebvre, *The Production of Space*, p. 33.

② Lefebvre, *The Production of Space*, p. 39.

③ Lefebvre, *The Production of Space*, p. 12.

④ Lukasz Stanek, *Henri Lefebvre on Space: Architecture, Urban Research, and the Production of Theory*, Minneapolis: University of Minnesota Press, 2011, p. 81.

的或想象的心理结构的选择。①

值得注意的是，列斐伏尔的空间三重体和索亚的三分法都强调研究对象的三重要素，这意味着空间的关系超越了简单的对立，可以用"回声、反响、镜像效应"②等深刻的效应来定义。这一空间视角可以激发对空间的研究脱离单一的二元对立的分析（空间的内与外，物质和精神等），尤其加深了空间实践对空间含义的建构作用，这一方法不仅适应于分析现代文本，对于分析中世纪的文本亦极具启发。

此外，在讨论空间的层次时，一定要警惕一种预设的心理模式，即认为一个空白空间是预先存在的，然后根据其中发生的事情对其进行填充和修改。③ 这种想法忽略了空间生产这一关键事实，它是列斐伏尔研究的中心前提，对上述三个层次的分析都是有效的。④ 同时，生产过程是双向的：一个特定的社会从传统中继承了一种空间的心理形象，这种形象将在塑造这一特定群体对其周围环境的认识方面发挥作用。这种感知影响了社区呈现和思考自身的方式。它与群体自我定义的方式有关，也与一种特殊的身份感的出现有关，而这种身份感又最终改变了传统所接受的空间形象。因此，一个不同的空间形象被传递给后代。因此，空间不是一个绝对的、预先存在的空间，而是一种文化建构，就像米歇尔·福柯所提醒到的：空间必然有一段西方经验的历史。⑤ 这本书在考察盎格鲁——撒克逊文学文本中的空间建构时，十分注意空间观念的历史感，空间的文化概念和意义不是孤零零地悬于某个地点和时间，它有着产生的物理世界、社会环境以及历史传统根源，并且会影响到后世的文化和空间概念。

---

① 参看 Edward W. Soja, *Thirdspace: Journeys to Los Angeles and Other Real-and-Imagined Places*, Cambridge, MA: Blackwell Publishing Ltd., 1996。

② Lefebvre, *The Production of Space*, p. 39.

③ Lefebvre, *The Production of Space*, p. 220.

④ Lefebvre, *The Production of Space*, p. 23.

⑤ Michel Foucault, "Of Other Spaces", *Diacritics*, Vol. 16, No. 1, Spring 1986, p. 22.

（二）空间与地点

列斐伏尔在强调空间的生产实践以及生产关系时，已经指明了空间承载了特定的生活实践和社会关系。出版于 20 世纪 80 年代的米歇尔·德·塞托的《日常生活实践》① 更为详细阐释了这一概念，并将空间定义为一种文化生产的概念。在这个过程中，德·塞托有效地区分了空间（space/espace）和地点（place/lieu）这两个概念。他解释说，地点决定了位置，"一个地点就是一种秩序（不管是怎样的秩序），根据这一秩序，各个组成部分被安排到共存的关系之中。于是，两种事物共处一位的可能性被排除了"。② 这种阐释赋予了"地点"一种物理属性，它是可以被填满或空置的位置，或者指向风景或建筑，自然发生或建造的东西。但是，空间对德·塞托而言不仅仅是一个地理位置：

　　一旦我们将方向矢量、速度大小以及时间变化纳入考察范围，空间就产生了。空间是活动之物的交叉。在某种程度上，空间是被在空间里发生的活动的整体所激活的。空间产生于这样一些操作，它们为空间指引方向，对之加以详细说明，使之具有时间性，并且引导空间以多用途整体的形式发挥作用，而这一整体又是由互相冲突的程序或者契约规定的相似性所组成的……与地点不同的是，它既没有"专属"的单一性，也没有"专属"的稳定性。③

从这个意义上说，空间不可能孤立地存在：空间是充满生命的地方，或

---

① 《日常生活实践》（*L'invention du quotidien*）的原文法语版本于 1980 年 2 月面世，英语译本四年后在美国出版，笔者参考的主要是英文版（Michel de Certeau, *The Practice of Everyday Life*, trans. S. Rendall, Berkeley: University of California Press, 1984），本书中的相应译文引自中文译本。

② ［法］米歇尔·德·塞托：《日常生活实践（1. 实践的艺术）》，方琳琳、黄春柳译，南京大学出版社 2015 年版，第 199 页。

③ 德·塞托：《日常生活实践》，第 200 页。

者是有关系转变的地方，并由居住在其中的人赋予意义的地方。因此，空间不是预先存在和持久的东西，而是必须创造和维护的东西。它不仅仅是从物理上可以看到的，它还必须是经历和体验的。由此，无论是空间还是地点，都是考察人物活动的重要概念。

除了空间哲学之外，人文地理学（human geography）同样强调空间和地点的建构性。地理学家对空间的含义持有不同的观点。有些学者，比如蒂姆·克雷斯韦尔（Tim Cresswell）认为空间是完全抽象的存在，没有人类的意义。① 本书的研究理念更多来源于德里克·格雷戈里（Derek Gregory）在其编著的《人文地理学词典》（*The Dictionary of Human Geography*）里所使用的"空间"这个概念，根据这本词典的阐释，"空间"一词仍然比"地点"更为宽泛，但并非纯粹抽象或毫无意义：它是由人、物和事件之间的关系所定义的，通常被认为是处于过程之中的，时间是与之相关的一个重要的因素。②

以上有关空间和地点的解释都说明了空间不是简单的物质存在，而是由人创造的。同时，需注意空间和地点之间并非存在严格的界限。在段义孚（Yi-Fu Tuan）的表述中，"地方意味着安全，空间意味着自由：我们依恋其中一个，又渴望着另一个"。③ 地点也是由人类创造的，它更为具体，是一个赋予人类意义的地点。和空间一样，地点的界限也是处于不断变化之中，不是确定的。盎格鲁—撒克逊人并不仅仅存在于现成的空间和场所中，他们还在精神上和想象中构建了周围的场所。创造空间就是理解周围的世界并拥有它。在此理论基础下，本项研究认为盎格鲁—撒克逊人把空间建设成一个合适的地方，用本节前面引用的德·

---

① Tim Cresswell, *Place: A Short Introduction*, Malden, MA: Blackwell Publishing, 2004, p. 8.

② Derek Gregory, "Space," in *The Dictionary of Human Geography*, ed. Derek Gregory et al., 5th ed., Malden, MA: Blackwell, 2009, p. 708. 综合阅读本词典中有关"空间"的词条，可总结得出格雷戈里在当代空间理论方面的主要观点包括："时间与空间的整合"、"时间与空间的共同生产"、"时空的无规律"和"时空的多孔渗透特征"，第708—709页。

③ Yi-Fu Tuan, *Space and Place: The Perspective of Experience*, Minneapolis: University of Minnesota Press, 1977, p. 3.

塞托的话来说，就是"专属的"（proper）地方。在法语原版的《日常生活实践》中，德·塞托使用的是法语词语"propre"，这一个词具有两重含义："合适的、正确的"和"拥有的、属于的"。① 由此可见，当盎格鲁—撒克逊人把自己的民族精神和文化习惯施加给一个地方时，这个地方就变成他们"专属的"地方。显而易见，空间、地点的意义和人的占有和所属关系紧密关联。针对盎格鲁—撒克逊人的移民身份，这种空间和地点的分析十分必要和具有意义。

（三）宗教生态学

第二种理论取向源于生态批评。切里尔·格洛特菲蒂（Cheryll Glotfelty）在《生态批评读本：文学生态的里程碑》（*Ecocriticism Reader: Landmarks in Literary Ecology*）一书的序言中解释了应用生态方法进行文学批评的意义：

> 尽管研究范围广泛，层次复杂，但所有生态批评都有一个基本前提，即人类文化与物质世界相连，影响着物质世界，并受到物质世界的影响。生态批评以自然与文化的相互联系为主题，尤其是语言和文学的文化产物。作为一种批判立场，它一只脚在文学上，一只脚在土地上；作为一种理论话语，它在人类与非人类之间进行协调。②

格洛特菲蒂这段阐释明确了生态批评的方法侧重于文化与自然的关系，文学和语言的互动，以及协调人类与非人类之间的关系，这一切都是本项研究在考察盎格鲁—撒克逊文本时一直关注的方面，为研究当时人类与自然环境的复杂联系提供了一个更广泛的视角和维度。为了评估

---

① 有关"专属的"一词蕴含的空间意义的详细讨论，可参看德·塞托《日常生活实践》，第199—201页。

② Cheryll Glotfelty and Harold Fromm, eds. , *The Ecocriticism Reader: Landmarks in Literary Ecology*, Athens: University of Georgia Press, 1996, p. xix.

某一个环境事件或场景中特定人物的行为逻辑或有效性，需要知道一个指定的场景所经历的人为影响的程度。这也是生态批评想要说明的重要一点：为什么文学作品中的人物能够在逻辑上反映他所身处的情境的社会规范。本著作着眼于文学文本中呈现的各种自然地景，它们是观察了解盎格鲁——撒克逊人与周围环境相互作用的重要场所。

和宏观的生态批评方法相比，在研究中世纪早期的文本时尤其要注重的一点是这些文本中所表现的自然环境往往体现了作家的宗教观。环境危机是现代社会的产物，但人类与环境的关系自人类在地球上定居以来就已经开始存在。克拉伦斯·J. 格拉肯（Clarence J. Glacken）的专著《罗迪安海岸的痕迹》（*Traces on The Rhodian Shore*）详尽地描述了早期人类试图使自己与自然的互动处于一直合理且理想的状态。书中格拉肯勾勒出了人类环境思想的发展过程，指出早期希腊哲学所认为的人类对环境施加的影响是：人类接受一个设计好的地球，并且作为其主要的环境调节器。人类的权威与自然世界的角色之间的这种不和谐，在中世纪文学中表现为基督教会与异教思想之间的分裂。格拉肯发现在无序的野生区域里人类思维的异常。他写道：

> 自然概念，甚至神话概念中最引人注目的是对目的和秩序的向往；也许这些秩序的概念，从根本上说，是从人类活动的许多外在表现的有序性和目的性中衍生出来的类比。①

由此可见，自然空间的无序状态呼唤和等待人们进入其中建立秩序和进行实践。在中世纪的文化语境下，伴随着外在自然环境的演变和宗教价值的变化，人类能够甚至必须通过宗教和政治来控制环境。它表

---

① Clarence J. Glacken, *Traces on the Rhodian Shore: Nature and Culture in Western Thought from Ancient Times to the End of the Eighteenth Century*, Berkeley & Los Angeles: University of California Press, 1967, p. 3.

明，特定的环境因素（森林、沙漠等）要么是神圣的，要么是亵渎的，这取决于教会或政治权力的欲望。美国中世纪史研究专家林恩·怀特（Lynn White Jr.）的论文《生态危机的历史根源》（*The Historical Roots of Our Ecological Crisis*）[①] 极大地推进了学界从宗教角度考察环境问题。怀特认为，农业象征着基督教对异教的胜利。他主张："基督教是世界上见过的最以人类为中心的宗教……人类为了自己的正当目的而剥削自然，这是上帝的意志。"[②]

某些批评家认同怀特对自然的犹太—基督教式的阐释态度，并宣称这种对待自然的方法是"以人为中心—赋予人性"（anthropocentric-anthropomorphic）的。值得注意的是，宗教对自然的人类中心主义倾向并不意味着对生态的破坏。相反，基督教神学家保罗·桑提米尔（Paul Santimire）认为，这种方法具有"模糊的生态前景"[③]。桑提米尔认为神学是建立在精神和生态的思维方式之上的，而精神母题和生态母题对于支持犹太—基督教对自然的理解都是必不可少的。生态主题"是建立在人类精神超越自然的愿景之上的，目的是为了上升到与上帝的超世俗交流，从那时起，在世俗历史的模糊状态中服从上帝的意志"。[④] 上升这一概念显示了超越世俗的意义，表达了对上帝居所的敬畏之情。桑提米尔用多产和迁移（到一个好地方）两个隐喻来支持生态主题的概念。这两个隐喻在本书的研究中起到了重要的作用。简而言之，正如桑提米尔所概括的那样，"生态学在这里被理解为有关上帝、人类和自然之间相互关系的系统"。[⑤] 生态分析方法应用于盎格鲁—撒克逊的文本能开辟认识当时自然、人类与上帝多维关系的新途径，极大地拓展了生

① Lynn White Jr., "The Historical Roots of Our Ecological Crisis", *Science*, Vol. 155, No. 3767, March 1967, pp. 1203 – 1207.

② Lynn White Jr., "The Historical Roots of Our Ecological Crisis", *Science*, Vol. 155, No. 3767, March 1967, p. 1205.

③ Paul H. Santmire, *The Travail of Nature*, Philadelphia: Fortress Press, 1985, p. 1.

④ Paul H. Santmire, *The Travail of Nature*, Philadelphia: Fortress Press, 1985, p. 2.

⑤ Paul H. Santmire, *The Travail of Nature*, Philadelphia: Fortress Press, 1985, p. 2.

态批评的历史视阈。

（四）地景居住者及身份构建

前面两个理论视角已经充分展现了本书研究的重点内容：一是空间的多层含义以及与地点之间的关系；二是自然环境和人类社会的互动中反映的人、自然、社会与上帝之间的复杂关联。本项研究还有一个重点就是考察各种地点中的居住者在空间中的实践与活动在其身份构建过程中的作用。除了空间和地点这两个概念之外，研究还必须引进"地景"（landscape）这一概念。前面在关于中世纪空间研究的文献综述中，已经多次提到了文化地理学家对盎格鲁——撒克逊时期地景的剖析，有利于了解其移民身份和家园概念。其实对这一时期的文学文本更全面的考察，可以发现更多地景的文化意义，这也是本项研究力图达成的一个目标。接下来就文化地理学视阈下的地景概念进行一些简单介绍。

文化地理学的引进丰富了空间讨论中对地理景观的理解，现代英语的地理景观（landscape）同源词出现在古英语中为"Landscipe"①，意为土地。这一概念发展到现代衍生出极丰富的内涵：包含地面景观与历史文化二位一体的形态。著名文化地理学家迈克·克朗（Mike Crang）强调应在文化的视角下解读空间，不再把空间看作纯粹的客观景观，其实"地理景观是人们通过自己的能力和实践塑造出来，以符合自己文化特征的产物"②，由此地理景观的社会性被凸显出来。有了文化地理学的理论，人们很容易接受和理解多样化的景观如何成为反映人类活动的标志。因而在考察个体以及群体身份和社会互动时，应充分观察地景呈现出的特点和产生的变化。

---

① "Landscipe"一词最早出现在古英语诗歌《创世记 B》中第 375—376 行：撒旦提到地狱时说道："ic a ne geseah la ð ran landscape。"（"I never have seen a more hostile landscape"）Bosworth 和 Toller 在其编撰的《盎格鲁——撒克逊词典》（*An Anglo-Saxon Dictionary*，Oxford：1898）中将其定义为"一片/块土地"（"a tract［or region］of land" p. 619）。

② Mike Crang, *Cultural Geography*, London：Routledge, 1998.

　　地理景观①在盎格鲁—撒克逊文本中有着多样的呈现方式：有自然景观，尤其是未开发的荒野景观，包括海上景观、沼泽地景、荒地高原等各种各样的地形特征；有建筑景观，包含宴会大厅、城堡、修道院等。地景首先是一种视觉形式，是一种表现、组织或象征周围环境的方式，可以是直观的风景、图画、书写等。就文学研究的内容而言，考察的对象是文本中再现的景观，通过语言和文字重建的各种地景和建筑的形式，融合了各种意象、象征，是无形的，但是极富想象力和文化内涵。事实上，语言文字表征下的各种景观含义蕴含着错综复杂的历史和社会意义。当然，每一次对各种地理景观的研究都会进一步分析它的呈现形态，为文化表现又增添一层新的内容。在人文地理学中，地景景观与文化的解释又将地景具象化为经验主义研究对象的倾向，但其实践者往往将地景视作一种文化符号或形象，尤其是将其比作可以"阅读"的文本。在本书的讨论中，盎格鲁—撒克逊文本中的各类地理景观就表现为可读性和可阐释性，它们具有物理环境与文化精神的双重特质。可以将地理景观理解为一种介于自然环境和人类文化之间的叙事形式，跨越了物质与想象、客观与主观之间的传统界限。这种解释方式使地景成为本项空间研究中的一个重要的自然—文化的集群。

　　地景这一空间性元素在各类文学叙事中占据重要地位，它的呈现形式十分多样，可以是不同的地域背景，特定时空的场景，也可以是代表性的建筑空间，这一系列特定的地理空间对事件的发展和人物形象的塑造发挥着举足轻重的作用。即便是在叙事结构、人物形象相对简单的古英语和盎格鲁—拉丁语的文学作品中，某些地理空间也绝不仅仅是事件发展的场所，它对人物身份的构建具有推进作用。甚至这些地理空间本身就可被当作一种精神建构而存在，是关于外部环境和社会关系的表征

————————

　　①　在本书中，笔者使用的"地理景观"、"地景"和"景观"都是指的同一个地理概念，及英文 landscape 一词。本项研究强调这种空间存在形式的两方面含义：一层是自然界的不同地理特征和景观表现形式；另一层是它和生物之间的联系，这些生物包括非人类和人类的类别。

形态。

在讨论地景塑造居住者的身份构建时，会涉及一个重要的概念——个人发展的"阈限"阶段。阈限的英文表述为"liminality"，来源于拉丁文"limen"，相当于英文"threshold"（门槛）。根据韦氏词典（Merriam-Webster's Dictionary），形容词"阈限"（liminal）在现代英语中有三个意思：第一是"感觉阈限"，第二是"几乎察觉不到"，第三是指过渡的"中间状态、阶段或状态"。在现代文学批评和文化研究中，这一术语常指"临界"和"过渡"的概念。"阈限"的过渡概念可以追溯到维克多·特纳（Victor Turner）的人类学理论。阿诺德·范·盖内普（Arnold van Gennep）在他的《通过礼仪》（*Rites of Passage*，1909）中首次提到了"阈限"概念，但直到 20 世纪 60 年代这一概念才通过英国人类学家特纳的著作得以广泛运用。特纳在他的文章《玩耍、纵情与仪式中的阈限与类阈限体验》（Liminal to Liminoid, in Play, Flow, Ritual）中区分了三个不同的阶段：分离（separation）、阈限（liminality）和重新结合（re-incorporation）。① 根据特纳的观点，阈限阶段是个体、部落和社会生活中的一个临时中介时期，即"仪式主体经历了一段模棱两可的时期，一种社会边缘"。② 所以"阈限"对于主体的成长过程来说最大的特征是一种"模棱两可、似是而非"（betwixt-and-between）的边缘状态。③ 虽然特纳的分析还是从仪式和人类学角度出发，但他大大推进了这个理论的多元化发展，在他以后，阈限理论早已超越仪式研究的范围，被运用于多个领域的研究。在文学研究领域，很多学者认为阈限的概念在理解文化身份、性别主体性和生存空间等方面具有积极意义。

---

① Victor Turner, "Liminal to Liminoid, in Play, Flow, Ritual: An Essay in Comparative Symbology", in *From Ritual to Theatre: The Human Seriousness of Play*, New York: PAJ Publications, 1982, pp. 22 – 60.

② Victor Turner, "Liminal to Liminoid, in Play, Flow, Ritual: An Essay in Comparative Symbology", in *From Ritual to Theatre: The Human Seriousness of Play*, New York: PAJ Publications, 1982, p. 24.

③ ［英］维克多·特纳：《象征之林——恩登布人仪式散论》，赵玉燕、欧阳敏、徐洪峰译，商务印书馆 2006 年版，第 96 页。

　　"阈限"这一概念对空间讨论也有所启发。特纳分析仪式主体经历的过程时，常常将其与空间的变化移动等概念联系在一起。比如，他论述到主体的过渡阶段往往体现在"空间象征"上，导致"地理运动从一个地方到另一个地方。这可能只是打开一扇门，或者是实际跨越一个分隔两个不同地区的门槛"①。后现代理论学者对阈限特征的诠释使人产生这样一种观念：这种跨越运动是无止境的。查尔斯·詹克斯（Charles Jencks）声称，阈限可以是"一个无限延伸的空间，没有明显的边缘"②。伊丽莎白·格罗斯（Elizabeth Grosz）进一步指出，边缘和边界不应被视为"侵犯"界限而是"穿越"界限，因为"边界的一侧已经受到影响，因此每个受限制的术语都变得相反"③。因而，阈限的过渡、似是而非、临界等特征都可以应用到研究特定人物成长和描述特定空间的特征。在这项研究中，阈限一词不仅指个体发展的中间阶段，而且具有更广泛的意义，成为一种空间隐喻。它可以被识别为连续迁移的空间，一个不断跨越可渗透边界的形成过程。在对自然景观的描述中，在地景与居住者互动关系中，尤其是在分析文本中流亡者这一特定人群时，这一概念都极大地拓宽了讨论的视角。

　　本项目聚焦于盎格鲁—撒克逊文学文本，是一种溯源式的回看和探究，除了个体身份和其在空间中的实践与活动。最终的目的是要观察民族身份和国家空间的建构，从文本中再现的空间的归属感来找到属于那个时代的记忆和文化的痕迹。关于空间和民族身份的联系，本尼迪克特·安德森（Benedict Anderson）的《想象的共同体：民族主义的起源与散布》（*Imagined Communities*：*Reflections on the Origin and Spread of Nationalism*）将这项研究推进到更深的角度。安德森认为现代民族主义

---

　　①　Turner, "Liminal to Liminoid, in Play, Flow, Ritual", p. 25.

　　②　Charles Jencks, *The New Paradigm in Architecture*：*The Language of Postmodernism*, New Haven：Yale University Press, 2002, p. 87.

　　③　Elizabeth Grosz, *Space*, *Time and Perversion*：*Essays on the Politics of Bodies*, New York：Routledge, 1995, p. 131.

的发展起源可以追溯到 18 世纪末，近代历史努力重新绘制欧洲地图，试图明确界定国家边界，改变了人们感知空间环境的方式。[①] 民族观念中固有的两个概念值得特别关注。首先，在民族主义思想的精神框架内，历史成为记录特定民族走向自由的过程中所经历的压迫和抵抗。其次，一个民族要想建立自己的国家，除去其他因素外，一定需要一个可以称之为自己领土的地方——正如安东尼·D. 史密斯（Anthony D. Smith）在《民族的起源》（*The Ethnic Origins of Nations*）一书中所假设的那样：这个地点不必是实际的位置；它可以是一个想象的空间，一个记忆中的家园，或者一个理想的应许之地。[②] 这两个因素经常混合在一起，意味着一个群体的自我意识和命运常常与对特定领土的拥有和控制联系在一起。加上前面分析的福柯、索亚和列斐伏尔等理论家所揭示的空间和位置的意义。这些理论能有效地帮助拓展研究视阈，土地、自然、地景等空间名词和概念将会频繁地重复出现在主体部分的文本分析之中，而其中的个体和群体在特定空间中的实践以及所反映的社会关系在整个研究过程中始终是最值得关注与探究的目标。

基于以上论述可以清晰地看到无论是被填满或空置的地点还是由各种关系和变量构成的动态空间，传递的都是人类实践的信息。当代空间理论试图重新解读空间的自然或规范表征；此外，空间理论能够批判性地分析表征性实践是空间的渐进秩序或空间概念的生成方式，而不是反映客观现实的简单描述。简言之，当代空间理论的意图是阐明或告知具象实践下的意识形态基础，因为这些实践涉及空间、地点、景观、场所和其他相关概念。将现代空间理论应用到中世纪文本的分析，并不是一种时空错乱的安排，空间理论家充分考虑了空间哲学演变过程中的各个阶段的个性特征和历时的影响。列斐伏尔就指出："空间的产生已经达

---

① Benedict Anderson, *Imagined Communities: Reflections on the Origin and Spread of Nationalism*, rev. edn., London: Verso, 1991, p. 14.

② Anthony D. Smith, *The Ethnic Origins of Nations*, Oxford: Blackwell, 1986, pp. 28 – 29.

到概念和语言的层次，它对过去起着追溯作用，揭示了它迄今尚未被理解的方面和时刻。过去以不同的方式出现，因此过去成为现在的过程也呈现出另一个方面。"① 以上讨论的跨学科的理论基础：空间理论、生态批评和身份构建，它们共同形成一个全新的分析中世纪文本的视角，透过这个视角来接近和解读"他者"的中世纪文化，是一种溯源，更是一种重建认知的过程，希望这项研究既能丰富国内外国文学研究中空间理论应用的层次，也为现代社会空间认知提供更为丰富的研究视角、精神资源和信仰启示。

四　研究范围及目的

以列斐伏尔的空间理论为基础，本项研究试图借由相关文本的细读，探究盎格鲁—撒克逊这一特定社会如何思考空间，如何产生一定的空间组织，如何将自己定位于空间，如何表现空间，进而确定了以下层次的分析。首先，关注文本中再现的自然地形空间。虽然本书并非聚焦于考古或者地理学方面的讨论，但是通过文学文本这一媒介，力图还原和解析尽可能丰富的有关当时自然及社会空间方面的信息，包括一个群体所居住的自然环境及其景观的显著特征，以此来考察当时社会如何占有、支配和改造一个物理空间。其次，分析会涉及空间的文化层次，即空间概念在不同传统中所体现出的特征。这方面的研究关注的是"构想"的空间，及盎格鲁—撒克逊时期的学者从过去传统继承下来关于地理学和宇宙学的信息，他们在记载和传递时做出了结合自己社会状况的修改。分析中将采用历史的观点，追溯空间知识和空间概念建构的动态发展过程。最后，空间作为一种精神的结构。这一层次的讨论赋予空间和地点以个体或群体的心理和情感的属性，并且包含一定的价值判断，也就是说，它反映了个人或社会的空间想象力。这种感知是由一些基本的意象所塑造的，比如内/外、开/闭、高/低等，它们的对立和联

---

① Lefebvre, *The Production of Space*, p. 65.

系同时具有丰富的象征意义。一种空间的文化及其对应的特定的知识体系可能会在历史长河中逐渐消亡不见，因为进步发展改变了现存的表现世界的模型，改变了对环境本质的洞察和理解。但是，赋予空间作为一种心理结构的价值观会持久存在，并为空间想象注入意义。人类认知世界的核心价值观历久不衰，并世代相传。

其实，以上三个层次在讨论中是相互渗透，不能完全割裂分开进行。本项目的研究对象是文学文本，因此基于文本及历史资料的细读和研究主要为了观察这些作家在不同类型文本中发展出的空间意识以及由此产生的空间表征，由此可见，讨论的重点不可能是历史地理学方面的空间具体实践，而是根据文本的描述，集中在上述层次划分中的第二层和第三层分析之间的结合点上。结合之处决定了两层空间如何交会渗透且相互影响。很难在这两个方面之间找到一个明确清晰的界限，因为它们有很多重叠之处。空间作为一种精神结构，处于第三层次的分析是通过符号和意象来体验的，当然，第二层次的分析是专注于空间文化的，也涉及概念和精神构造。这两个层次的分析涉及空间表征的不同方面，但它们的对象始终是人类心灵的创造。同样，象征的价值和意义不仅与空间这一精神/心理结构有关，而且与空间文化有关，因为文化传统传承了属于想象领域的空间思想和概念。例如，列斐伏尔正确地指出，将宇宙描述为一系列同心球体的古老空间文化早已崩溃，而作为精神/心理结构的空间则保留了这些古老的价值，例如高低之间或光明与黑暗之间的固有的对立含义。①

同时需注意上一节研究方法的讨论除了突出空间表征的不同层次之外，还强调了空间的实践性和创造性。整项研究展开前必须明确一点：和世界上其他民族一样，益格鲁——撒克逊人创造了"专属的"空间。这些空间活动的痕迹存留在地景、建筑、手工艺品、地图、绘画等各处。文学文本当然是承载这种痕迹和进行存证的重要载体之一，本研究

---

① 参看 Lefebvre, *The Production of Space*, pp. 186 – 188。

的主要动机就是为了了解盎格鲁—撒克逊人的日常活动和身份构建。因为政治、宗教和经济思维都反映在一种特定的空间意识中，努力理解当时的空间的概念和表征显得十分必要。

本书以盎格鲁—撒克逊时期的各类文本为例，以列斐伏尔关于空间和地点随时间和文化而变化的原始命题为基础，对这一问题进行深入研究。在这一过程中，研究提出一个初步的探索性方法，结合空间层次、空间实践以及空间表征等方法，旨在促进中世纪叙事的分析，解释所描绘的空间复杂性，以及整合和加快人文领域内对中世纪早期英格兰地区中的地点、场所和想象空间的探索，以此帮助现代读者接近盎格鲁—撒克逊文学文本中的空间结构、地点及地景的特定含义。没有一本书可以就盎格鲁—撒克逊建设的许多空间和地方提供一个完整的指南，但本书的每一章将关注某一层次空间中居住者的空间实践，以理解盎格鲁—撒克逊人如何创造和建构这个空间。

在这种理论基础和研究目的的指导下，研究对象覆盖盎格鲁—撒克逊时期创作的重点古英语文本和盎格鲁—拉丁语文学作品中的核心场景、代表地景、文学景观和空间的立体结构。依托盎格鲁—撒克逊特定的历史、社会、文化语境，以空间的不同层次：自然空间、社会空间、心理空间和精神信仰空间为经，以英雄史诗、抒情诗歌、圣徒传记、智慧文学等不同类型的文本为纬，多层面分析各类文本所阐发的空间概念和重点地景，在研究中审视人物与不同空间的互动以探讨个人与自然、社会、上帝的关系。主体部分的四个章节将分别重点讨论：自然空间和社会空间的交织关系，心理空间反映出的个体和群体的关系，宗教信仰空间在这一时期反映出的对古典传统的继承和创新，以及群体、民族身份和典型地景之间的关系。除了对空间的不同层次进行分别阐释外，这四个章节的分类也是希望对每个种类的文本作一些集中介绍，包括主题特征、写作特点、人物塑造，但研究的重点始终是人物在空间中的活动和实践所表征出来的社会经济状况和文化讯息。

从四个章节的安排中可以看出，本项研究强调点面的结合，重要作品和次要作品、不同体裁之间全面、系统、综合比较的研究方法，找出拉丁语和古英语文本在处理类似空间主题时呈现方式和文化隐喻方面的共性与不同。文本阐释法是最基础核心的方法。最大程度从一手资料出发，通过直接译介和细读文本，结合理论分析和当时历史背景，开掘各类文本空间叙事中传递出的文化内涵，并阐释现代空间理论对益格鲁——撒克逊文化文学研究的潜在功能。

研究的主要内容包含以下四个要点。第一，剖析具体地点和空间的多元层次：着眼于不同文本的空间表现，包含具体的地点和地景的描写，也拓展延伸至社会生产关系、个人心理状态和宗教信仰等层面。这些空间讨论不只是对文化的简单反映，也在一定程度上揭示了当时人们认知世界的方式。第二，聚焦核心概念间的复杂关联：围绕空间坐标的排序，剖析空间叙事中看似对立却相互制衡且相互转变的空间概念，比如内／外，中心／边缘等，它们同时间概念中的永恒／短暂，过去／现在相互映衬，反映出多元文化背景下，益格鲁——撒克逊人对自我存在与外部世界关系的思考。第三，关注英雄、流放者、女性、圣徒等不同身份的个体在文学文本中呈现出来的主体性建构。同时关注重点地点如宴会大厅、修道院、野外荒野从不同角度证明群体生活举足轻重的功用：安定的社会维系着稳定的血缘关系、经济关系，也是确保个体身份和建立统一国家的前提条件。第四，研究旨在进一步认识空间与个人及集体身份认同之间的联系，关注和探究空间束缚的物质文化与集体认同之间存在的核心问题。

简而言之，本书讨论的重点始终是不同地点的空间意义，以及其丰富的文化经济社会内涵，这些信息依赖于不同空间中的居住者的活动。本研究还将观察边界概念、地理距离、中心和边缘的定义以及各种领土控制有关的空间问题。研究将特别关注具有象征意义的重点地景和地点，以及它们在塑造英国民族和文化认同中的作用。

第一章

世俗文学中的自然空间和社会空间

　　本章探究盎格鲁—撒克逊文本语境下自然空间与人类社会的相互作用。首先将聚焦古英语智慧文学中所体现出来的盎格鲁—撒克逊人的自然观，以及特定自然景观的文化内涵。接下来将集中于史诗《贝奥武甫》的文本分析，阐释自然空间和社会空间的划分以及边界的特征，尤其将具有代表性的荒野地景和宴会大厅置于叙事立体式展开的水平—垂直轴上，剖析两大代表地点的空间意义。在阐述《贝奥武甫》的空间构建和不同地点传递出来的经济社会和文化意义时，需要关注自然空间如何发挥了定义那个时代的人性和英雄主义的功能。本章最后将单独分析《贝奥武甫》中的海景——这一特定自然空间的意义，为第二章讨论内在心理空间和外在物质空间这组概念提供了重要的出发点。

第一节　智慧文学中的敌对自然

　　当列斐伏尔强调空间是社会产物这一核心观点时，他指出这个论点的第一个重要的内涵就是表明了在现代"（物理）自然空间正在消失"①。然而，他认为"自然空间并没有完全从场景中消失"，它是"社

---

　　① Lefebvre, *The Production of Space*, p. 30.

会进程的起源"①。他进一步声称："作为源头和资源，自然困扰着我们。"② 现代人生活在熙熙攘攘的高度文明的世界里，总是渴望回归到自然去寻求和平与宁静，这是一种对历史回望和溯源的态度。不可否认，每种空间和每个地点的含义在历史长河发展中保留着一些超验的本质特征，但更多的是随着经验的发展变化，人们看待空间和地景的角度发生了改变。研究盎格鲁——撒克逊时期的空间特征，有必要将其置于欧洲中世纪的历史大背景下考察，尤其需注意中世纪是一个经历着广泛环境变化的时期：森林砍伐、土地流失、寺院秩序导致原始环境的转变，以及当时连绵战事的发生通常将曾经耕种的土地恢复为野生状态的逆向文明发展过程。不可否认，环境的巨大变化反映了中世纪耕种与荒地、社区和个人之间的矛盾。著名中世纪研究学者勒高夫（Jacques Le Goff）就在其著作中明确指出了这一点：

> 在中世纪，自然与文化之间存在巨大的反差……以建造、耕种和居住的地方（城市、城堡、村庄）与处于野生状态的地点（海洋和森林、东方沙漠在西方存在的相似景观）表现出来，即在成群居住的人与独居的人之间存在着巨大反差。③

景观的改变可以用来观察人与自然之间的相互作用以及产生的影响。盎格鲁——撒克逊文学中的各种景观的呈现就体现出了当时的人类群体社会与自然间的复杂联系。盎格鲁——撒克逊人对世界的了解和认知水平十分有限，所以他们很容易将许多实体定义为奇怪、可怕和陌生的。对他们来说，危险的自然世界被归类为"他者"，是人类世界的绝对外在的存在。现代人无法完全获知盎格鲁——撒克逊人与周围自然的互动情

---

① Lefebvre, *The Production of Space*, p. 30.

② Lefebvre, *The Production of Space*, p. 30.

③ Jacques Le Goff, "The Wilderness in the Medieval West", in *The Medieval Imagination*, trans. Arthur Goldhammer, Chicago: University of Chicago Press, 1988, p. 58.

况，但通过考古证据和历史资料可以在一定程度上重建当时人们大体上的生活状态。在日耳曼民族的长途迁徙过程中，甚至在盎格鲁—撒克逊人定居下来之后，他们的四周都被各种各样的危险所包围。自然环境被认为是敌对和危险的：气候、植物和动物都被认为对个人和群体生存构成诸多威胁。在这种背景下，自然景观在盎格鲁—撒克逊文学文本中被描述为残酷且不友好的。①

　　各种类型的盎格鲁—撒克逊文本都有涉及对自然的呈现与论述，其中最为突出的就是智慧文学这一文类。盎格鲁—撒克逊智慧文学包含箴言诗（gnomic poems）、谜语诗（riddles）、目录诗（catalogue poems）、诀术歌（charms）等丰富的种类，生动地展示了盎格鲁—撒克逊人眼中的各种自然生物以及自然现象。纵观这些风格迥异的诗歌，可得出以下几个重要的观点：首先，这些文本表明，在盎格鲁—撒克逊世界中，自然事物和超自然事物之间没有明显的区分。根据学者内维尔（Jennifer Neville）的说法，对于盎格鲁—撒克逊人来说，自然“不是与超自然现象相对立的范畴”。② 各种各样的野生物种，包括鹿、狼、海怪和人形怪物都生活在荒野中。这些神秘而怪诞的生物虽然为人们所畏惧，但在大自然中却各自占有属于自己的空间和地点。例如《箴言二》（*Maxims II*）这首智慧诗歌生动展现了盎格鲁—撒克逊人对自然界的朴素认知及其对自然生物以及空间地点的初步概念，可以总结得出一个重要的空间主题即“万物在其位”（everything-in-its-place）。③ 诗歌在介绍龙和巨人时，一开始就把它们定位于一定特质的地点之中：“龙必须住在洞穴之中”（*Draca sceal on hlæwe*，第 26 行），“巨人必须独自一人住在沼地

---

① 有关历史背景的进一步讨论，请参看 Jacques Le Goff, *Medieval Civilization* 400 – 1500, trans. Julia Barrow, Oxford：Basil Blackwell Ltd. , 1988, pp. 3 – 36。

② Jennifer Neville, *Representations of the Natural World in Old English Poetry*, Cambridge & New York：Cambridge University Press, 1999, p. 16.

③ 《箴言二》列举了丰富的动物种类，是简单了解当时自然界生物状况的重要文本材料。除了提到各种怪物及其居住空间，诗歌中也提到了很多其他自然生物的居住空间，比如：“小鸟必须在空中玩耍。深水池里的鲑鱼必须和鳟鱼一起游行。”（第 38—40 行）

里" (*þyrs sceal on fenne gewunian/ana innan lande*，第 42—43 行)。[①]

其次，自然对盎格鲁—撒克逊人的生活产生了巨大的影响。自然现象是按照它们自己的规律发生的，正如《箴言一》(*Maxims I*) 所揭示的："霜必冻结，火能融木，土地播种，冰能建桥。"(*Forst sceal freosan*, *fyr wudu meltan*, /*eorþe growan*, *is brycgian*；第 71—72 行) 学者拉灵顿 (Larrington) 认为当时古英语文本中体现出来中世纪早期的自然世界与人类的生存状况息息相关，自然"是一种试金石，通过自然可以衡量有关人类行为和社会的箴言诗的真实性"[②]。由此可见，箴言诗中描述的世界最大限度地还原了当时人们改造和认知自然的状况和水平。在谈到和自然相处时必须要注意的事项时，《箴言一》的诗人提到：人们必须遵守这个野蛮邻居的规则，如果社会要存在，自然和人类世界应该相互协商（第 56—58 行）。这些简短易懂的诗行生动揭示了盎格鲁—撒克逊人在当时生产力低下和生存环境恶劣的情形之下，摸索和总结出来的古老智慧和实用的生存哲学。

正如上面提到的，自然空间的分配与特定的生物联系在一起。盎格鲁—撒克逊时期文本中的自然界表现为大片的荒野景观，这里的居民大都是令人恐惧的怪物。以下两大要素清晰地勾勒出荒野与可怕居民之间密不可分的关系。第一个要素是大多数盎格鲁—撒克逊人的起源故事中都带有怪物的特征和元素。吉尔达斯 (Gildas) 在其历史著作《不列颠之毁灭》(*De Excidio Britanniae*) 中写道："（盎格鲁—撒克逊侵略者）是野蛮的野兽……他们就像从狭小的洞穴里钻出来的黑暗蠕虫军团。"[③]

---

① 除非另有说明，本书中古英语诗歌全部引自：George Philip Krapp and Elliott Van Kirk Dobbie, eds., *The Anglo-Saxon Poetic Records*, 6 vols., New York: Columbia University Press, 1931 – 1953。另外如无说明，书中所引的诗歌中文译文为本书作者所译，笔者翻译时在阅读古英语原文的基础上，也参考了相关不同版本的现代英语译本。引文诗行行码随文注出，后面不再加注说明。

② Carolyne Larrington, *A Store of Common Sense: Gnomic Theme and Style in Old Icelandic and Old English Wisdom Poetry*, New York: Oxford University Press, 1993, p. 125.

③ Gildas, *The Ruin of Britain and Other Works*, ed. Michael Winterbottom, London: Phillimore, 1978, p. 94.

同一时期的很多历史文献也显现出类似的倾向：把盎格鲁—撒克逊部落与怪物联系起来。南尼厄斯（Nennius）在《英国历史和威尔士编年史》（*British History and The Welsh Annals*）中记载，不列顿人（Britons）① 和盎格鲁—撒克逊人的家谱都与歌革和玛各（Gog and Magog）② 有关。在蒙茅斯的杰弗里（Geoffrey of Monmouth）的《英国帝王史》（*The Historia Regnum Britannie*）和杰拉尔德（Gerald of Wales）的《爱尔兰的历史和地形》（*The History and Topography of Ireland*）这些历史文本中，③ 盎格鲁—撒克逊人的起源故事都联系到巨人的形象。学者指明："起源故事是一种艺术手段，用于解释一个国家、一个家庭或一个机构是如何形成的。"④ 由此可见，盎格鲁—撒克逊人的起源故事与怪物形象有着密切的联系，同时这些起源神话也反映出盎格鲁—撒克逊人受困于畸形和混杂的文化焦虑，这一焦虑直观体现于下一要素中。

第二个要素是盎格鲁—撒克逊文本中充斥着众多怪物角色。除了在古英语箴言诗和目录诗中偶尔提到巨人、龙和怪物，在《诺威尔抄本》（*Nowell Codex*）中的古英语文本和盎格鲁—拉丁语散文《怪兽奇观》（*Liber Monstrorum*）中都出现了一系列的怪物形象。《诺威尔抄本》是盎格鲁—撒克逊时期重要的手稿，包含五个文本，分别是《圣·克里斯托弗生平》（*The Life of Saint Christopher*）、《东方神奇录》（*The Wonders of the East*）、《亚历山大致亚里士多德的信》（*The Letter of Alexander*

---

① 在盎格鲁人、撒克逊人和朱特人入侵占领不列颠之前，岛上的原著居民是不列顿人，很多学者也直接将其称为不列颠人，本书在下面论述中将采用在中国学界更普遍使用的"不列颠人"的译法。

② 在《圣经·启示录》中歌革和玛各代表上帝王国的未来敌人，这两个民族被预言受到撒旦迷惑在世界末日善恶决战中将对神的王国作乱。

③ 有关这些历史材料，可参看 Nennius, *British History and The Welsh Annals*, ed. John Morris, London: Phillimore, 1980; Geoffrey of Monmouth, *The Historia Regnum Britannie of Geoffrey of Monmouth*, ed. Neil Wright, Cambridge: D. S. Brewer, 1984; Gerald of Wales, *The History and Topography of Ireland*, trans. John O' Meara, Atlantic Highlands: Humanities Press, Inc. , 1982。

④ Robert W. Hanning, *The Vision of History in Early Britain: From Gildas to Geoffrey of Monmouth*, New York: Columbia University Press, 1966, p. 102.

to Aristotle)、《贝奥武甫》和《朱迪斯》（Judith）的诗译。莱因（Stacy S. Klein）指出，仔细观察这五个文本，就会发现"它们都对怪物和他者的主题有着共同的兴趣"①。因此，《诺威尔抄本》被学者视为"怪物法典"。对这些文本的详细研究超出了本书的范围，这里仅就这些文本中体现出来的怪物元素作一个非常简短的介绍。

《东方神奇录》和《亚历山大致亚里士多德的信》展示了亚历山大大帝在东方的奇妙经历，并描述了异域空间里出现的奇形怪状的生物。《东方神奇录》的作者描述了一些类似人类的怪物，它们的身体呈现出各种怪诞特征。例如，有的"长着骆驼的脚和野猪的牙齿"（hi habbaðe olfenda fet and eoferes teð, 27），② 有些有着"像鸟一样的长腿"（longe sceancan swa fugelas, 17），还有些怪物"一个头上长着两个鼻子"（tu neb on anum heafde, 11）或者"耳朵像扇子那样大"（earan swa fann, 21）。这些非人类的特征将这些类人的生物彻底地与人类区分开来，尽管它们身上带有一些类似人类的特征，本质上仍被视作怪物。《亚历山大致亚里士多德的信》也描述了一些奇怪的事情。例如，书中第 18 章讲述了亚历山大与两头蛇和三头蛇战斗的故事。③《圣·克里斯托弗生平》和《朱迪斯》这两个文本是圣徒传记，因而展示了相对较少的奇怪生物。然而，我们可以注意到在《圣·克里斯托弗生平》和《朱迪斯》中，一些主要人物表现出许多危险和怪诞的特点。例如，诗人描述了朱迪斯是一位像精灵一样闪闪发光的女人（ides ælfscinu, 14）。怪物在《贝奥武甫》这首重要的古英语史诗中同样扮演着重要的角色，这点将在本章接下来的两部分中得到充分的论述。拉丁语散文《怪兽

---

① Stacy S. Klein, "Gender", in Jacquline Stodnick and Renee R. Trilling, eds., *A Handbook of Anglo-Saxon Studies*, Malden: Blackwell Publishing Ltd., 2012, p. 47.

② 《东方神奇录》的古英语文本和现代英语译本都来自奥查德专著后面的附录，请参看 Andy Orchard, *Pride and Prodigies: Studies in the Monsters of the Beowulf-Manuscript*, Cambridge: D. S., Brewer, 1995, pp. 184 – 202. 引文后标注散文的段落数，后面不再加注说明。

③ 有关这段情节的更多细节，可参看 *Pride and Prodigies*, p. 236。

奇观》完整的标题是"Liber monstrorum de diversis generibus"，意思是
"各种怪物的书"。从标题就可以直接读出，这篇散文集中描述了各种
各样的怪物，其中大多数对人类来说是危险的或致命的。在序言中，作
者提到自己的创作目的是被要求描述对人类来说最可怕的生物：

> 你已经问到有关秘密安排地球上的土地，以及各种各样的怪物
> 是否出现于这些世界上隐藏的地方，它们在整个沙漠、各个海岛以
> 及最远山脉的深处成长；你还特别要我回答世界上三个最令人类感
> 到震撼和恐怖的地区，这样我就应该描述畸形人，可怕的数不清的
> 野兽，以及最可怕的龙、蛇和毒蛇种族。①

这篇散文的开篇就直接揭示了写作目的：文章是描写引起人类恐惧的各
种怪物。正如上段引文所示，文章分为三个部分，分别描述畸形人、野
兽和蛇。根据著名盎格鲁—撒克逊学者奥查德（Andy Orchard）的研
究，这篇文章总共给出了"120 种怪物的目录"②。学者内维尔注意到，
这篇拉丁散文"作为一个整体，不仅表现了对怪物以及世界奇妙多样
性的兴趣，而且还关注了敌对和危险的力量，描绘了人类经常被它们包
围和压制的状况"③。这一观点清晰阐释了中世纪早期的人类世界被各
种自然界的怪诞力量包围着和威胁着的历史现实，这也解释了为什么盎
格鲁—撒克逊作家痴迷于怪物的故事和生动刻画其形象。

　　上面的例子展示出盎格鲁—撒克逊文学作品存在着众多怪物的形
象：大量怪物潜伏在文本图像的边缘，有时甚至会强行进入叙述中心，
比如下文分析的《贝奥武甫》中的怪物葛婪代。对于中世纪的读者来
说，这些怪物的形象，从龙到半人半兽的生物都是文学作品中必不可少

---

① 拉丁语原文见：Orchard, *Pride and Prodigies*, p. 254。译文为笔者自译。
② Orchard, *Pride and Prodigies*, p. 87.
③ Neville, *Representations of the Natural World in Old English Poetry*, p. 33.

的存在。盎格鲁—撒克逊人这种对自然和怪物既熟悉又排斥的态度，是由当时社会的发展状况决定的，因为特殊的移民社会的状况，充斥着外来入侵者的盎格鲁—撒克逊社会最本质的特征就是其混杂性。[①] 因此，了解自然空间和社会空间的关系能帮助解读当时人们对空间和地点的理解，并且确认当时个体在社会中的身份和位置。

简而言之，当时的自然界本质上对人类社会是有害的。此外，这些占据自然空间的野蛮对手是消极的存在，随时能侵入和破坏脆弱的人类社会文明。怪物往往位于人类已知世界的极端边缘处，因而它们划定了与人类规范之间的界限。需注意的是，消极的自然空间和存在其中的怪物对人类来说，不是毫无意义的存在，它们是重要的"他者"，发挥着举足轻重的作用，大自然是人类文明的近邻，怪兽和怪物特征在塑造人类主体性的过程中扮演着重要的角色。这些怪物故事对人类的自我意识产生了深刻的影响，对怪物的研究成为探索个体和集体身份构建的重要环节。盎格鲁—撒克逊时期的世俗诗歌对自然界和生活在其中的各种生物有着不同程度的呈现，为了呈现自然空间的特征及其空间意义，研究将集中于当时自然空间中最重要的荒野地景，接下来的分析将聚焦最具代表性的古英语史诗《贝奥武甫》，阐释开放的荒野地景与相对封闭的大厅之间既对立又相互制衡影响的复杂关系，同时关注空间特征与人物身份构建之间的互动关联，以进一步探讨文明世界和野生自然之间的相互关系。

第二节　《贝奥武甫》中的大厅和荒野

作为盎格鲁—撒克逊时期最具影响力的文学著作，《贝奥武甫》长

[①] 这一特征也反映在盎格鲁—撒克逊的社会空间内不同来源的群体之间存在的复杂联系，尤其是当这些不同种族试图建立统一身份时，如何克服混杂性就成为最突出的问题，本书的第四章将从空间的角度讨论这一论题。

久以来被深掘研究，为历史学、考古学、哲学、宗教和语言学等不同领域提供有价值的资源。空间和地点的表征在《贝奥武甫》这部史诗的阐释中具有重要意义，学者豪依甚至直接宣称"《贝奥武甫》是一部关于地点的作品"①。这首史诗很好地反映了人物与空间之间的连接与互动。上节在讨论《箴言二》时，提到的"万物在其位"的主题，《贝奥武甫》中出现的各种不同生物明确地对应各自不同的位置。例如，国王的伟大战士们住在宏伟的宴会大厅里；大鱼拥有广阔的海洋疆域；葛婪代（Grendel）② 和他的怪物同类只能被分配到幽暗的沼泽地。诗歌文本中的地理环境既是人物生活和行为的客观空间条件，又是人物发展的诗性的创造。考察人物在叙事中所扮演的不同角色，有助于重新描绘中世纪早期的文化景观。很多学者已经关注到这首长诗中复杂的空间建构，如刘乃银提出这首长诗具有"时序前后跳动，空间不断变换的非直线式叙事结构"③。尽管整首诗歌在叙事时空上有着跳跃和变化的特征，但是推动诗歌情节发展的主要叙述事件都集中在一些重要场景中。从这个意义上说，这首诗的三个主要地点——宴会大厅、怪物栖身的沼泽地和龙的洞穴——都具有象征意义，它们定义了一个环环相扣的情节发展中的空间结构，需进行深入分析。本节将三个重要地点分成两种重要的空间类型：一类是代表文明空间的宴会大厅；另一类是包含沼泽地和洞穴等未被人类文明开发的自然荒野。接下来就将文明空间和自然空间置于一个叙事发展的立体结构中，考察这两类空间的具体特征和功能。

在论文《古斯堪的那维亚语神话和宇宙学中的荒野，阈限，和他者》（Wilderness，Liminality，and the Other in Old Norse Myth and Cosmol-

---

① Nicholas Howe, *Writing the Map of Anglo-Saxon England: Essays in Cultural Geography*, New Haven: Yale University Press, 2008, p. 188.

② 本书中《贝奥武甫》中文译文参考的是冯象的版本，为保持一致，人物的译名皆参考和采用这一译本。

③ 刘乃银：《时间与空间：〈贝奥武甫〉的结构透视》，《国外文学》1995 年第 2 期。

ogy）中，施约特（Schjodt）把荒野的概念放在宇宙学结构之中进行分析。他认为，与许多其他神话相一致，"斯堪的纳维亚人建构他们的宇宙结构时，将其置于垂直的和水平的这两条轴线上"①。这一横纵轴的结构显示了两组对立，即中心对外围、上对下。在古斯堪的纳维亚神话的横轴上分布有三个区域。中心被称为阿西尔（Aseir），由诸神占据；神的住所外存在一圈地，可供人类居住；而水平轴上最外围的区域是巨人居住的世界。世界树伊格德拉西尔（Yggdrasill）构成这个立体空间的垂直轴。这棵树顶部生长耸立到达天空，它的根蔓延分布到整个世界。在地下世界，有许多不同种类的生物，如死人和小矮人。② 考虑到《贝奥武甫》这首诗歌的创作背景和场景设置都具有明显的北欧文化的特点，所以将诗歌中出现的重要地景置于这个水平—垂直轴上进行分析十分具有启发意义。

当时盎格鲁—撒克逊人认为不列颠群岛位于世界的最边缘，远离罗马或耶路撒冷的基督教中心，他们生活在神圣有序的宇宙的边缘。③ 在研究了丰富的历史资料之后，米特曼（Asa Simon Mittman）总结道："从吉尔达斯到杰拉尔德的整个中世纪，英国的居住者认为不列颠群岛位于文明的边缘，是不可跨越的大海前面最后一个孤独的前哨。"④ 盎格鲁—撒克逊人热衷于中心与外围的空间对比，同时这组空间关系如同一枚硬币的两面，不能进行切割。这一时期文学文本中空间布局的重点往往表现为如何定位中心地带，以及如何在中心与周边的复杂关系中保

---

① Jens Peter Schjodt, "Wilderness, Liminality, and the Other in Old Norse Myth and Cosmology", in Laura Feldt ed., *Wilderness in Mythology and Religion: Approaching Religious Spatialities, Cosmologies, and Ideas of Wild Nature*, Boston & Berlin: Walter de Gruyter, 2012, p. 188.

② Jens Peter Schjodt, "Wilderness, Liminality, and the Other in Old Norse Myth and Cosmology", in Laura Feldt ed., *Wilderness in Mythology and Religion: Approaching Religious Spatialities, Cosmologies, and Ideas of Wild Nature*, Boston & Berlin: Walter de Gruyter, 2012, pp. 186 – 190.

③ 本书第四章就不列颠岛位于当时世界边缘，以及盎格鲁—撒克逊人的自我定位进行了更详细的阐释。

④ Asa Simon Mittman, *Maps and Monsters in Medieval England*, New York & London: Routledge, 2006, p. 23.

存中心地带的核心功能，因而中心在任何实际或想象的空间结构中都具有特殊的意义。以下将在横纵轴的空间结构中考察《贝奥武甫》史诗中的中心地点和边缘地带。

中心和边缘这一组空间概念在整首史诗中占据十分显著的位置。学者米舍莱说："史诗体裁在空间上是双极化的，因其允许建立起中心，甚至不可避免地需要设置外围和边缘的空间。"①《贝奥武甫》的空间布局符合这种两极化的空间格局：文明中心的大厅和怪物居住的边缘荒野。这两种空间体之间存在明显的对立：一个是善治的领域，另一个是混乱的地区。从所处的方位上来说，大厅和荒野是水平轴的两极，即中心区域和外围部分。从人类的活动出发，这两个空间的对立特征表现为人类定居区和非人类的定居区。然而，两者之间的划分并不是一成不变的：荒野可以变成耕地；大厅也可能被摧毁，变成废墟。更进一步，二者的空间对立可以被提升到寓言的层面：人类世界是天堂之外的一片荒芜空间。在此空间意义阐释中，大厅和荒野都不是永恒存在的空间，二者都是过渡的阈限场所，受制于永恒和消亡的辩证关系。在中世纪的文学作品中，创造和衰亡之间的辩证法一直持续到时间的尽头和天堂的永恒，在此文化语境下，中心/边缘的二分法值得进一步深掘研究。除了界限的不稳定之外，大厅和荒野之间也存在相似之处和相互制衡的关系。在《贝奥武甫》的叙事过程中，这两个空间领域相辅相成，为人物的发展提供了舞台。

大厅是贯穿整个史诗的一个重要的空间实体，甚至可以说"它支配着整个景观"②。诗的一开头就强调了大厅在文明世界中的重要作用：

　　　Oft Scyld Scefing　　　sceaþena þreatum,

---

① Michelet, *Creation*, *Migration*, *and Conquest*, p. 75.

② Hugh Magennis, *Images of Community in Old English Poetry*, Cambridge & New York: Cambridge University Press, 1996, p. 35.

> monegum mægþum,　　　　meodosetla ofteah,
>
> 多少次，向敌军丛中
>
> "麦束之子"希尔德夺来酒宴的宝座。（第4—5行）①

　　这里的"酒宴的宝座"（*meodosetla ofteah*）用来象征着王座，显示了宴会大厅在当时社会中的第一个重要作用，它代表安全和独立的空间。由此，诗歌中丹麦王希尔德从敌人手中获得酒宴的宝座，就是赢得构建这份安全之地的机会。

　　宴会大厅不仅是一座建筑，而且是一个开展社会生活的空间。中世纪早期的王国中理想化的统治者应该慷慨大方，赠予贵族和武士们财物，和他们建立相互信任的关系，以赢得他们的忠诚和支持。诗歌在描述希尔德的儿子时，就明确提出了领主和扈从之间的紧密关系十分依赖于这种馈赠关系："年轻人侍奉父王左右，/就应当品行端正、赏赐大方，/以便老来他有部下追随，/战火临头，扈从与首领同在。"（第20—23行）② 后来的丹麦国王罗瑟迦（Hrothgar）就是一位拥有这种美德的君主。他在继承王位之后，取得了军事上的巨大成功，丹麦王国逐渐强大。在此背景下，他打算建造一个宏伟的大厅：

> þæt healreced　　　hatan wolde,
>
> medoærn micel,　　　men gewyrcean
>
> þonne yldo bearn　　　æfre gefrunon,
>
> ond þær on innan　　　eall gedælan
>
> geongum ond ealdum,　　　swylc him god sealde,
>
> 他于是萌发出一个心愿：

---

　　① 本书中有关《贝奥武甫》的中文译文全部引自冯象译本（《贝奥武甫：古英语史诗》，冯象译，生活·读书·新知三联书店1992年版）。引文只注出诗行，不再另行做注。

　　② 在本书稿中，如需要对原文（古英语或拉丁语）的表述进行分析时，会给出原文和中文译文的双语版本的引文，如只侧重对情节和内容方面进行阐释，只给出中文译文，特此说明。

要丹麦有一座蜜酒大厅，

一席让人的子孙永世不忘的庆筵。

宝座前，他要向老将新兵

颁发上帝赐他的全部礼物（第 68—72 行）

这里的古英语"medoærn"一词意为"蜜酒大厅"（mead-hall），非常形象地传递出这个空间的特质：是一个宴饮的地方，充满着安定社会的欢乐，象征着温暖、光明和亲密的人际关系。罗瑟迦建造宴会大厅的行为代表了他统治这个国家的能力，并借由这个特殊空间加深和保持与扈从之间的紧密联系。同时罗瑟迦把他的统治权强加于周围的土地上，由此建造成了大厅这个代表性的建筑。随着这座名为"鹿厅"（Heorot）的大厅的建成，文明社会的法律得以实现。建造大厅本质上是一项创造的行为，不仅是建立起一个强大的王国，更是构建一个社会关系和谐的丹麦社会。罗瑟迦作为君主，其本身是王国的中心，他背后的权力也象征着部落文明的中心。有学者明确指出："《贝奥武甫》的大厅是一个以它为中心的社会的转喻。一个秩序井然的大厅是一个健康王国的标志。"[1] 为了阐明中心的社会功能，学者克兰施米特（Harald Klein-schmidt）提出"群体构成空间"的这种观点。[2] 他分析：

这个中心可以被一个人或具有压倒一切意义的物体所占有，比如基督，或在其他情况下，一名统治者或一座教堂建筑。在任何情况下，视觉上显示的空间的外部边界由构成中心的一群人来表示。[3]

---

① Daniel Donoghue, *Old English Literature: A Short Introduction*, Oxford: Blackwell Publishers Ltd. , 2004, p. 29.

② Harald Kleinschmidt, "Space, Body, Action: The Significance of Perceptions in the Study of the Environmental History of Early Medieval Europe", *The Medieval History Journal*, Vol. 3, No. 2, October 2000, p. 181.

③ Kleinschmidt, "Space, Body, Action", p. 181.

这段用来阐释中心空间特质的文字提出了两个关键观点，首先中心可以是物也可以是人占有，但是他们都具有压倒一切的意义，什么样的事物或者人物可以具有这样的意义，这里指的是政治或者宗教的权力人物或其空间象征。另外一个重要观点是这个中心空间周围的界限是由一群人来圈定的，很明显就是特定的群体生活才能真正界定这个社会中心。而《贝奥武甫》中的大厅就完全符合这个中心的定位。在诗的开头，大厅被描述为一个"人民的家"（*folcstede*，第76行）。所以大厅是一个居住的地方，一个包容的中心，给予特定人一定社会关系和活动的地点。大厅是权力的空间，国王在这里决心把上帝赐予的财富分给扈从，前文已经提到在日耳曼的传统社会价值中，馈赠财宝是维护社会关系的必要行为。大厅里的礼遇、宴会和慷慨的分享唤起了英雄的价值观，这些纽带将君主和武士们维系在一起。鹿厅完成了它作为社会中心的功能，为丹麦人构成了一个公共的核心空间，武士群体形成了这个空间的界限，由此相对的也必然产生被排除在这个中心地点之外的外部空间和产生了其他的"局外之人"。

当列斐伏尔讨论空间中的社会实践时，他假定中心的重要作用是通过其"中心性，无论是精神上的还是社会上的，都由在给定空间中共存的所有事物的聚集和聚会所定义的"①。鹿厅这座宏伟建筑里的宴会活动就充分体现了这一社会空间的功能。这里的聚会不仅仅简单地指一群人聚在一起的活动，它还可以用来定义特定的空间，并在那里产生社会关系。此外，中心场所只不过是社会关系的被动场所。每个社会都有自己的生产方式和空间实践。空间实践对社会空间的起源、形式、边界等各个方面都有着相当大的影响。一个时期的中心不是孤立的地点，它们与周围环境密切相连。因此有必要在社会实践中密切观察所有这些空间规范的表现，理解空间的不同方面，包括抽象的或真实的、心理的或社会的层面。

---

① Lefebvre, *The Production of Space*, p. 331.

与中心大厅形成鲜明对比的就是位于水平轴上的另一个重要的地点——外围空间的荒野地景。这一地景对这首史诗的空间研究起着至关重要的作用。本章第一节就曾着重指出，盎格鲁—撒克逊世俗文本中自然的一个显著特征是居住在此的各种怪物。这一特点在《贝奥武甫》中也得以充分体现：包括葛婪代、葛婪代的母亲和龙这些怪兽都盘踞在人类定居地之外的蛮荒之地。分析荒野地景必须要考察怪物的住处，以及这些地点与人类社会之间的冲突关系。在讨论古英语诗歌中的社区概念时，马格尼斯（Hugh Magennis）就曾分析了《贝奥武甫》文明和荒野间的冲突如何体现在地景之中："其（人类）文明生活的象征不是'驯养'的景观，而是堡垒中的大厅建筑，它既能抵御人类的敌人，又能抵御荒野的威胁。"[1] 他进一步指出："葛婪代和他的母亲与荒野紧密联系在一起，这是人类据点及其周围以外的未知及威胁的世界……折磨贝奥武甫人民的恶龙也是居住在荒原之上。"[2] 马格尼斯充分论证了野生环境和怪兽之间的紧密联系。笔者认为在他的分析中，怪物和文明之间的对立被过分强调了，因而他的观点忽略了重要一点，即三个怪物始终与大厅产生某种联系。葛婪代对鹿厅的入侵和毒龙对宝藏的守护，都包含着与"文明"相关的元素。因而，大厅和荒野分别处于水平轴上不同两端，但是二者不是完全割裂的存在，一方的存在反证和突出了另一方的特点。

内部和外部在水平轴上形成另一组空间对比。大厅中心的一个空间特征应该被着重强调，即安全文明的内部空间与封闭这一概念紧密相关。封闭是"空间意识产生的重要组成部分，是人类在宇宙中定位的必要条件"[3]。盎格鲁—撒克逊文本中呈现出的内外空间的对立在建筑隐喻中达到高潮，尤其是大厅这一意象。鹿厅在丹麦人的土地上构建起了

---

① Magennis, *Images of Community in Old English Poetry*, p. 128.

② Magennis, *Images of Community in Old English Poetry*, p. 130.

③ Ruth Wehlau, *The Riddle of Creation：Metaphor Structures in Old English Poetry*, New York：Lang, 1997, p. 133.

一个封闭的社会空间，它标志着外部黑暗和内部光明的分界线。益格鲁—撒克逊人对社会空间最著名的描述出现在比德的《英吉利教会史》（第2卷第13章）中。大致讲述的是诺森比亚（Northumbria）国王爱德文（Edwin）皈依基督教的历史事件。波莱纳斯（Paulinus）主教从肯特（Kent）前往诺森比亚宫廷，希望劝说爱德文国王皈依基督教。爱德文稍有犹豫，召集了一批贵族和大臣询问此事，其中一个顾问就是否应该皈依基督教这个问题，给出了一个有关麻雀的比喻：

> 陛下，在我看来，这个世上的人生（与我们不可确知的不间断的时间相比）就象一只麻雀飞进屋里又很快地飞了出去一样：冬天，当您和您的首领、仆人们在吃饭的时候，它从一个窗口飞进来，接着又从另一个窗口飞出去；客厅中间的火炉把屋子烤得一片暖和，可是外面却到处是雨雪交加的冬天。一旦它飞进屋里，就感觉不出冬天的风暴雨雪的凛冽；可是经过一阵短暂的宜人气候之后，它又会从你们眼前消失——它从冬天里来，又回到冬天里去。我们的人生稍纵即逝，对那些在这之前和在这之后发生的事情，我们当然一概不知。因此，我觉得，如果这种新的学问能告诉我们一些更有把握的事，那么它就值得我们信奉。①

人生好比一只麻雀，一会儿飞进大厅，一会儿又飞出大厅。大厅被描述为一个温暖的庇护所，可以抵御外面寒冷的天气。在封闭的建筑之外是一个混乱的世界，那里住着亡命之徒、流亡者和怪物。可见外部的威胁经常以地景以及气候的方式表达出来，凸显了内外空间的差别。在人类文明的发展过程中，存在着可能入侵稳定社会空间的强大威胁。即使当时的人类能力受到限制，但是他们还是积极利用财富和建筑技能，构建能给予相对安全庇护的封闭空间，直观地展示益格鲁—撒克逊人对封闭

---

① ［英］比德：《英吉利教会史》，陈维振、周清民译，商务印书馆1991年版，第134页。

空间的依恋。

文明与蛮荒的对比表现在相反性质的空间，例如，定居区与未定居区，大厅与荒地。然而，这些划分并不是一成不变的：旷野可以变成耕地，大厅也可以被摧毁，变成废墟。克兰施米特研究了中世纪早期的图画来源，认为"空间的边界是以墙或栅栏的形式来描述的"[①]。在《贝奥武甫》里，大厅的墙壁是文明地区的物理标志，通过这个物理屏障将非人类的生物排除在外。墙壁也是罗瑟迦统治的转喻边界。然而，这些边界是脆弱的，来自荒野的怪物可以入侵大厅，破坏宁静的社区。学者们十分关注中世纪早期文本中反复出现的边界不稳定的这一空间主题和意象。在讨论冰岛民间传说时，汉斯鲁普（Kirsten Hastrup）声称"物理的"和"概念的"边界都是可以渗透的：

> 内部的边界并不被认为是绝对的空间限制，一个不应被超越的界限。它们是概念上的界限，在特定的情况下，某些人可能会入侵越界。因此，这些对象必须被归类为"危险的"和"野蛮的"，就像野生动物、巨魔、巨人以及存在于未知地方的怪物。[②]

汉斯鲁普强调指出外部的"野蛮的"生物威胁可能"入侵边界"，人类与怪兽之间的空间界限并不明晰。这种渗透性表明，在混乱世界中，空间划分是不稳固的，边界和界限的概念本身就具有矛盾性。法国哲学家米歇尔·德·塞托在其代表作《日常生活实践》中对这种空间的疆界划分给出了十分具有启发性的论述：

> 对地点的逐渐适应（在叙述过程中获得谓语）与行动者连续

---

① Kleinschmidt, "Space, Body, Action: The Significance of Perceptions in the Study of the Environmental History of Early Medieval Europe", p. 181.

② Kirsten Hastrup, *Island of Anthropology: Studies in Past and Present Iceland*, Odense: Odense University Press, 1990, p. 37.

的迁移（内在或外在的活动）之间的交点划出了疆界。这些疆界在人们重新分配可能性财产和功能时重新出现，为的是建立起一个越来越复杂的相异性网络，一种空间的组合方式。它们是某种从交集出发来区分疆界的工作的结果。①

德·塞托的论述是从现代的日常生活实践中得出的有关空间分配依赖于各种主体内外在的活动以及由此产生的财产分配，在此社会关系下出现了疆界的划分。德·塞托所分析的这一现代生活的视角与中世纪早期的生活不是完全绝缘的，中世纪时期社会空间和自然空间的区分与人物的活动以及财产的分配也有着巨大的关联，而且是处于一种流动变化的状态。荒野与人类社会看似是被人类和非人类两类生物的活动所划分出来的两个对立的地方，但它们却也相互界定彼此。两类空间的特征相互对立，导致了不可避免的冲突，在这首史诗中表现为贝奥武甫和怪物之间的战斗。但在一次次的冲突中，边界已经被打破，文明和蛮荒的元素在人物的斗争活动中相互渗透和影响，在某些情况下，可能会导致人类社会的功能失调。

仔细探究《贝奥武甫》文本中空间细节的呈现，可以发现边界本身的概念并不明确，因为它不仅需要界定"内"和"外"，同时关联了两者接触和交会的地方。例如，鹿厅的墙壁在叙事中扮演着障碍或通道的角色。大厅的门是一个人从一个世界进入另一个世界的入口。因此，界限发挥着分离空间的功能，又不得不承担起连接不同空间的任务。总而言之，两个世界之间的边界是可渗透的，永远不会是绝对安全的状态。益格鲁——撒克逊人已经意识到了这种界限的不稳定状态，这种担心和恐惧在这一时期的文学作品里常表现为社会空间被入侵的状况。内维尔在研究了古英语诗歌中自然世界表征后指出："益格鲁——撒克逊人认为他们的社会既是对个人的必要保护，也是一个脆弱的结构，总是受到

---

① 德·塞托：《日常生活实践》，第210页。

攻击。"① 社会稳定是盎格鲁—撒克逊人非常关心的问题，衡量统治者能力的一个关键要素就是检验他是否拥有应对外来敌人的能力。

除了将以上这些重要地点置于水平轴上进行空间阐释之外，垂直轴是解释《贝奥武甫》一诗中文学风景的另一空间维度。施约特建议"把荒野看作是他异性的空间，它与人类的关系特别矛盾……是一个具有威胁的地方，又是一个带有潜能的地点"②。他进一步分析，现有的威胁是沿水平轴组织的，而潜在的空间可能性则是沿垂直轴组织的。这种立体式的空间建构和并置有助于厘清《贝奥武甫》中空间划分的多重功能。除了位于水平轴上的中央大厅和边缘荒野之间现有的空间差异之外，还应考虑处于不同位置的这两个空间具备的潜在变化的特征。因此，在接下来的文本分析中，将在垂直轴上考察大厅和荒野潜在的空间特征的变化。

除了施约特在研究神话时提出的宇宙学结构外，列斐伏尔在进行"绝对空间"一词的讨论中也提到了纵向的概念。他在解释空间历史的过程中，提出在前资本主义社会中，空间以绝对空间的形式存在，财富积累和资本出现后方才产生了抽象的空间。列斐伏尔分析指出绝对空间是"历史空间"，是位于洞穴、山顶、溪流、河流、泉水、岛屿等某些野生场所的"自然碎片"。③ 自然是三维立体的空间，指的是上方的空间（山脉、高原、神居住的地方）和下方的空间（石窟或洞穴），之间是海洋和地球的平原。列斐伏尔凸显出三个维度构成了"宇宙表征的基础"，④ 因此野生自然空间譬如石窟或洞穴是表征世界的起点，在整个绝对空间表征中扮演着关键的角色。

《贝奥武甫》虽然被视为是一部民族语言创作的颇具影响的世俗主题的史诗，但它的创作受到基督教传入和传播的历史语境的影响，两种

---

① Neville, *Representations of the Natural World in Old English Poetry*, p. 88.
② Schjodt, "Wilderness, Liminality, and the Other in Old Norse Myth and Cosmology", p. 14.
③ Lefebvre, *The Production of Space*, p. 48.
④ Lefebvre, *The Production of Space*, p. 194.

文化传统共同作用使得其空间呈现具有巨大的立体跨度：由上到下大致包括顶端的天空或天堂，中间的人类活动的地球，以及底端的深渊。在这一时期的文学文本中呈现出来的高度及垂直的意象往往具有特殊的宗教意义，尤其是以基督教教义为主要题材的诗歌。宗教空间概念的一个基本原则是不断运动的概念。例如，基督升天反映了这个垂直结构向上的运动，而堕入地狱无疑是向下运动的典型例子。这种宇宙层次是基督教神话的核心，盎格鲁—撒克逊诗人在他们的作品中反映出他们对垂直层次的意识，如《埃克塞特书》（*The Exeter Book*）中的三首《基督》（*Christ*）古英语诗歌，[①] 描述了基督在天地之间运动及其对人类命运的沉思。

许多盎格鲁—撒克逊学者赋予《贝奥武甫》中的重点地点以宗教诠释的含义。他们倾向于把葛蕤代的洞穴看作基督教地狱的一种类型。马隆（Kemp Malone）声称，这个洞穴是"一幅始终如一的、精心制作的人间地狱的画面，这是一个基于传统基督教地狱观念的富有想象力的建筑"。[②] 奈尔斯（J. D. Niles）认为，葛蕤代居住的这个洞穴与布道文里描述的令人生厌的地狱在空间表征上十分相似。[③] 布茨（R. Butts）的结论是，巨大的居所意味着"超自然的领域"即来世。[④] 安德鲁（Malcom Andrew）在空间讨论中采用了奥古斯丁的范式，把洞穴比作地上的城市，把鹿厅比作天上的城市。[⑤] 这些观察都加强了大厅和洞

---

① 《基督》组诗共 1664 行，被收在手抄稿《埃克塞特书》的开头部分。这些古英语诗歌记录和再现了基督的重大事件。根据内容，通常将其分成 3 首独立的诗，分别为：《基督之一》（第1—439 行）关于基督降临（Advent），《基督之二》（第 440—866 行）有关基督升天（Ascension），《基督之三》（第 867—1664 行）讲述最后审判（Last Judgment）或者说基督的第二次降临（Second Coming）。

② Kemp Malone, "Grendel and His Abode", in A. G. Hatcher and K. L. Selig, eds. , *Studia Philologica et Litteraria in Honorem L. Spitzer*, Berne：Francke, 1958, p. 306.

③ J. D. Niles, *Beowulf：The Poem and Its Tradition*, Cambridge, Mass. : Harvard University Press, 1983, p. 19.

④ Richard Butts, "The Analogical Mere：Landscape and Terror in *Beowulf*", *English Studies*, Vol. 68, No. 2, April 1987, p. 113.

⑤ Malcom Andrew, "Grendel in Hell", *English Studies*, Vol. 62, No. 5, October 1981, p. 406.

穴这两个地点形成的上下之间的鲜明空间对比。有一点需要阐明，《贝奥武甫》中的上/下二分法同样不是固定的。上层的文明空间可以化为虚无，而巨大的荒野对英雄的发展具有积极的促进作用。因此，对立是反复模糊的，需要不断重申。笔者认为大厅和荒野具有一个相同的空间特征，即二者都是过渡的阈限地点。创造和衰朽的辩证法一直延续到时间的尽头和天堂的永恒，这种辩证法的过渡特征就表现在这些阈限地点的空间特征。

"阈限"的概念在《贝奥武甫》的三场战斗中发挥了重要的作用。绪论部分的第三节已经探讨了阈限的两个基本含义。它既是持续转移的空间，亦是个体发展的中间阶段。阈限的过渡性特征有助于研究英雄与怪物的空间之争以及二者身份存在的联结与差异。贝奥武甫像葛婪代一样，在诗歌的开始阶段是一个阈限的人物。随着三场战役的叙事发展，他最终跨越了阈限状态。在盎格鲁—撒克逊时期的文学中呈现出来的各式空间最突出的功能就是为人物行动提供场所，是个人、群体、民族身份构建的重要地点。这一部分的论述处于空间横轴和纵轴的两个代表性地点——宴会大厅和自然荒野——正是为贝奥武甫这个典型的中世纪英雄的成长提供了空间，下面一节将具体分析空间视阈下的主人公的英雄身份构建。

第三节　空间之争定义英雄:贝奥武甫与怪兽间的搏斗

列斐伏尔的空间社会生产观为史诗叙事中英雄与怪物之间不可避免的斗争提供了新的分析视角。这位马克思主义哲学家认为，在前资本主义社会中，生物再生产和社会经济生产这两个相互联系的层次共同构成了社会再生产。[①] 列斐伏尔认为，随着这些社会一代又一代地自我复制，出现了矛盾和冲突。与经济在社会实践中占主导地位的资本主义社

---

① Lefebvre, *The Production of Space*, p. 32.

会不同，前资本主义社会"更容易为人类学、民族学和社会学所理解，而不是为政治经济学所理解"①。列斐伏尔这段历史角度的分析清晰揭示了血缘氏族等生物关系在前资本主义社会中的重要作用，但同时那个时代的社会经济生产也发挥着一定的功效，这也是本书在研究中一直力图关注的两点，社会生产以及民族身份都是影响当时人们认知空间的决定性因素，人们对空间和地点的认知及呈现又反过来反映传递出当时社会政治经济文化的各个方面。这同时也证明了本项研究将阈限性和民族认同等多视角的分析方法应用于空间讨论的合理性。人类与怪物之间的空间冲突在整部史诗中是如此重要，以至于自然荒野景观在叙事中占据了主导地位。虽然宴会大厅是文明社会的中心，但这三场战争都与荒野有关：邪恶的生物来自荒野，战争发生的主战场也在荒野之中。这一节将阐明怪物和英雄之间相似与相异的特征，二者之间的空间斗争是贝奥武甫跨越阈限，构建英雄身份的必经阶段。

1936 年著名学者托尔金（J. R. R. Tolkein）作了题为《〈贝奥武甫〉：怪物与批评家》（Beowulf: The Monsters and the Critics）的著名演讲，他将原本长期受到忽视的怪物角色纳入批评的中心视野，将其作为和英雄对立的存在，两者的互动推动整首诗歌叙事的发展。虽然英雄和怪物互为敌手，但是在整个叙事进程中，两者之间的关系不仅仅是简单的对立，二者在一开始都有着缺失完整身份的阈限特征，但是随着故事进程的展开，二者相互影响又相互掣肘，从根本上来说，贝奥武甫的身份构建离不开与怪物的搏斗。英雄——怪物关系的复杂性可以从它们在空间上的相互依赖来进一步理解。卡米尔（Michael Camille）表示：中心依赖于边缘地带才能继续存在。② 因此，怪物的存在是因为其区别于人的非人类的特征，而其存在的空间的空无特征也只有在大厅的映衬下，

---

① Lefebvre, *The Production of Space*, p. 34.
② Michael Camille, *Image on the Edge: The Margins of Medieval Art*, Cambridge, Mass.: Harvard University Press, 1992, p. 10.

才格外明显，因此在下面分析具体的斗争细节时，可以发现诗人总是暗示和对比文明的大厅及可怕的荒野之间的相似性和不同性。

这三场战争以空间控制的形式出现了怪物与人性的冲突，有学者提出应该从身份建构的角度来解读这一冲突的本质。苏珊·金（Susan Kim）认为真正的本质冲突不是人的领域与非人的领域之间的矛盾，而是在对手怪物潜伏的环境中"维护人类身份的问题"，[①] 这一观点颇具启发。在诗歌的开头，贝奥武甫有着异于常人的形象，他是一个年轻而高贵的人，具有凌驾于普通人之上的超能力，显得与周围事物有点格格不入。英雄超越了衡量普通人的尺度，因而他很难停留在常规的日常生活的空间范围内。贝奥武甫的丹麦之旅是一种探索之旅，自我探索是众多史诗如《吉尔伽美什史诗》（ *The Epic of Gilgamesh* ）和《奥德赛》（ *The Odyssey* ）等的共同主题。《贝奥武甫》中的主人公经过三场勇敢的战斗，从外围移动到中心。站在英雄的对立面的这些怪物，它们不管是在起源、住所还是在本质上都表现出对抗文明的蛮荒特征，因而英雄战胜怪物、捍卫文明之地的过程就可以被解释为其获得身体和精神上的巨大进步的进程。下面将进一步说明《贝奥武甫》中的英雄和怪物本质上是两种不同的阈限人物。

与静态空间相比，空间的符号意义存在于人物在不同空间中的运动。在这部史诗中，空间冲突在贝奥武甫与三个主要的可怕敌人争夺特定地点的战斗中达到高潮。这一冲突还反映了盎格鲁—撒克逊人十分着迷于表现群体及个人的变革与过渡的过程。一个人从青年到老年，整个过程充满了暴力和荒凉。同样，一个社群从建立到成功，最终的命运很有可能走向解体。《贝奥武甫》清楚地显示了社群和个人的这些发展转变的过程。英雄和圣人的超能力在混乱的社会中发挥着至关重要的作

---

① Susan M. Kim, "Man-Eating Monsters and Ants as Big as Dogs: The Alienated Language of the Cotton Vitellius A. xv 'Wonders of The East'", in L. A. J. R. Howen ed. , *Animals and the Symbolic in Medieval Art and Thought*, Groningen: Egbert Forsten, 1997, p. 42.

用。只有英雄、圣人或其他高尚人物，才能被选来对抗来自荒野的危险，抵抗尘世间消亡的力量，以获得天国的安全。这部史诗把两个密切相关的问题结合在一起：空间的控制和特定社会的形成。人类构成的社区必须存在于划定的空间之内，贝奥武甫所面临的问题包括如何占领、划界、保卫这一空间。尽管学者克莱莫斯（Peter Clemoes）认为在《贝奥武甫》中描述的国王需要统治的是人民，而不是国家。① 然而，保卫领土和守护繁荣是《贝奥武甫》诗人反复关注的问题，从而证明了空间控制和占有土地的重要性。从一定意义上可以说，占据一片土地意味着作为相对群体的存在。优秀领袖的首要任务是保护家园，而史诗正是以最佳的文本形式保留了最初英雄征服怪物或敌对邻居的记忆。总而言之，空间之争成为英雄精神和情感转变的必然标志，以下将通过分析这首诗歌中的三场战斗来证明这一论述。

首先关注贝奥武甫和怪物葛婪代之间的冲突。诗歌一开始，葛婪代的邪恶力量主要表现在他的栖息地和入侵者身份。伴随着葛婪代的初次登场，诗人给出了一系列的细节：

Da se ellorgæst　　　　earfoðlice

这时，一头梭巡在黑暗之中的恶魔（第86行）

Wæs se grimma gæst　　　Grendel haten,

mære mearcstapa,　　　se þe moras heold,

fen ond fæsten;　　　fifelcynnes eard

这恶魔名叫葛婪代，

茫茫荒原，全归他独占，

戚戚沼泽，是他的要塞。（第102—104行）

siþðan him scyppend　　　forscrifen hæfde

---

① Peter Clemoes, *Interactions of Thought and Language in Old English Poetry*, Cambridge: Cambridge University Press, 1995, pp. 4 – 5.

in Caines cynne.　　　　þone cwealm gewræc

造物主严惩了他那一族

该隐的苗裔　　　　　　（第 106—107 行）

前两段描写寥寥几笔，勾勒出了葛娄代置身于黑暗荒原和沼泽等边缘地带的空间特征。第三段诗句给出了葛娄代身份的关键信息：他是该隐的苗裔（*Caines cynne*），该隐因杀死弟弟亚伯（Abel）而失去了上帝的恩宠，被迫流放，从此该隐成为被驱逐者的一个典型代表。由此可见，葛娄代和随后登场的他的母亲身份十分特殊，他们不是完全的非人类的生物和怪兽，他们是人类的近亲，这种血缘关系强化了葛娄代和其母亲作为文明世界的流亡者的独特身份。他们处于一种非人非妖的模糊的阈限地位。他们不被允许进入人类世界，但是作为局外人，他们至少在一定程度上能够突破界限，破坏和干扰人类社会体系的运作。此外，葛娄代被称为"荒野边缘地带的流浪者"（*mearcstapa*，第 103 行），这进一步表明了他的模糊身份。沼泽和荒野构成了一种典型的中世纪蛮荒的自然环境。作为一名被驱逐者，葛娄代在空间上及精神上都是和人类社会分离的。它无法忍受文明之地传出的欢声笑语，当夜幕降临时，穿过荒原，去攻击鹿厅。

葛娄代对封闭大厅的破坏强化了怪物作为局外人的形象。学者阿尔文·李（Alvin A. Lee）指出，葛娄代成为"堕落扭曲的人……像其他堕落的人一样，他踏上了流亡之路……然后成为了基督教英雄所象征的对立面"①。葛娄代攻击并进入鹿厅，不仅是对人类生存空间的侵犯，他的行为使扈从们晚间不能栖居在大厅内，打破了国王和武士们之间的稳定联系，无论是在身体上还是精神上，葛娄代都对这个安定的社区构

---

① Alvin A. Lee, "Hope Has Wandered in Exile: Patterns of Imagery in Old English Lyrics", in *The Guest-Hall of Eden: Four Essays on the Design of Old English Poetry*, New Haven & London: Yale University Press, 1972, pp. 182 – 183.

成了威胁。在描述葛婪代对丹麦社会的第一次入侵时，诗人突出了怪物打破封闭空间的行动。前面也提到过，大厅的大门是封闭空间的入口，它既是守护安定封闭空间的屏障，也是可以被外界攻破和渗透的通道。在描述葛婪代的进攻时，诗人就给出了细节"那由铁环扣紧的/大门，一碰上他的魔爪便倒了"（第 722—723 行）。门是用铁钉钉牢的，明亮宜人的大厅严密地保护起来，防止入侵者进入。然而，铁条断了，这可以看作是大厅不够坚固的迹象，也可以用来折射社会自身的不够稳固的关系。当葛婪代突破大门的防御，宣告着野蛮非文明的力量对文明空间的入侵，战斗和冲突由此开始。作为该隐的后裔，葛婪代潜伏在道德和精神混乱的边缘。他对鹿厅的威胁是根植于边缘空间的邪恶属性。的确，在恢复秩序的英雄到来之前，邪恶的力量从荒野蔓延至占据整个丹麦社会。

形式的混合和变形是中世纪思想发展的一大趋向。达斯顿（Lorraine Daston）和帕克（Katharine Park）在研究中世纪奇迹传统的基础上得出结论："欧洲作家肯定利用外来种族来测试和探索他们自己文化中的基本界限——男性和女性、野生和文明、人类和动物之间的界限"①。鹿厅大门的被毁暗示了葛婪代所体现的价值观与贝奥武甫在武士社会中所体现的价值观之间的联系。著名盎格鲁—撒克逊研究学者凯瑟琳·奥布莱恩·奥基夫（Katherine O'Brien O'Keeffe）支持这种对《贝奥武甫》的解读，她认为，批评家们假设贝奥武甫和葛婪代之间存在简单的对立是错误的，两者都表现出超出人类界限的力量和能力。②在这种情况下，葛婪代破坏鹿厅边界的行为表明了极端暴力的入侵，对尚武社会的凝聚力产生巨大威胁。恢复社会的秩序需要高于常人的英

①　Lorraine Daston and Katharine Park, *Wonders and the Order of Nature, 1150 – 1750*, New York: Zone Books, 1998, p. 34.

②　Katherine O'Brien O'Keeffe, "*Beowulf*, lines 702b – 836: Transformations and the Limits of the Human", *Texas Studies in Literature and Language*, Vol. 23, No. 4, Winter 1981, p. 494.

雄。贝奥武甫尽管"站在危险可能性的门槛上"①，他接受了巨大的挑战，决定率领一队武士，从高特出发，前往丹麦王国迎战危险。

值得注意的是，英雄与葛蕶代之间的冲突总是以空间的形式表现出来。贝奥武甫到达之前，葛蕶代虽然独占鹿厅，但这种控制无论从时间上还是空间上都受到了限制：葛蕶代只能在黑夜里占领鹿厅，"然而他始终近不了宝座，领不着赏赐：/上帝不许，他与/上帝的爱无缘"（第167—169行）。可见，即使进入新的空间，葛蕶代的身份依然是被上帝驱逐的流放者，他无法真正进入社会关系和空间，他所占据的鹿厅是失去社会功能的空间，这时的宴会大厅本质上是空的空间，缺失了社会实践和社会关系。

与此相对的是，贝奥武甫带领着武士经过漫长航海从高特来到丹麦。他们到达丹麦边界后，诗中用了一大段详述这批武士经过层层盘查，方才获允进入大厅，贝奥武甫在大厅内与国王又进行了百余行（第371—488行）的对话后，国王才邀请高特来的武士们落座。赐座的作用十分重要：作为一名外来者，唯有在大厅里获得一席之地，贝奥武甫方才被接纳进入丹麦的社会空间。他后面的行为，已不仅是代表个人，而更多是忠于国王的英雄主义精神的化身。贝奥武甫宣称他的目的是"净化鹿厅"（第431行）。

当葛蕶代再次入侵鹿厅时，他遇到了贝奥武甫的抵抗。没有盔甲和武器，怪物和英雄进行了第一次的赤手空拳的正面搏斗（第745—752行）。贝奥武甫很轻易就占据了上风，这里诗人不断用空间概念来表达葛蕶代的败退和惧怕："他想逃窜，逃进黑暗的老巢。/窜回鬼怪中间。行凶一世，/他从来没受过这番礼遇！"（第755—757行）。与此同时，诗人为了表现争斗的激烈程度，用一系列细节描述了其对建筑的影响："国王的宫殿震动了"（第767行），"大厅在呻吟"（第770行），"华丽的建筑/居然站住了没有崩塌"（第772—773行）。可见，人的行为

---

① Swanton Michael, *English Literature before Chaucer*, New York: Longman, 1987, p. 48.

发生在某一特定的空间，并对这一空间造成直接的影响。

最终贝奥武甫扯下了葛婪代的一整只胳膊，赢得了第一次搏斗的胜利，而"垂死的葛婪代挣扎着从鹿厅逃回荒原，/阴沉沉的巢穴"（第820—821 行）。如同智慧文学中一直强调的"万物在其位"的主题，葛婪代只能回到自己的阴暗巢穴，而鹿厅重新变得明亮和欢乐。与黑暗荒原中的怪兽的巢穴形成鲜明对比的是大厅的光亮，这是文明的一种象征，作为一个中心位置，大厅具有令人愉快的特点：温暖、明亮和安全。在这个充满光亮的空间之外，存在着未知的黑暗的地区，在《贝奥武甫》诗歌中呈现出的各种景观中，这一危险的地点是英雄不得不冒险进入的空间。

相比之下，黑暗始终与葛婪代这样的怪物联系在一起。在整整 12 年的时间里，葛婪代一直选择在夜间入侵鹿厅。关于葛婪代为什么不能在白天进入大厅，学者已经进行了大量的相关讨论。一种普遍的观点认为，夜晚与葛婪代所处的环境有关，诗歌在描述葛婪代时，直接将其联系到黑暗这一意象，怪物几乎与黑夜没有区别，他被形容成为"黑色的死亡之影"（*deorc deapscua*，第 160 行）；另一种观点认为夜晚似乎是一个更加适合葛婪代的时间，葛婪代能够舒适地生活在黑暗中。相反，黑夜对扈从们来说是充满敌意和威胁的空间，它使得勇士们变得脆弱。这一反差恰恰证明了，与大厅里的人类相比，葛婪代本质上就是"异类"。由于黑暗与激起恐惧的场景有关，作为"他者"的怪兽与黑夜的联系直接揭示了其罪恶本性以及他与被光明点亮的大厅文明之间存在着巨大距离。这也解释了为什么葛婪代要攻击鹿厅，正如诗歌中描述的那样："他无法忍受/鹿厅内日复一日的飨宴，/悦耳的竖琴，嘹亮的歌喉。"（第 87—89 行）因此，光亮大厅和黑暗沼泽的对比实际上是人类与怪兽身份之间的冲突和对立，葛婪代被驱逐出人类社区的根本原因是其"他者"的身份。

在贝奥武甫与葛婪代的相遇中，大厅与荒野的对峙从群体缩小至个

体身上。葛荬代攻击大厅削弱了社区的凝聚力，与葛荬代的战斗是对贝
奥武甫作为英雄保护社会能力的第一次重大考验。第一次胜利后的叙事
遵循的模式是恢复空间秩序，丹麦人为庆祝胜利而重新装饰鹿厅。诗歌
在这部分呈现了很多描述性的细节，如金线织成的壁毯，一幅幅美景令
人眼花缭乱。所有这些都表明大厅在驱逐了黑暗邪恶力量之后，重新建
立起秩序。鹿厅重新响起了音乐歌唱，摆上了酒宴。但是诗人却给出了
明显有关空间不稳定的暗示："这富丽堂皇的建筑，／尽管里外全用铁
环扣牢，／还是震得铰链俱裂，摇摇欲坠。"（第 997—999 行）显而易
见，封闭的鹿厅并不安全，它所象征的丹麦社会也并不稳定。很快葛荬
代的母亲闯入了这个温暖的空间，给贝奥武甫带来了第二场战斗。

　　葛荬代的母亲来自可怕的水域，她把地景上的荒野特征和该隐后裔
所代表的道德上的蛮荒联系起来。同葛荬代的出场一样，诗歌首先呈现
给读者母妖栖居的空间："沼泽老巢还住着一个女妖……她命中注定／
安家在可怕的深潭，冰冷的激流。"（第 1257 行，1259—1260 行）当地
居民进一步详细描绘了怪物居住的地方：

> 狼群出没的山坡，
>
> 狂风扫荡的海岬，
>
> 阴险的沼泽小径。
>
> 那儿山泉泻下悬崖下的黑雾，
>
> 在大地深处泛起洪流；向前不远
>
> 再走几英里路，便是那口深潭。
>
> 上方长一扇挂满霜雪的树林
>
> 盘根错节，遮住水面。（第 1357—1364 行）

这段引文包含了很多空间特征的细节，既包含典型中世纪荒野景观
（山坡、沼泽、洪流、树林），也包含严酷的自然气候（狂风、黑雾、

霜雪），甚至还有野外狼群的出现，这样多种元素的叠加充分勾勒出母妖居住地的危险。这段地景描述是一个合适的例子，表明超自然领域提出了一种语言模式和思想模式，适合表达诗人对益格鲁—撒克逊人面对未知时的集体恐惧特征。有学者评论这段描写时，认为"与其说是描述一个特定的地形，不如说是传达人们对葛蒌代的想象和心理反应的某种意义"。① 贝奥武甫深入荒野的这趟征程表明他决心一劳永逸地赢得这场战斗。唯有如此，一个强大且意志坚强的英雄才可以对抗隐匿于黑暗之中的恶魔。远征和战斗对这位英雄来说象征着个人成长的重要阶段。布茨强调了这个巨大的挑战，他指出："贝奥武甫必须面对的既是内在的，也是外在的挑战。"② 在这样的背景下，贝奥武甫与葛蒌代母亲战斗的地方是这首诗最突出的战场，而这场对抗在结构上处于三场战斗的中心位置，这样的安排也并非巧合。

贝奥武甫带领着部队在接近沼泽时看到面前出现了严酷的地形："怪树低悬灰岩之上，阴森森一扇/霜林底下泛起污血，一口/打着旋涡的深潭。"（第1415—1417行）和第一次在夜晚鹿厅里进行的搏斗相比，这场冲突更具挑战，表现在整场战斗经历了三个重要地点的转移：从沼泽到水潭再到搏斗最终发生的深潭下母妖居住的洞穴，随着斗争的激烈和凶险程度加剧，空间一次次移向更为隐蔽和狭小的地点，这一过程无疑暗示着贝奥武甫面对的是更为危险的挑战。

第二场搏斗的高潮出现在母妖居住的潭底的洞穴，评论家们注意到诗人在描述时，有意将此洞穴和大厅进行了类比。他们认为葛蒌代母亲居住的洞穴是对大厅的戏仿。奥查德分析说"葛蒌代母亲的水下住所是用人类的语言描述的，几乎都是用来描述家的语言"，③ 并且洞穴的墙壁上挂着武器进行装饰（第1557—1560行）。所有这些细节似乎故意

---

① Richard Butts, "The Analogical Mere: Landscape and Terror in *Beowulf*", p. 113.
② Richard Butts, "The Analogical Mere: Landscape and Terror in *Beowulf*", p. 121.
③ Orchard, *Pride and Prodigies*, p. 30.

引导读者想起与荒野对立并行的鹿厅。和大厅一样，葛婪代母亲的洞穴本身也是一个封闭的空间，它的周围不是用围墙而是用沼泽进行防护和保卫的。诗人甚至直接称这个洞穴为大厅（*niðsele*，第 1513 行；*hrofsele*，第 1515 行），或称其是"有屋顶的大厅"（*hrofsele*，第 1515 行），而身在其中的贝奥武甫则是一名"大厅来客"（*selegyst*，第 1515 行）。通过这种空间上的并置，将第一场和第二场搏斗巧妙地跨时空连接在了一起：葛婪代对鹿厅的攻击与贝奥武甫对葛婪代母亲盘踞的潭底"大厅"的攻击有很多相似之处。

贝奥武甫非同寻常的勇气、力量和聪明才智令他杀死了母兽，英雄最终成功地净化了荒野，消除了荒野的恐怖力量。此外，贝奥武甫对葛婪代母亲的胜利改变了潭底黑暗洞穴的可怕景观："猛然升起一股火光，把大厅照得通明，／恰似空中高高炫耀着的那支天烛。"（第 1570—1571 行）在这场战斗的最后，英雄发现在母妖死亡那一刻，光芒闪耀在原先被黑暗笼罩的洞穴。联系至灯火通明的鹿厅，可以得出这样的结论：善恶之争时常表现为光明和黑暗地点的对立，唯有战胜邪恶，神圣之光才能照耀这片空间。

贝奥武甫再次战胜了怪物，驱走了恐怖的黑暗，带来了光亮。在第二场战斗中，贝奥武甫从中心移动到边缘，荒野成为更加能够考验英雄的场所，这场战斗是主人公成长过程中的一个里程碑。布雷兹曼（Natalia Breizmann）做了一个有趣的类比，他认为贝奥武甫进入葛婪代和其母亲居住的洞穴的举动能"让人想起亚瑟王文学中一个相似的主题：肩负任务的骑士来到了陌生的异域，从文明的中心地带来到边缘之地[1]"。这样的类比具有一定的意义，贝奥武甫从故乡高特来到丹麦，相当于踏上一次自我磨炼的旅途，他与怪兽的搏斗就是在接受荒野的考验，从而使自己更为成熟和强大，从这个意义上看，《贝奥武甫》这部

① Natalia Breizmann, "'Beowulf' as Romance: Literary Interpretation as Quest", *Modern Language Notes*, Vol. 113, No. 5, Comparative Literature Issue, December 1998, p. 1026.

史诗也被称作主人公的一部成长探险小说。

　　不仅对于主人公的成长，就整个社会和群体生活而言，第二场战斗在三场冲突中占据最为核心和关键的位置。这场争斗的性质已经发生了变化，从第一次的被动防御到这次主动深入非人类居住的空间，因此有学者指出这场斗争本质上不是贝奥武甫的个人英雄行为，而具有非常重要的空间意义，代表的是丹麦国王和怪物的领土之争，贝奥武甫旨在清除沼泽邪恶力量的行动实质上是在将丹麦王罗瑟迦对空间的控制从人类定居地延伸到先前未曾达到的怪物们居住的蛮荒之地。[①] 这样的分析反映出人类文明发展过程是一个领土不断扩展的过程，符合当时各部落不断迁徙、争夺土地和空间的历史发展背景。

　　尽管贝奥武甫获得了两次胜利，英雄赢得的安全总是短暂的。人类社会受到外界暴力胁迫，更是被无常的命运所支配。英雄虽然强大，但也只能受制于外界的变化和各种机遇。贝奥武甫回到了高特家园。在丹麦的这次传奇经历使得贝奥武甫完成了一趟英雄式的历练之旅，他从一名普通年轻贵族成长为颇具威望的英雄，并且在高特王赫依拉父子战死后，统治高特王国达五十年之久。细读文本，读者能够发现相比诗歌前半部分（第1—2199行）呈现主人公年轻向上的发展，后半部分（第2200—3182行）更多表现的是高特王国面临的困难和文明力量的日渐衰败。最明显的一点变化是全诗有关大厅盛宴的描述都集中在前半部分，贝奥武甫成为高特王后，对热闹宴会的描写已经彻底消失，这一变化显示出当时社会关系趋于不稳定的状况。

　　五十年后，贝奥武甫已经是一位年老的国王，但他再次被召唤去对付怪物——一条毒龙。不同于葛婪代主动去挑战文明与荒野的界限，这次是毒龙的空间首先遭到人类的侵犯，一名为逃避主人的惩罚而在荒野流浪的人，躲入洞穴，偷走了大盅，回到了城内。这样两个本来比邻而居的空间产生了冲突。毒龙被惹怒，火烧了一座座大厅，以此人类世界

---

　　① Michelet, *Creation, Migration, and Conquest*, p. 50.

和荒野世界的对立又一次变得尖锐。在古英语诗歌中，社会结构的丧失往往表现为建筑空间的破碎。当贝奥武甫得知家园被威胁时，垂垂老矣的国王虽然知道危险，但还是决定亲自出征屠龙。相较前两次与怪物搏斗前在大厅里举行聚会，这次出征前的叙述就显得十分沉重，贝奥武甫回顾了高特人和瑞典人之间长期的血腥争夺和冲突，这段回忆充满着悲伤和萧索的气氛，还未正式与毒龙搏斗，似乎就在暗示年迈国王的不幸结局。彼时的高特王朝在空间上受到双重侵袭：一是人类社会发展内部充满了各部落之间利益的冲突；另一方是外界的非人类的野蛮力量摧毁了高特王国的安定。在如此困境中，主人公贝奥武甫踏上第三次搏斗之旅。

　　与之前两场战斗的场景一样，毒龙居住的野生景观被生动地描绘出来，虽然诗人并未提供和前一次潭底搏斗一样丰富的空间细节，但是这个巢穴的重要的自然野生元素已经被清晰地勾勒出来："巨石下露出一个阴森森的穹洞，／山溪从中急急奔出，／湍流夹着滚滚毒焰。"（第2544—2546行）和葛婪代无法忍受大厅的欢乐不一样，毒龙的愤怒是因小偷侵入它的空间而引发的，因而毒龙对人类社会空间的摧毁是一种还击。从地景也能看出人类社会的衰败最终的原因在自己内部，毒龙的居住地除了自然蛮荒之外，和人类文明有着极其明显的关联，诗歌提到了黄金、废墟、墓冢等意象，这些都暗示了社会必然衰败的结局。

　　学者们呼吁关注三场战役地点的异同。有人指出最后的战场缺乏前两场战争背景的具体细节。布罗多（Arthur G. Brodeu）将最后一个场景的简单的设置与角色的行动联系起来，指出"第二部分的主要场景缺乏丰满、复杂和细节的生动性，而正是这样的安排给了第一部分的场景（鹿厅、沼泽等自然景观）以光彩。鉴于第二部分情节单一以及简单直接的叙事特征，情况理应如此"①。而学者欧文（Edward B. Irving）说，第一部分的叙事场景设置在室内，而第二部分设置在室外。有趣的是，他的结论涉及"在第一部分的场景中的陪伴和社会的特征是如何与第

---

① Arthur G. Brodeu, *The Art of Beowulf*, Berkeley: University of California Press, 1959, p. 126.

二部分场景中深深的孤独感形成一种对比"①。这些学者从不同角度着重分析了两部分场景的差异特征，各自有其合理的部分。麦克纳布（Cameron Hunt McNabb）则另辟蹊径，他关注搏斗发生的三个地点间的相似性。他比较了龙穴和葛婪代的潭下洞穴，得出了这两个地方的三个相似之处。首先，它们都位于"荒地"（westen；第 1265 行，第 2298 行）之中；其次，这两个位置都被"巨浪"（yðgebland，第 1373 行）和"咆哮的海浪"（holma geþring，第 2132 行）包围；最后，水下洞穴和坟墓般的洞穴都是封闭的空间。② 第三点阐释突出了这首诗中野生景观对文明空间的映射。

相比诗中呈现出的其他自然景观，毒龙和贝奥武甫搏斗的第三个战场有其特别之处。毒龙的这个巢穴既是一个洞穴，也是一个坟墓。值得注意的是，住在坟墓里，龙生活在文明与衰落、生与死之间的边界上。这一特殊地点装载着一些无法找寻的和形而上的特征。考尔德（Daniel G. Calder）解释了这一点：

> 不可测量性和开放性是龙的关键形象：整个宇宙变得深不可测，不受人类试图测量和解释它的影响。当诗人创作了一幅带有玄学色彩的风景画，一场更可怕的战斗在这幅画上展开时，他对空间和时间的感知能力减弱了。③

考尔德提到的这些特点不仅说明了龙的巨大力量，还指出了诗人到了后半部分的叙事有了更多对宇宙和人类生存的深入的思索，所以具体的时间和空间显得不是那么重要，龙和贝奥武甫的战斗无疑是一种人类

---

① Edward B. Irving, *A Reading of Beowulf*, New Haven: Yale University Press, 1968, p. 198.

② Cameron Hunt McNabb, "'Eldum Unnyt': Treasure Spaces in *Beowulf*", *Neophilologus*, Vol. 95, No. 1, January 2011, p. 150.

③ Daniel G. Calder, "Setting and Ethos: The Pattern of Measure and Limit in *Beowulf*", *Studies in Philology*, Vol. 69, No. 1, January 1972, p. 30.

和未知力量的对抗，其意义已经超出了前两次的善恶、文明与蛮荒之间的冲突和斗争。第三场战斗是贝奥武甫面临的最大挑战。年迈的国王相信没有一个普通人能抵挡得住这种力量，只能由他自己来承担这份重任。诗人在描述毒龙被击败杀死时，突出了它与曾经占有的空间之间存在的联系："它曾经恣意游行了黑夜的天空，/时而掉头降落找寻它的巢穴。/现在它一动不动僵死在那里，/再也不能够享用它的地洞。"（第3043—3046行）可见，生物的居住之处也是其生命力的象征，一旦无法保卫自己的空间区域，龙就会遭遇死亡。

最后一场战斗的意义一直是学界争论的焦点话题之一。雷诺阿（Alan Renoir）对主人公的美德给予了积极的评价：

> 贝奥武甫……架起了无畏与真正勇气之间的桥梁。……他保留了行动的意志，使他成为智慧与完美行动相结合的化身，我们已经见证了这样一个过程，在诗的开头那个傲慢的年轻人，最终变成了一位睿智而令人敬畏的老武士，在诗的结尾他被赞为世上最好的国王。①

这一评价得到了众多学者的认可。根据日耳曼尚武文化的传统，贝奥武甫是为了成为一名高尚的战士和社会的保护者而死的，所以第三次战斗是他人生的高光时刻。

一些评论家试图对贝奥武甫的死做出进一步判断。他们强调贝奥武甫死时没有直系的继承人。在盎格鲁—撒克逊时代，能拥有自己血缘的合格继承人是衡量圆满人生的一项标准，当时颇负盛名的学者艾尔昆曾经写道："父亲用自己的种子创造了这样的花朵，为世界带来特殊的荣

---

① Alain Renoir, "*Beowulf*: A Contextual Introduction to Its Contents and Techniques", in Felix J. Oinas ed., *Heroic Epic and Saga*: *An Introduction to the World's Great Folk Epics*, Bloomington: Indiana Univerisy Press, 1987, p. 111.

耀，确实是幸福的。"① 当然，贝奥武甫的生活超越了尘世的幸福标准，"作为天堂的继承人，他已经拥有了尘世的东西；他希望所有人都能享有天国的欢乐"②。可见主人公的死并不意味着道德上的来生，他的死只是异教徒世界短暂的尘世生活的一个标志。

可以进一步从空间生产的角度来理解这三场斗争的进展。列斐伏尔认为，社会空间在大多数情况下并不仅仅代表一种关系，它包含着两种甚至三种"生产与再生产的社会关系的相互作用"③。因此，复杂关系的具体表现形式是众多的符号。列斐伏尔列举了两对重要的符号，即男性和女性的符号，以及青春和年老的符号。笔者认为，贝奥武甫与葛婪代、母兽、龙的斗争，构成了他身份建构的整个过程，也是社会倒退发展的过程。贝奥武甫可能会成为一个越界的英雄，对社会施加强大的影响力。伴随着他勇敢的战斗，他从边缘走向中心。在他的成长过程中，野生元素扮演着重要的角色。很明显，主人公的个人和内心的发展是在荒野地景的空间背景下发生的，因为每个怪物都是起源且居住于蛮荒自然的生物。他所面对的所有怪物对手都可以被解释为强大、危险且超自然的力量，因此这种对抗能使英雄从身体和精神上得到真正的试炼和提升。

简而言之，在这部史诗叙事的所有背景中，荒野景观为主人公的发展提供了最重要的舞台。此外，每一场战斗的进展都在特定空间里通过一系列进攻和防守的动作得以充分的呈现。入侵不仅是冲突的必然前奏；从另一种意义上说，这也是它的最终目的，因为胜利是通过入侵对手的身体来实现的。在横轴上，荒野是一个威胁文明中心的边缘地带。当贝奥武甫深入可怕的荒野时，他培养了自己的力量，成为保护人民的

---

① 转引自 W. F. Bolton, *Alcuin and Beowulf: An Eight-Century View*, London: Edward Arnold Ltd., 1979, p. 151。

② 转引自 W. F. Bolton, *Alcuin and Beowulf: An Eight-Century View*, London: Edward Arnold Ltd., 1979, p. 151。

③ Lefebvre, *The Production of Space*, p. 32.

英雄。相反，像葛蝼代这样的怪物被人类社会驱逐，他们注定会在战斗中失败。同时，个人的力量在宇宙中是有限的。上下运动在垂直轴上流动进行。荒野可以被认为是垂直轴末端的另一个世界，而大厅并不总是在轴的顶部，它可能会被破坏，只有天堂才能占据垂直轴线的顶端。①在分析战斗过程中，可以看见池塘、沼泽等水域是自然空间和荒野景观的重点组成部分，水域其实是分析开放空间中的重要一环，它承载着多重政治、经济、文化的意义和功能，也是空间研究的重点的对象之一，接下来将分析关注《贝奥武甫》诗中具有文化意义的海域地景。

第四节　海洋:异化的空间

因为四面环海的特殊地理位置，英国作家一直保持着对大海主题的迷恋和创作热情，这一情况在盎格鲁—撒克逊时期的文学中就已初现端倪。这不仅仅是因为不列颠岛的位置，还因为盎格鲁—撒克逊人是从北欧跨海来到这片新的土地，因而大海和海上旅行一直深深植根于当时的文化认知及文学主题中。传统上来说，当时的人们认为海洋是一种强大的、包围着他们社会的动荡的自然力量，海上隐藏着神秘的生物，同时人类世界里的敌人也能够乘船而来，因而大海的神秘力量和连接外界世界的功能都值得着重讨论和研究。无论是在世俗文学还是宗教主题的文学文本中，各种各样的海景经常出现在空间表征的整个体系之中。史诗《贝奥武甫》将故事发生的场景设在北欧，但是其海洋和海景的呈现与盎格鲁—撒克逊时期的社会状况紧密相关。讨论这首诗的空间构建，除了处于叙事结构核心的三个地点：大厅，葛蝼代栖身的沼泽地以及龙的洞穴之外，大海是另外一个需要深入分析的地景。

大海在整首史诗的叙事中发挥着至关重要的作用。它的第一个功能是为人物提供了旅行的方式。大海见证了丹麦国王的最后一次远航，也

---

① 天堂这一空间概念的含义和功能将在第二章和第三章里做更进一步的讨论。

把战士贝奥武甫从高特大陆带到丹麦海岸。诗歌描述了贝奥武甫前往丹麦的海上航行：

> Gewat þa ofer wægholm, winde gefysed,
>
> flota famiheals fugle gelicost,
>
> oðþæt ymb antid oþres dogores
>
> wundenstefna gewaden hæfde
>
> þæt ða liðende land gesawon,
>
> brimclifu blican, beorgas steape,
>
> side sænæssas; þa wæs sund liden,
>
> eoletes æt ende.
>
> 顿时，战船贴上波涛，
>
> 极像一只水鸟，项上沾着泡沫，
>
> 乘风而去了！
>
> 待到次日，曲颈的木舟
>
> 已按时走完了大半路途。
>
> 水手们远远望见了陆地，闪亮的石崖，
>
> 峥嵘的山岩，突兀的岬角——
>
> 大海扶岸，航程结束了。（第 217—224 行）

这些细节证明了高特武士前往丹麦的这段旅程十分平稳。这种情况实属罕见，在《贝奥武甫》整首诗中，大海常常呈现为不平静的状态，海上旅行总是危险的。由此，就可以理解诗人为什么特意点明了高特士兵们在快速到达和安全着陆后，"他们感谢上帝，/渡海而来，一路平安无事"（*gode þancedon/þæs þe him yþlade eaðe wurdon*，第 227—228 行）。

在《贝奥武甫》诗人的叙述中，大海常常被描述为是敌对的自然的一部分。狂野的大海不仅见证了人类与环境的斗争，也是这首诗中最重要的战斗的背景。《箴言一》就提到大海包围着当时人们生活的陆地，而且带来自然界的风暴："大海，海洋，经常在恶劣的条件下带来暴风雨。"（*Storm oft holm gebringe þ*，/*geofen in grimmum sælum*；第50—51行）衡量这种令人生畏的自然的力量取决于当时人们的实际生活经验，有学者统计了《贝奥武甫》的诗人使用了十五个单形名词指大海：*brim*，*faroð*，*flod*，*geofon*，*hæf*，*holm*，*lagu*，*mere*，*sæ*，*stream*，*sund*，*wæd*，*wæg*，*wæter*，*yð*。① 这些词的具体含义有着不同的侧重，强调了大海的水域、体积及它的垂直和水平运动时的状态。可见，对普通民众的生活以及文学创作而言，大海都是重要的空间和地点的存在。海景在《贝奥武甫》这部史诗中是占据重要地位的空间类型，发挥着各种作用。海洋是充满危险和冲突的空间。例如，诗中丹麦王罗瑟迦设宴欢迎贝奥武甫等高特武士前来相助。在酒席上面对翁弗思（Unferth）的挑衅，贝奥武甫讲述了他和儿时伙伴勃雷卡（Breca）在大海上的冒险。在讲述他们的比赛时，贝奥武甫把海洋描述成一个充满挑战和死亡的狂野之地：

> Da wit ætsomne   on sæ wæron
>
> fif nihta fyrst，   oþþæt unc flod todraf，
>
> wado weallende，   wedera cealdost，
>
> nipende niht，   ond norþanwind
>
> heaðogrim ondhwearf.   Hreo wæron yþa.
>
> Wæs merefixa   mod onhrered
>
> 就这样，波涛上五天五夜
>
> 我们俩始终没有分离，直到海潮
>
> 澎湃而起把我们拆散。
>
> 浑黑的天幕，

---

① Caroline Brady, "The Synonyms for 'Sea' in *Beowulf*", in *Studies in Honor of Albert Morey Sturtevant*, Lawrence, KA: University of Kansas Publications, 1952, pp. 22 –46.

刺骨的海水，

北风怒吼着搅动大洋：

惊醒了的海兽发脾气了！（第 544—550 行）

这段引文强烈展现了海洋的危险：无常的天气、黑暗的场景和凶猛的海兽，突出表现了大海作为自然景观的一个重要组成部分，其不可控和敌对危险的特征。这样的海景才是在盎格鲁——撒克逊文学中常常出现的面貌。

诗中多次将海洋和隐秘与危险的概念联系在一起。除了上面提到的贝奥武甫和勃雷卡在海上的冒险（第 506—581 行），在这之前贝奥武甫就诉说了他年轻时与海怪和巨人的战斗（第 415—424 行）。另外诗歌中最突出的危险景观就是葛娄代位于深潭之中的巢穴，这个洞穴实际上也带有海洋景观的特征。在诗中，罗瑟迦国王给出了最早的一长段对这个怪物居住的巢穴的描述。那是一个令人生畏的地方，在人类居住的边缘，但它离文明社会的中心鹿厅却不远。罗瑟迦评论那个地方是一个"隐藏或神秘的土地"（*dygel land*，第 1375 行）。但贝奥武甫和武士们到达那里，想要肃清葛娄代的妖母时，他们看到的深潭的景象是：

Gesawon ða æfter wætere   wyrmcynnes fela,

sellice sædracan,   sund cunnian,

swylce on næshleoðum   nicras licgean,

ða on undernmæl   oft bewitigað

sorhfulne sið   on seglrade,

只见水中一条条大蛇摇头摆尾，

斑斓的海龙在浪里巡逻。

峭壁上三三两两躺着怪兽，

　　它们常常在晨雾朦胧的帆船之路

　　加入人们凶多吉少的旅途。（第 1425—1429 行）

这段描述明确表明这个深潭里面和周围有海怪出没，学者对这片水域的位置产生了很多争论。诗中对这片水域使用的古英语单词"gryrelicne"其实有两个意思：既指内陆湖泊，也指海湾。长久以来，学界还未就这片荒野是否位于内陆湖泊或海湾达成一致意见。[①] 正如斯坦利（E. G. Stanley）所说，这个荒凉地区的地理环境汇集了"大量的图案"，[②] 它既表现为内陆湖泊的特征，又有着海景的特点。评论家指出，仅凭目前文本里传递出来的信息很难去确定这片水域是一个内陆湖还是位于海边的位置。但值得注意的是，这个地方表现了如同巨大海洋水域一样的神秘。布茨对这个地点做了心理层面的解读，认为水中的洞穴，无论是在水潭之中，还是海洋边，都仅仅代表了"人类在面对未知事物时的集体恐惧[③]"。结合本章第一节论述指出的盎格鲁—撒克逊对自然界的恐惧与敌意，这一分析角度颇具洞见力，具有一定的说服力。

　　海洋不仅仅是危险和充满怪物的地点。它从根本上来说，是人类无法理解和控制的地方，是一个充满未知并且分离生死的地方。诗歌开始提到希尔德的海葬时，给出了一个非常特殊的细节，希尔德尚在襁褓之中时，"只身从惊涛上来到丹麦人中间"（*ænne ofer yðe, umborwesende*；第 46 行）；而在他死后，让身体交还给大海（第 48 行）。可见，大海是神秘的空间，没有人知道归处和终点在哪里，死去如同踏上一次未知的海上征程。在诗歌第三场战斗结束时，十分巧合地，死去的毒龙的身

---

　　① 参看 Butts, "The Analogical Mere: Landscape and Terror in *Beowulf*", pp. 113 – 121; William Witherie Lawrence, "The Haunted Mere in *Beowulf*", *PMLA*, Vol. 27, No. 2, 1912, pp. 208 – 245; Richard J. Schrader, "Sacred Groves, Marvellous Waters and Grendel's Abode", *Florilegium*, Vol. 5, 1983, pp. 76 – 84。

　　② E. G. Stanley, "Old English Poetic Diction and the Interpretation of The Wanderer, The Seafarer and The Penitent's Prayer", *Anglia*, Vol. 73, No. 4, January 1955, p. 441.

　　③ Butts, "The Analogical Mere", p. 117.

体也是被海水带走的：

> Dracan ec scufun，wyrm ofer weallclif，   leton weg niman，
>
> flod fæðmian   frætwa hyrde.
>
> 接着，他们掀起毒龙。
>
> 大蛇落下峭崖，波涛涌起
>
> 咽下了宝库的卫士。（第 3131—3133 行）

这两个例子生动地说明，对于盎格鲁—撒克逊人来说，大海是一个神秘的空间，它象征着生与死之间的尘世放逐。

大海表现出的生死之间的这一阈限空间特征贯穿《贝奥武甫》全诗，整首诗在叙事结构上突出了两个重要的海景：诗的开头和结尾分别是丹麦王希尔德和英雄贝奥武甫的葬礼，两个场景都与大海有着直接关联。诗人以丹麦王朝的祖先希尔德的传说故事开始叙述，获得丰功伟绩的希尔德辞世后，进行了荣耀的船葬：他的胸前缀满珠宝，船舱装满了礼品，船上悬挂一面金线绣成的战旗，最终让浪花托起他，将他交还给大海（第 32—52 行）。而与之相对的是诗歌最后的主人公贝奥武甫的葬礼，依照英雄生前的遗愿，他被进行了火葬，关于陵墓的位置，贝奥武甫自己在生前已做好安排：

> Hatað heaðomære   hlæw gewyrcean
>
> beorhtne æfter bæle   æt brimes nosan；
>
> se scel to gemyndum   minum leodum
>
> heah hlifian   on Hronesnæsse，
>
> þæt hit sæliðend   syððan hatan
>
> Biowulfes biorh，   ða ðe brentingas
>
> ofer floda genipu   feorran drifað.

火葬之后，

令勇士们筑一座明亮醒目的大坟

高高耸立在大海的肩胛，鲸鱼崖上

留作给我的人民的永久纪念。

让那些远道而来，迎着波涛上

昏昏迷雾的水手，从此就叫它

"贝奥武甫陵"吧。（第 2802—2808 行）

昏昏迷雾笼罩的大海充满危险，为了驱逐这份前进途中的黑暗，贝奥武甫陵要是"明亮醒目"的，成为指引水手前进的明灯。可见即使死后，英雄还是希望能对抗黑暗，带来光明。两场葬礼前后呼应，即便后一场并不是海葬，但是贝奥武甫死后的墓碑仍然要为海上的水手指明方向。史诗《贝奥武甫》中所呈现出的所有这些大海的特征都证明了大海本质上是一个具有异化功能的空间：危险而神秘的大海可以使生与死分离，使人与怪物分离，使已知和未知分离，使可控制的空间和不可控制的空间区分开来。

此外，仍需进一步观察大海与盎格鲁—撒克逊特定民族特征及历史发展间的联系。作为一部民族史诗，《贝奥武甫》中的大海不仅体现了当时人们的旅行方式及对大海的未知和恐惧，它还承载着更多的文化寓意。西韦尔斯将海景与人们对过去的怀旧情绪联系起来。他认为："海景特别地构成了《贝奥武甫》，矛盾的是这一文本的无地方特征却是根植于祖先的历史：龙穴在高特王国，葛婪代的巢穴（这是怪物一族的坟墓，也有可能是古老的巨人种族的坟墓，在那里发现了他们的手工艺品）在深潭之中。"[1] 将大海与民族起源地联系在一起的分析视角具有一定的启发性。作为北欧移民，盎格鲁—撒克逊人和这片新到达的土地

---

[1]　Alf Siewers, "Landscapes of Conversion: Guthlac's Mound and Grendel's Mere as Expressions of Anglo-Saxon Nation-Building", p. 28.

尚未形成紧密的联系，他们的文字里时刻充满着回看北欧祖先过去生活和家园的冲动。19 世纪的著名文学史学家斯托普福德·布鲁克（Stopford Brooke）高度评价了《贝奥武甫》与英国性（Englishness）之间的关联："整首诗，尽管是异教的，但从根本上讲是英国的。它对我们来说是神圣的，是我们的《创世记》，是一部关于我们民族起源的书。"[①]布鲁克的阐释角度突出了大海和统一民族构成之间的关系。对布鲁克来说，英国诗歌的起源不仅是古英语，而且是在海上。[②] 英国诗歌不是本土的，而是在大海中诞生的，就像这首古英语史诗中的希尔德和贝奥武甫一样，在海浪中诞生。在《贝奥武甫》整幅海景图中，读者能够发现盎格鲁——撒克逊人海上迁徙旅行以及异化隐喻的文学主题：主人公在异国他乡与怪兽作战，然后返回家园，却从未建立起自己的家庭或王朝。他的统治被一个超自然的怪物所终结，他选择独自战斗至死，而他的英雄之死则不可避免地导致了他统治下的王国的毁灭。

综上所述，在古英语文学文化中，海洋及其衍生的景观有着丰富的含义：既反映了重新想象的日耳曼祖先的过去，也反映了未被救赎的人类状况，这是一块无形的荒原，在古英语诗歌中为自然空间提供了更普遍的模式。但是海洋不仅是提供了外在的地景，更多的是文化隐喻，以及内心的活动。这一点在抒情诗歌中十分突出，将在下一章中进行详细的分析。

列斐伏尔空间三重体模型有助于全面解析《贝奥武甫》中空间结构的复杂性，了解自然空间和社会空间的矛盾和互动。处于社会关系核心的宴会大厅是一个集中空间生产和实践的地方，日耳曼文化传统中的领主和扈从间的社会关系在这一空间里得到维系和保护。同时大厅的围墙、门等物理防护结构和边界体现了社会空间的表征，因为在当时人类

---

① Stopford Brooke, *English Literature from AD 670 to AD 1832*, 3rd rev. edn., London：Macmillan, 1897, p. 10.

② Stopford Brooke, *English Literature from AD 670 to AD 1832*, 3rd rev. edn., London：Macmillan, 1897, pp. 8 – 9.

改造自然能力低下和社会政治频繁动乱的情况下，封闭空间无疑带有文化的表征功能，代表着领主的庇护和暂时的安全。而与大厅相对的自然景观也表现出独特的空间的表征。开放的自然空间被认为是不安全和不可控的，缺乏人类活动和社会实践，但它也绝对不是空无一物的静止空间。相反，自然空间在世俗文学中扮演着非常重要的角色，它不仅与人类社会相对，并常常与文明社会进行类比，成为定义人类和非人类的重要空间。此外，自然荒野虽然未被改造，但它对于盎格鲁—撒克逊人来说，绝不是永久处于对立面的敌人。仔细审视盎格鲁—撒克逊人的起源故事，就会发现他们的文化根植于边缘化和怪物畸形概念之中。总而言之，社会空间和自然空间在中世纪早期是不可分割的，从某种意义上说，二者相互定义和制约，一方随时可以改造或者摧毁另一方，二者的界限并不明确且十分不稳定。正如在《贝奥武甫》中，来自荒野的力量试图侵入文明的空间，文明和蛮荒的冲突表现在对空间的侵占和抢夺之中，最终不可避免地引发了贝奥武甫与怪兽之间的战斗。此外，人物在空间中的活动以及产生的冲突还可以联系至个体身份的建构。贝奥武甫和他的敌人有着相似之处，他们在诗歌开头都是边缘人物。超于常人的英雄能够深入怪物盘踞的荒野，并且在其中完成历险和试炼，对抗怪兽和保卫社会空间的安全，贝奥武甫的胜利体现了英雄与怪物的本质区别。主人公是一个临时的阈限人物，最终能跨越似是而非的中间状态，完成英雄身份的构建。而怪兽的入侵注定要失败，它们永远被限制在蛮荒自然，不被允许进入社会空间。

第二章

抒情诗歌中流亡者的心灵地图

上文聚焦分析了盎格鲁—撒克逊智慧文学和英雄史诗这些世俗主题的文本中展现出来的开放空间以及封闭空间，尤其关注英雄和怪物在特定空间里的行为方式和自我身份构建间的关系。在这一过程中，内外两大空间对立且相互制衡的状态十分突出，同时这两类空间的划分完全依赖于物理的边界：围墙、大门、建筑物等。其实空间的上下、内外以及中心与边缘的对立区分不仅仅体现在自然空间和社会空间上，同时也反映了个体的身体所产生的内外差别。先前盎格鲁—撒克逊学者们的研究鲜少关注到普通个体内在心理空间与外在物理空间产生的互动关系，探寻人物发展的内在空间的呈现能进一步开掘盎格鲁—撒克逊人的空间取向和认知。在众多文本类型中，古英语抒情诗歌是最能表达人物内心感受的一种文类，其中的空间表征投射了个人在群体生活之中充当的社会角色以及传递出来的情感功能，因而本章将集中探讨抒情诗歌呈现出的心理空间。

第一节　古英语抒情诗歌的空间特征

在所有盎格鲁—撒克逊文学文本中，古英语抒情诗歌这类作品在整体上而言，主题统一且艺术特点鲜明，在空间呈现方面，大部分诗歌都围绕着流亡者的内心活动与外部环境的密切联系展开。在分析具体文本之前，有必要厘清古英语抒情诗歌这一文类的基本概念。就如何定义盎格鲁—撒克逊文学中的"抒情诗歌"① 以及哪些文本应该被归入这一类别，学界的争论由来已久。②

斯坦利·B. 格林菲尔德（Stanley B. Greenfield）给出了古英语抒情诗歌的第一个重要定义："抒情诗是一种相对较短的、具有反思性的或戏剧性的诗歌，包含了一种对比鲜明的失落和安慰的模式，表面上基于特定的个人经历或观察，并表达了对此种经历的态度。"③ 依据格林菲尔德的阐释，"抒情诗歌"一词与人物的个人情感及其自我反思密切相关。学者安妮·L. 克林克（Anne L. Klinck）对抒情诗给出了一个更为宽泛的定义："因与所期望的对象分离，产生的强烈的失落感而形成的一种话语，这种话语通过独特的世界和主题来表达，并通过呼应主题将自己塑造成一首诗，表达了情绪从不安走向某种程度上的接受。"④ 克林克注重抒情诗歌这种体裁中体现出来的分离和运动的重要特征，这两个因素揭示了古英语抒情诗歌中人物发展过程中的最为显著的空间特征。在《剑桥盎格鲁—撒克逊文学导论》中，马格尼斯（Hugh Magen-

---

① 针对盎格鲁—撒克逊时期出现的"elegies"这种文学类型，国内学者给出了不同的翻译：陈才宇在《古英语与中古英语文学通论》中使用"哀歌"一词；《英国中古时期文学史》的第二章第三节关注了"古英语非宗教诗歌作品"，分析中提及《流浪者》（The Wanderer）中使用的是"叙事体哀歌"，但此书并未全面分析其他相关作品，也没有正式提出将"叙事体哀歌"作为一种类型；肖明翰在《英语文学传统之形成》（上册）一书中称此类作品为"抒情诗歌"，并设单独一章（第五章）讨论此类诗歌作品。因为这些诗歌所包含的丰富的情感特征，本书统一采用"抒情诗歌"这一称谓。

② 抒情诗歌是否应该被建构成一个连贯的文学作品的类别范畴一直是一个备受争议的问题。可以参看以下材料中有关这一类型的分类和特点：Stanley B. Greenfield, "The Old English Elegies", in Eric Gerald Stanley ed., *Continuations and Beginnings: Studies in Old English Literature*, London: Nelson, 1966, pp. 142 – 75; Joseph Harris, "Elegy in Old English and Old Norse: A Problem in Literary History" in Martin Green ed., *The Old English Elegies: New Essays in Criticism and Research*, Rutherford, N. J.: Fairleigh Dickinson University Press, 1983, pp. 46 – 56; Anne L. Klinck, *The Old English Elegies: A Critical Edition and Genre Study*, Montreal: McGill-Queen's University Press, 1992, pp. 223 – 51。

③ Greenfield, "The Old English Elegies", p. 143.

④ Klinck, *The Old English Elegies*, p. 246.

nis）列举了通常被归入古英语抒情诗歌范畴的九首诗歌，① 它们分别是《流浪者》（*The Wanderer*）、《航海者》（*The Seafarer*）、《韵诗》（*The Riming Poem*）、《迪奥尔》（*Deor*）、《武尔夫与伊德瓦塞》（*Wulf and Eadwacer*）、《妇怨》（*The Wife's Lament*）、《归顺上帝》（*Resignation*）、《夫之书》（*The Husband's Message*）、《废墟》（*The Ruin*）。这些诗歌的主题和内容不尽相同，却因为共同的"抒情诗歌情绪"将其联系在一起。② 尽管这些诗歌传递出的情感略有不同，不同背景的读者对它们的感知能力也存在较大差异，但这种分类使得就古英语诗歌中某些重要主题的研究更具针对性，正如克林克声称的那样："益格鲁—撒克逊背景下的'抒情诗歌'概念为我们提供了一个方便的场所来表达特定的主题：流亡者、失去亲人、落寞感、世俗快乐的转瞬即逝。"③

以上对古英语抒情诗歌的定义和分类的讨论表明，这类文本非常重视人物的反思和情感叙事。笔者认为，上述九首抒情诗歌在人物和场景设置方面存在着惊人的相似之处：主人公（如果有的话）同为流亡者，他们被迫生活在荒野之中，远离社会。由此不难理解，古英语抒情诗歌与地点有着特殊的关联性。这类诗歌的叙述者往往在流放过程中对周围生存环境进行反思，以揭示个人的经历和表达内心感受。对于流放者来说，世俗场所的丧失能表达出复杂的空间观点，因为在日耳曼氏族部落传统以及基督教文化影响之下，宴会大厅和个人在其中充当的社会角色代表着多重意义。一些益格鲁—撒克逊学者关注到了古英语抒情诗中的文学景观承载了丰富的人物情感。豪依突出强调了诗歌描述出来的属于流放者的内部风景，他认为《流浪者》和《妇怨》中想象的风景是

---

① 需注意的是，除了被纳入这一类别的九首单独的抒情诗歌之外，其他作品中也包含有抒情诗。比如《贝奥武甫》中著名的一段诗文被称为"最后幸存者的哀悼"（*Lament of the Last Survivor*，第 2247—2266 行），可被单独看作一首短小的古英语抒情诗歌，诗中最后一位武士用悲伤的语调感伤于尘世荣耀和繁荣的极限和短暂。

② 这九首抒情色彩较为浓烈的古英语诗歌十分巧合地全部收录在《埃克塞特书》（*The Exeter Book*）这同一部手抄稿中，这部手稿现存于埃克塞特大教堂的图书馆内。

③ Klinck, *The Old English Elegies*, p. 11.

"表现英雄主义文化中发生的内在的、存在的危机：与其他人隔绝开的人物，在这个转瞬即逝的世界里成功改变自己命运的希望微乎其微"①。在这样的文本语境下，外部风景的功用其实已经超越了对现实世界的简单呈现，它还同时传达了盎格鲁—撒克逊文化想象中普遍存在的英雄主义的文化传统，这些社会文化因素的共同作用引发了诗歌中人物们的情绪。由此看来，外部的自然地景是一种重要的想象景观，蛮荒和贫瘠的景观通常与文学文本中的个人苦难和社会状况联系在一起。

将心理分析方法运用到文学评论普遍被认为是一种现代研究方法。事实上，古典时期和中世纪的哲学传统同样主张关注事物的精神层面。柏拉图主义强调空间的精神品质，反对早期的欧几里德空间建构。新柏拉图主义的学者解释了空间和运动如何很好地定义了精神运动。② 中世纪的作家和艺术家总是通过人物的行为动作来表现自然风光。这一方法源于圣经训诂的传统，利用修辞学的方法处理经典比喻，并把叙事与中世纪早期的精神洞见能力以及有影响力的心理模型联系起来。其中一个重要的模型来自哲学家普罗提诺（Plotinus，205？—270？），他认为宇宙由垂直排列的实体组成，共经历三个层次后变成现实的元素。第一层是充满脑海的那一层；思想溢向灵魂，构成了第二层；正是灵魂的连续性创造了时间、空间和变化，从而产生了下一个较低层次的自然。在《九章集》（The Enneads）的第四卷中，普罗提诺认为，精神的转变表现为空间上的运动，从而以双重运动隐喻精神的转变。③ 简而言之，这些新柏拉图主义者的空间概念没有经过任何物理细节的修饰，展露出他们对物质世界的厌恶，他们只着重表现空间运动为一趟精神旅程，并将

---

① Nicholas Howe, "The Landscape of Anglo-Saxon England", p. 109.

② 参看 Janet Poindexter Sholty, Into the Woods: Wilderness Imagery as Representation of Spiritual and Emotional Transition in Medieval Literature, Ph. D. dissertation, U of North Texas, 1997。作者在这篇论文中使用了很多中世纪作品和绘画的例子来说明外在的地景可以反映人物内在的情感发展。

③ 参看 Plotinus, The Enneads, Book Ⅳ: "The Nature of the Soul", ed. and trans. Stephen MacKenna, London: The Medici Society Ltd. , 1924, part 8. 1. 143。

其充分发展形成一种景观。

本章讨论在古英语抒情诗歌的外部地景视阈之下，勾勒出流亡者心理发展的轮廓。虽然列斐伏尔在他的三种空间层次中强调了空间的精神层面，但他并没有提供理解外在物质世界与内在心理感受之间联系的范式。"心理地理学"（psychogeography）这一现代空间视角，对分析中世纪早期的文本亦有着极大的拓展作用，以下简要介绍一下这一理论方法。

"心理地理学"（psychogeography）一词的构词直接点明了它是强调心理分析与地理研究方法的共同作用。这个词出现于 20 世纪 50 年代，最初是由居伊·德波（Guy-Ernest Debord）以及字母主义国际（Letter-ist International）艺术运动的其他成员使用，用来描述一个对象的物理环境对个人行为和情绪产生的影响。这些学者主要考虑的是城市环境，他们感兴趣的是挖掘城市规划和建筑对在城市中行走的人主观体验造成的无意识影响。20 世纪 80 年代，精神分析学家霍华德·斯坦（Howard Stein）将这个词扩展到更广泛的领域，斯坦没有提及它在城市设计中的早期应用，而是将其定义为主要强调心理效应："'心理地理学'一词指的是人们对自然和社会世界的共同心理表征或'地图'，这张地图的发展前因，形成和修改这张共同地图的群体动态，以及根据该地图生活在群体和群体间的行为所引发的后果。"① 与德波的兴趣不同，斯坦的概念更多的关注的是主观或主体间文化对人类环境的投射，并声称"环境是心灵的继承人"②。斯坦的论述生动地架构其个体和群体所处的空间和其内在心理之间的联系，外在自然和社会空间是心理状态的表征，因此很多学者也将这种心理地理学的分析视角形象地称为"心灵地图"。因为在本书的研究中不是系统全面地引入心理地理学的各种分

---

① Howard Stein, *Developmental Time*, *Cultural Space*: *Studies in Psychogeography*, Norman & London: University of Oklahoma Press, 1987, p. 3.

② Howard Stein, *Developmental Time*, *Cultural Space*: *Studies in Psychogeography*, Norman & London: University of Oklahoma Press, 1987, p. 15.

析方法，而只是借助于斯坦论述的人们在自然和社会世界里产生的心理表征，能投射至外界空间的设计和安排之中，外部景观犹如描绘了一幅心理的情绪和思维的直观地图，因此在本章的讨论中，倾向于使用"心灵地图"这一概念。

斯坦的"心灵地图"视角强调了人们对外部世界的主观感受能够反映共同的心理表征，绘制出包含社会信息和群体情感的"地图"，这一方法适用于分析古英语抒情诗歌的文本。目前有关抒情诗歌中流亡者的讨论，关注的是他们居住的地区是一个缺乏人类活动的地点，这一空间往往会给身居其中的普通人带来恐惧和孤立。研究需进一步观察流亡者与流放地之间的相互作用，讨论将从具体文本出发，探索以下问题：首先，外部地景的描述如何反映人物的内心状态；其次，在心理地理学理论视阈下，流亡者与自然景观的主体间性特征如何展现出流亡者与社会的联系；最后，男性流亡者和女性流亡者在空间实践以及社会角色方面存在的差异。

第二节　《流浪者》与《航海者》中的内外空间

流放的主题在古英语诗歌中反复出现，一系列人物遭受的流离失所的痛苦在诗歌的悲叹中得到了最充分的表达。为了自然地反映人物的情感世界，《流浪者》和《航海者》的空间呈现着重于贫瘠荒芜的景观类别，海上的寒冷环境更是构成了诗歌最直接的背景。因此，景观、天气、季节共同作用于抒情诗歌，在这一类文本的空间呈现之中形成了紧密的联系。在《流浪者》和《航海者》这两首古英语抒情诗歌中，占据中心位置的地点无疑是大海。本书在第一章最后一节中已经探讨了《贝奥武甫》中的大海是蛮荒和混沌的空间，那里充满了恶魔和怪物等危险，它潜伏在人类世界周围，时刻威胁着文明世界。相较而言，古英语抒情诗歌中的海景不仅仅是重要的外在空间表征，同时它还承载着个人的情感和悲伤，是内外空间意义的聚集点。

外在的海景可以呈现出人物内在心理景观的特征。这意味着海景是流亡者精神追求的具象表征。如何在文学文本中去呈现和感知这种内外空间之间的连接，这显然是一个十分复杂的问题。学者阿尔文·李指出要十分警惕陷入一个认知的误区。人们理解的自然主义层面的运动通常指的是动态描述身体从一个地方移动到另一个地方的行为，而古英语诗歌中谈论的运动并非如此运作。因为盎格鲁—撒克逊文学作品不能表现出绘画中的三维透视法，李分析指出："主要的盎格鲁—撒克逊诗歌文本中勾勒的想象世界陷入了一种特殊的停滞状态，因此，我们可能期待运动、变化和包围的地方，诗人却只给予了连续不断的存在状态。"①不同于现代作品的叙事技巧的叠加和复调，中世纪文学作品的人物行动和情节的推进相对比较平缓，这种类似于停滞的状态在抒情诗歌中尤为明显，流放者被封闭在特点场景中，他们常常身处恶劣的自然环境和孤独的生存环境中，一方面他们被排除在文明社会之外，个体的行动与社会处于脱节的状态；但另一方面，他们被要求从一个状态移动到下一个状态，以达成精神上的发展，实现空间界限上的突破。简而言之，流放者的空间移动与内在精神状态紧密相关。《流浪者》和《航海者》这两首最为典型的古英语抒情诗歌能够充分阐释人物身处的外在空间是其心灵地图的直接表征。

《流浪者》在开篇直接点明了叙述者所处的空间和状况，同时也将贯穿全诗的两大主题串联在了一起，即追求精神满足的意愿以及残酷现实世界的存在：

> Oft him anhaga   are gebideð,
>
> metudes miltse,   þeah þe he modcearig

---

① Alvin A. Lee, "Hope Has Wandered in Exile: Patterns of Imagery in Old English Lyrics", pp. 130 – 131.

geond lagulade　　　longe sceolde

hreran mid hondum　　　hrimcealde sæ,

wadan wræclastas.　　　Wyrd bið ful ared!

孤独之人常常获得天恩，

天主的仁慈，虽然他，满心凄凉，

仍不得不长期在冰海上

划动双桨流浪，漫漫长途，

一切自有命运掌航。（第1—5行）

简单几句就勾画出了叙述者所处的外在环境和内心的荒凉。这一开头同时也暗示了基督教义对于这位流浪者认知的影响，和诗歌的结尾形成了呼应，稍后在分析结尾时会做进一步阐释。

　　盎格鲁—撒克逊人最真挚和打动人心的自我情感的表露往往出现在抒情诗歌中孤独的流亡者身上，正如《流浪者》诗歌的陈述者在介绍了自己身处冰海的严酷环境后，直接揭示他内心深处的感受：

Oft ic sceolde ana　　　uhtna gehwylce

mine ceare cwiþan.　　Nis nu cwicra nan

þe ic him modsefan　　　minne durre

sweotule asecgan.　Ic to soþe wat

þæt biþ in eorle　　　indryhten þeaw,

þæt he his ferðlocan　　　fæste binde,

healde his hordcofan,　　　hycge swa he wille.

每天凌晨我总是

独自倾诉悲愁。再没有一个

活着的人，同他我敢于

诉说衷肠，推心置腹。

我知道这是一个高尚的习俗

一个人可以束缚自己的灵魂，

抱着自己心灵的宝箱，想想会怎么做。① （第8—14行）

诗歌的主人公表达出他没有人可以去倾诉和交流，把感受全部锁在内心。这一方面是流浪者失去了曾经的战友，无处倾诉，但更多的是因为当时日耳曼社会的传统价值观教导人们：真正的英雄只能默默忍受痛苦，不能向外界传递自己的感情，以及随之而来应该具备的美德，即拥有一颗作为思想容器的心，一颗被严密守护的心，一颗不会很快对陌生人敞开的心。恰如古英语版本的教皇格列高利一世的《牧羊人之书》中提到的："愚妄之人显露他一切的心思，智慧之人却耽延等待表达。"② 在此文化语境之下，完全可以理解接下来主人公对自己说出的一番话：

Forðon domgeorne　　　dreorigne oft

in hyra breostcofan　　　bindað fæste;

因此，那些渴望成名的人往往会将

悲伤的思想牢牢束缚留在他们的胸中（第17—18行）

上述两段引文中，反复出现"捆绑"这一意象（*fæste binde*，第13行；

① 译文参考了肖明翰的翻译版本：《英语文学传统之形成》（上册），第236页。

② 阿尔弗雷德大帝（Alfred，849—901，在位期间871—901）是开创盎格鲁—撒克逊时期"10世纪文艺复兴"繁荣局面的奠基者。他本人勤学拉丁文，熟读多部经典作品，在位期间组织人力和亲自动手将一批拉丁文的经典作品翻译成古英语版本，以促进这些作品的传播。《牧羊人之书》（*Cura Pastoralis*）就是其中非常重要的一部译作。此外，被翻译成本土语言的作品还包括奥罗修斯（Orosius）的史学著作和波伊提乌（Boethius）那部在中世纪影响深远的著作《哲学的慰藉》（*De Consolatione Philosophiae*）等其他作品。本处引文参考古英语版本：Pope Gregory I, *King Alfred's West-Saxon Version of Gregory's Pastoral Care*: *With an English Translation*, *the Latin Text*, *Notes*, *and an Introduction*, Vol. 1, ed. H Sweet, London：N. Truübner & Co.，1871, p. 220, lines 9 – 10, 中文由笔者自译。

bindað fæste，第 18 行）。显示了流浪者在外在空间中被困于海上，心理空间也被悲伤和社会规范所约束，因此身体内外皆被牢牢束缚。同时需注意尽管社会要求有智之人控制情感的表露，但无论如何，流浪者已经有了冲动，想要打破禁止谈论自己困境的压抑心情。流浪者在诗歌中透露给听众他必须保持封闭的内心。在确立了流浪者内心（他的真切感受）和外在（社会规则和现实制约了他能表达或不能表达什么）之间的冲突之后，就可以容易理解即便是一首抒情诗歌，但在《流浪者》这首诗接下来的部分中，读者很难直接听到主人公直抒胸臆，他转而去借助外部丰富的风景去映射自己感情和情绪的发展，外在的场景不仅提供了叙事发生的空间，也令读者得以管窥人物的内心状态。需要强调的是，外部自然世界是一个完整立体的呈现方式，不仅有客观存在的地景，还有动态变化的气候，它们结合在一起，既对人物行为产生影响，同时又绘制出了揭示人物内心世界的一幅心灵地图。

纵观全诗，充满敌意的海景显示了海洋作为一种禁锢力量的作用。《流浪者》的开篇在陈述主人公的处境时，最引人注目的是他僵化的生活状态和固定不变的处境：内心充满焦虑和愁苦的流浪者一直处于寒冷的大海上。学者们观察到诗人一直在强调流浪者处于被周围的海水束缚住的状态。有学者指出了主人公在行动上的束缚感正是通过空间上的封闭特征来呈现出来的：诗歌中流浪者的情感可以被比作一艘船，更确切地说，可以被当成一个被锁住或被看守着的容器。同样，流浪者被各种事物捆绑束缚：失去故土，远离亲人，锁住自己的内心（第 20—21 行），他被外面冰冷的海水所困，悲伤的泪水被压抑着。拉尔斯·马尔姆伯格（Lars Malmberg）认为："很明显，这些诗行刻意将流放者的情感状况与他周围的自然环境进行了连接。"[①] 凛冽的大海与他那冰冻的心相匹配，那颗心也被束缚着。考尔德（D. G. Calder）呼吁人们关注

---

① Lars Malmberg, "*The Wanderer: Wapema Gebind*", *Neuphilologische Mitteilungen*, Vol. 71, No. 1, 1970, p. 99.

古英语抒情诗中的荒凉的冬季景观所象征着诗歌中的叙述者的心理状态。[1] 伊丽莎白·海特（Elizabeth Hait）认为，在海水冻结的过程中，发生了从液体到固体的转变，这反映了流浪者在整首诗中从希望到绝望的过渡。同时，诗人将整首诗置于一个没有进入春天的冬季环境中，整个外部环境是冰冻凝滞的状态。这个令人无法动弹的寒冷冬天与流放的主人公无法摆脱局外人的身份处于并行状态。束缚这一意象反复出现，强调了主人公被强迫流放的命运，他的流浪从本质上并非是一直处于动态的行为，而是一种遭遇监禁和接受惩罚的形式。

诗中主人公的内在心理成为一个特殊的空间，像是一座储存记忆和想象力的封闭房屋。诗人已经确立了流浪者的首要任务：唤醒过去的人们，并将他们束缚在自己的头脑中，也就是说，将过去美好的社会经验和知心的伙伴牢牢地锁在记忆之中。由此可见，人物的内心感受和思想活动也处于一个特定的空间，即人身体内部尤其是大脑之中。流浪者的大脑如同一座大厅，里面填满了美好的过去以及可以信赖的主人和伙伴。蜜酒大厅，就像心灵一样，也可以被视为一个容器，一个双重功能的容器，它不仅可以容纳社会成员，还可以把不受欢迎的陌生人拒之门外。无论是主人公的大脑还是回忆中的蜜酒大厅，都是一个封闭的空间，被当成一个容器，在这里面可以承载一定的空间特征和人物活动。外面的冰海和脑海中的大厅，形成了一种强烈的对现在和过去进行的对比，就像前面分析心理地理学的概念时，曾经指出的这一方法构建描绘出的心理表征的地图，是动态发展的过程，整个过程体现的不仅仅是当下个体和群体心理的表征特点，还包含了这张心理地图形成的前因。

《流浪者》中经典的一幕情节揭示了内部空间的活动能映射延伸至外部景观，外面的野蛮世界和野生动物有助于描绘出人物的心灵地图。

---

① Daniel G. Calder, "Setting and Mode in *The Seafarer* and *The Wanderer*", *Neuphilologische Mitteilungen*, Vol. 72, No. 2, 1971, p. 264.

这一场景讲述了主人公做了一个美丽的梦，他在梦中回到温暖大厅，重遇旧主。在这个梦中，流浪者抓住他复活的"慷慨的主人"（*goldwine*）的膝盖，传递出了另一种束缚的意象。注意"goldwine"这个古英语单词在诗歌中出现了两次（第22行，第35行），其字面意思是"黄金朋友"（gold friend）。这种称呼主人的方式，很容易令人联想到主人和武士之间保持社会关系的方式，是领主通过馈赠财宝来保证武士的忠诚与尽心尽力的服务。因而，流浪者抓住主人的行为，很明显表达出他想要回到过去那种领主—扈从紧密相联的社会关系之中，不愿意被一直束缚在孤单的、无依无靠的空间之中。随后诗中详细刻画了流浪者清醒过来，看到外面真实世界时的情景：

> ðonne onwæcneð eft　　wineleas guma,
>
> gesihð him biforan　　fealwe wegas,
>
> baþian brimfuglas,　　brædan feþra,
>
> hreosan hrim ond snaw,　　hagle gemenged.
>
> 当这孤独之人醒来，
>
> 看见眼前无垠的海浪，
>
> 张开双翅在水中嬉戏的海鸟，
>
> 还有严霜、白雪和冰雹飞扬。（第45—48行）①

虽然流浪者没有直接诉说悲伤之情，但是他面前的海景已经将人物的情绪明确地传递给了读者。相比回到领主身边的梦境，这几行诗描绘的景观才是真实存在的空间，但眼前这一切对于流浪者来说都是无法言说的：无情的寒冷和风暴构成的外在地景既是人物现在所处的空间特征，更是他内心状态深刻的表达。在这一幕里，景观和海景可以被解读为流浪者的心灵地图，充分展现了他的心理状态：那些他未能直接说出

---

① 译文参考了肖明翰的翻译版本：《英语文学传统之形成》（上册），第234页。

口的内心想法和他当时不能摆脱的脆弱状态。同时流浪者身处的冬季海景反映了他被剥夺了所有的人类群体社会的特征：没有主人，没有大厅，没有礼物。甚至于被他误认为伙伴的海鸟，它们也展开翅膀飞走了，留下内心悲恸和寂寥的流亡者独自一人。梦中抓住旧主的行为就像是一次虚无缥缈的幻象，终究是一种无法拥抱、无法束缚住的事情，只能无声无息地消失。有学者认为诗人将流浪者收紧手臂和抓住主人膝盖的动作与海鸟展开翅膀的意象进行了对比，[①] 与陷在过去回忆和困于海上航行的流浪者不同，海鸟能够飞走，跨越悲伤的海洋。当领主和昔日的伙伴们在梦中消亡的时候，流浪者的内心忧愁和焦虑再次萌发生长出来（第51行）。在这样的描述中，冷酷的海洋和其中的野生动物都进一步变成主人公内心苦难的象征。

不仅仅是《流浪者》中使用野生动物来类比流放者的状况，野生鸟类的象征功能在另一首重要的抒情诗歌《航海者》中体现得尤为突出。诗人强调指出，恶劣的环境不仅与人类对立，而且与野生动物对立。在诗的开头，自然空间的暴虐意象十分强烈："暴风雨击打着那里的石崖。"（第23行）由于风暴和悬崖本身的原因，海上航行变得十分危险，在这样恶劣且不受控制的自然环境之下，船只有着失控撞上悬崖的危险。诗人不仅将人和自然对立起来，他还描述悬崖上的鸟处于"霜冻住的翅膀"的境况（第24行）。这表明大海对生活在其中的动物也充满敌意，而且极度的寒冷使这个地方不适合任何生物生存。在整首诗中，蛮荒海景中出现的鸟雀最大的功能是传递表达了航海者对陆地和社区欢乐生活的渴望。对于在海上流亡者来说，这些野生的鸟类承载着一定的文化意义。例如，诗中的主人公说，"天鹅的歌声给了我快乐"（第19行），叙述者以这只鸟的歌声为乐，因为这是他在海上能获得快

---

① 有关海鸟寓意的详细讨论，可参看以下论文：Vivian Salmon, "*The Wanderer* and *The Seafarer* and the Old English Conception of the Soul", *Modern Language Review*, Vol. 55, No. 1, January 1960, pp. 1 – 10; Stephen A. Gottlieb, "The Metaphors of *The Wanderer*, Lines 53a – 55a", *Neuphilologische Mitteilungen*, Vol. 66, No. 2, 1965, pp. 145 – 148。

乐的唯一来源。玛格丽特·戈德史密斯（Margaret Goldsmith）认为，流浪者也许正在用鸟儿的歌声来替代他已经遗失的大厅里的欢乐和音乐。[①] 这一论点可以从诗歌本身找到确实可信的依据，诗歌的叙述者说到他有时会想象"塘鹅的歌声和麻鹬的旋律为人们的笑声"（第20—21行）。从这个角度上进行阐释，鸟类代表了主人公失去了的群体，它们令流浪者想起他自己所处的孤立状态。进一步观察可以发现这里的鸟类是被人格化的，正如叙述者提到"鸟会说话"（第23行）。但对于航海者来说，大厅里的歌声和现在取代它的鸟鸣声实际上存在很大差别。戈德史密斯分析道：《航海者》里的鸟雀唱着悲伤的歌，这与大厅里"想象中的欢乐"和"狂欢"形成了对比。[②] 笔者认为，这些鸟也可以与流浪者的空间状态联系在一起：流浪者的身体是被困于海上旅行的状态，与其相伴的鸟却不受到大海这一空间的限制。甚至可以更进一步认为，天空和大海是具备相同功能的空间，两者都可以被看作一个过渡空间，在这类空间里鸟雀可以飞翔，而流放者只能在自己的思想中旅行，天空中鸟雀的动态行动和海面上航海者的停滞不前形成了生动的对比。鸟雀同时代表着航海者对前方精神旅程的希望。他的身体虽然受到限制，但他希望有一天灵魂能够自由地前往天堂。

与此同时，即使被困在荒凉的海上和冰冷的冬景之中，流亡者在行动上的受制并不表明其在情感上是静止的，他对心理释放的渴望在外在地景细节中表现得最为明显，这一切都隐含着一种摆脱禁锢和压迫的潜在渴望。如何来反映一个被寒冷束缚的身体里充满激动的情感，斯坦的心灵地图范式已经给出方法，即外部的环境和地景是一个很好的投射空间。比如在《航海者》一诗中，流放的主人公说道："因此，我的思绪翻腾。"（第34行）在这行诗中，诗人用翻腾的波浪来比喻不安定的情

① Margaret E. Goldsmith, "*The Seafarer* and the Birds", *The Review of English Studies*, Vol. 5, No. 19, July 1954, pp. 228 – 230.

② Margaret E. Goldsmith, "*The Seafarer* and the Birds", *The Review of English Studies*, Vol. 5, No. 19, July 1954, p. 229.

绪。著名盎格鲁—撒克逊学者格林菲尔德（Greenfield）对这句话的解释是，这种隐喻性的语言类似于描述物理海景的语言。① 这一隐喻似乎与诗中航海者在表达怀疑和不安时的状态是一致的。诗中表现出他的怀疑不安就像空茫的大海。当叙述者描述他在陆地上所经历的快乐时，这一不确定的情绪实现了进一步的发展。航海者回忆过往的快乐岁月，包括与领主之间的关系以及过去所获得的荣耀和快乐，所有这些表征了个体被社会关系纳入其中时的突出特征。与此同时，诗人强调主人公不仅是在进行一场海上的行程，甚至大海就是他的一座新居，他指出航海者整个冬天就住在这个水上的住所（第 15 行）。诗歌后面更是直接提到是主人公自愿选择住在海洋上，尽管在那里他缺乏“生活的乐趣”（第 27 行）。由此可见，从人物和空间的关系出发，主人公是生活在海上，而不仅仅是在海上旅行。大海在这里不仅充当着道路这一空间概念，甚至和住宅意象结合在了一起。这种人物与居住地的关系十分微妙，家的空间概念在此处颠覆了传统的温馨与保护的意义，反而用来强调而不是削弱主人公的孤立感。由此可见他的悲伤和对过去的眷恋都生动体现在这个新家的建立之上，家的概念实现了巨大的转移：从陆地上的大厅到海上一个人的孤独之所。

以上分析了《流浪者》和《航海者》这两首抒情诗的叙事都已成功构建起了内外两个空间：一个是盛满心情的心理的封闭空间，一个是外在充满自然蛮荒力量的冰冷的海景，外在景观是内心情绪的一幅地图，同时外在的流浪其实是没有结果的，流亡者本质处于停滞的身份，和其内心被锁住的状况相呼应。此外，另一类空间的类比也潜在于这两首诗歌中，那就是大厅和大海的并置与对比。这一并置在《流浪者》中刻画得尤为明显。就像《贝奥武甫》中葛婪代和其母居住的潭下洞穴一样，大海可以被看作与大厅平行的空间存在。从语言上看，有三个

---

① Stanley B. Greenfield, “Attitudes and Values in *The Seafarer*”, *Studies in Philology*, Vol. 51, No. 1, January 1954, p. 20.

细节可以表明大海和大厅的相关性。首先，诗中的大海看似广阔，其实在流浪者眼里，是一个封闭的空间，诗中在描述大海的波浪时，用了"波浪的束缚"（*waþema gebind*；第 24 行，第 57 行），除了可以显示捆绑和束缚的概念，这个词语表现出一种空间上的界限，连绵不断的海浪将海上景观和外界的世界完全隔断。其次，《流浪者》一诗的开头第一次提到流浪的主人公时用的是"孤独的居住者"（*anhaga*，第 1 行），很明显是将大海比作流浪者居住之地，是一个相对固定的位置，这也巧妙地对应了流浪者之前居住在大厅的状况。最后，如果大海是类似大厅的一个空间，那这里应该存在一个主人，早在第 5 行诗人就给出了答案：那里"一切自有命运掌航"。将封闭的大海和封闭的大厅两个相隔很远的空间并置在一起，这种类比恰恰更加凸显出了两个空间之间明显的差异。与大厅不同的是，冰封的大海寒冷而无人居住，无法提供任何保护。同时，更为关键的是，海洋可以作为自然空间的一部分，它的空间特征是绵延不断，毫不费力地进行重建，而一旦一座宴会大厅被摧毁，它将会呈现出一幅"令人震惊的"景象，它的废墟将遭到"遗弃"（第 73—74 行）。在流浪者的海洋旅行中设置这样一种类似大厅的空间也极具讽刺意味：当讲述者"越过大海"时，他实际上是在寻找另一座"蜜酒大厅"（第 21—22 行，第 25—29 行），但同时他的灵魂却被困在冰冷的海上，结果只能是获得更多的悲伤，他的最终目标不仅是短暂的，而且是虚幻的。

抒情诗歌中大海和大厅进行的空间对比与串联实则是为了突出个人和群体关系的断裂。从本质上说，流浪者的痛苦源于他从大厅的文明中心转移到边缘的荒野。本书第一章在分析《贝奥武甫》中的鹿厅时，已经讨论过大厅是日耳曼物质文明和社会关系的主要象征地：武士在这里接受恩赐，拥有住处，实现自身的社会价值。因此，流浪者失去大厅和主人，失去的是居住的空间和社会的身份。在落后的社会中，离开群体独自生活是危险和令人害怕的。离开团体（comitatus）独自在海上的流放者，其身体旅行对应和反映了精神活动。相应地，身体运动所处的环境也会作用于流亡者身体，并引发其心理上更大的不安骚动。悲伤和焦虑的表达通常伴随着流亡者的运动而形成并逐步增强，正如学者麦基奇（McGeachy）所阐释的那样："流亡的轨迹代表了社会之外的一个地方，从这条轨迹出发，实现了从已知到陌生，从秩序到混乱的过渡。"① 可见，失去了大厅和群体身份，造成了流亡者内外空间的混乱。

学者内维尔分析了古英语诗歌中常常出现的孤独和危险的海上旅行，她认为："危险的海上旅程象征了自然世界在古英语诗歌中的运用：自然世界在很大程度上被剥夺了特殊性和意象，这带来了一种物理上的不安全感，这种不安全感并不代表环境的影响，而是代表了人类个体更深层的不安全感。"② 内维尔的分析注意到了个人流放者的经历和情绪与外在世界紧密相关，外在自然环境的确会造成个体情感上的威胁。笔者赞成这一分析角度，但认为内维尔的分析应该作进一步的提升：从关注个人情感与外在客观环境的联系，上升到个体后面所代表的整个群体的情感特征。古英语诗歌中的海上旅行不仅传达了环境的影响所造成的个体的不安全感，而且能代表盎格鲁——撒克逊整个群体所面临的情感困境。因为岛国的独特地理位置，开阔的水域对盎格鲁——撒克逊人来说是普遍真实存在的地景，他们与外部世界产生空间联系的方式只能是进行海上旅行。可见海上旅行在文学中的出现不仅仅是抽象的，而是建立在一些盎格鲁——撒克逊人的亲身的生活经验或当时的作家所描述的文学经验的基础上。蛮荒自然中存在的水域常常看起来是混乱和没有生命的，但实际情况是这些水域拥有自己的生态空间。就像前面讨论到的《流浪者》和《航海者》诗中出现的鸟类，它们虽未对诗歌中的流亡者构成威胁，却恰如其分地烘托出这些人物内心的孤独和落寞。

---

① M. G. McGeachy, *Lonesome Words: The Vocal Poetics of the Old English Lament and the African-American Blues Song*, New York: Palgrave Macmillan, 2006, p. 72.

② Jennifer Neville, *Representations of the Natural World in Old English Poetry*, p. 112.

以上对《流浪者》和《航海者》的细读，揭示了无论是中世纪的哲学思想还是现代的人文地理学的观点都有助于架构起外部环境和人物内心间的联系。新柏拉图学派指出空间和运动能界定人物心理的发展，由此我们可以从古英语抒情诗歌外部的荒芜海景和严酷气候等细节来感受主要人物悲凉和痛苦的内心世界。斯坦的心灵地图理论进一步深化了人物与环境的关联，二者是两个互相施加影响的主体。从外部的海景描写拓展至人物内部的心理世界，经过分析外部环境和人物内心情绪的关联，观察得出抒情诗歌叙述者强调社会内个体间的互动，流放者悲哀的根源是个人与群体社会之间关系的断裂。古英语诗歌中的流亡者被困在狂野的海景中，他们在海上的经历表明了这些世俗的流放者处于一种阈限状态：他们一直在海上游荡，无法回到过去拥有领主和大厅的状态，也没有找到新的主人。接下来就需要探究这些流放者们是否有可能跨越阈限，真正到达一个新的目的地。

第三节　从被毁的家园到潜在的天堂

上文已经分析《流浪者》和《航海者》中的流放者们身体和精神都被困在海上，他们将自己锁在过去与领主和同伴们共同生活的回忆中，外面的海景和生物描绘出了他们内心的孤独。因此群体和个人之间的关系是研究抒情诗歌主题和空间特征的一个重要的方面，本节透过对家园以及过去—现在—未来这两组时空概念，探寻空间和地点如何表征个人与社会群体以及上帝之间的关系。

《流浪者》中最重要的空间意象是一个群体空间的彻底毁灭。诗人用"荒地"（*weste*，第74行）这个词来描述他的群体生活的终结，*weste* 指的是不适合人类居住的地点。因此，象征过去社会生活的蜜酒大厅是彻底地被毁，以至于流浪者感到他仿佛生活在一个现在不仅没有生命，而且永远也不适合维持群体生活的土地上。这个词在空间表征上，传递出了一种很深的绝望感。这种强烈的感情唤起的是对社会的彻底毁灭的悲伤，而不是对一个已不复存在的社会的归属感。《流浪者》的后半部分主要呈现的就是废墟这一地景。事实上，废墟这一空间主题经常出现在盎格鲁——撒克逊各类文本中，如《贝奥武甫》中被恶龙焚毁的大厅和另一首抒情诗歌《废墟》中呈现出的景观。尤其是《废墟》这首诗歌几乎成为盎格鲁——撒克逊文学中最经典的"被毁家园"的空间表征，由此在分析《流浪者》和《航海者》被毁家园的主题前，有必要先关注一下《废墟》这首诗歌。

《废墟》把盎格鲁——撒克逊读者带到了离家更近的荒废的空间。它大约描述的是罗马占领不列颠岛时期内建造的一座城市，多数学者认同诗歌记叙的是巴斯城的情况。很遗憾的是这首诗歌因为保存过程中受损，目前只剩下残篇。[①] 不同于前面的世俗诗歌《贝奥武甫》《流浪者》等都将大厅作为社会空间的重要代表，《废墟》中最重要的空间意象不是一座建筑，而是一个定居点。莱斯利（R. F. Leslie）评论说，这首诗中五次使用了"设防的城镇"（*burh*）这个词或它的合成词，因而他指出这片废墟属于过去的一座城市。[②] 安·汤普森·李（Ann Thompson Lee）没有像大多数学者那样，将这首诗歌并入古英语抒情诗歌这一类文本，而是强调它体现了拉丁语诗歌的常见主题，将其归类为"赞美城市的颂歌"（*encomium urbis*）[③]。《废墟》与其他抒情诗歌相比的确显得与众不同，因为诗歌的叙述者不带个人感情色彩的语气，表现出从第一人称角度观察的超然态度：它既不劝勉，也不哀恸；仅仅描述失落之城的建筑，它的建造者和维护者，以及它曾经拥有的战士。

就目前保存下来的部分，时空概念在全诗中占据十分重要的地位。

---

① 《废墟》原诗总共 49 行，但有 14 行（即第 12—18 行以及第 42、44—49 行）受到损坏，现在只剩下 35 行和一些残存的字和词组。

② R. F. Leslie ed. , *Three Old English Elegies*, Manchester：Manchester University Press, 1961, p. 22.

③ Anne Thompson Lee, "*The Ruin*：Bath or Babylon?", *Neuphilologische Mitteilungen*, Vol. 74, No. 3, 1974, p. 443.

学者一直以来都十分重视其中的空间和地点意象。莱斯利认为这首诗的主题是"地方气氛"①。丹尼尔·卡尔德（Daniel Calder）将诗中表示运动的动词与几何意义相关联，强调"用人类的术语来解释废墟的含义"②。然而，仅仅把这首诗当作地理情况的文字反映，或许忽略了它所蕴含的更深层次的含义：人物对地方的感觉依赖于身体对于住所及城市的历史感和当下感。诗歌的语言表达了一个地景动态变化的过程，在此过程中，空间被显著地塑造为人类居住的场所，然后被摧毁。这种建筑的视角充满了动感，尤其反映了人类生命和空间的互动感。具体来说，建筑、运动、破坏的语言与隐含的人类行为和感知交织在一起，将石头废墟和人类作为彼此的象征性反映带入两极关系。这一观点也符合克雷格·威廉姆森（Craig Williamson）对埃克塞特谜语（Exeter riddles）描述中增加的一个新的分析维度，即"拟人化——用人类的形容描述了非人类的事物"③。《废墟》这首诗虽然没有充斥着强烈的叙述者的感情，但是从建筑空间的构建和毁坏的呈现中，能清晰感受到这些空间和人类社会以及个人身体间的紧密联系。其实在盎格鲁—撒克逊文本中存在这种建筑空间和身体连接的象征传统，尤其体现在住宅的传统象征意义。在盎格鲁—撒克逊文献中，这一空间隐喻和象征源自基督教和圣经语境。经常被引用的《英吉利教会史》中比德使用的麻雀比喻（第2卷第13章）说明了基督教作家如何运用了日耳曼大厅的宗教隐喻概念。在这里，大厅和身体之间的类比是含蓄的：飞过大厅的麻雀代表了人的灵魂从一个世界到另一个世界，并且暗示从这个世界的身体到另一种存在形式。可见，即便《废墟》没有像其他抒情诗歌那样由一个感情充沛的叙述者直接进行情感的抒发，但是它的外部空间呈现还是和

---

① Leslie, *Three Old English Elegies*, p. 28.

② Daniel Calder, "Perspective and Movement in *The Ruin*", *Neuphilologische Mitteilungen*, Vol. 72, No. 3, 1971, pp. 443 – 444.

③ Craig Williamson, *The Old English Riddles of the Exeter Book*, Chapel Hill, N. C. : University of North Carolina Press, 1977, p. 26.

人类的行为乃至更深层的群体的情感联系在一起。

在这首短诗的开头，诗人就表达了对精妙建筑的赞叹和惋惜：

Wrætlic is þes wealstan,　　　　　wyrde gebræcon;

burgstede burston,　　　　　brosnað enta geweorc.

辉煌的石头建筑，为命运摧毁，真是万分奇妙；

殿宇倾颓倒塌，巨人们的杰作在毁掉。（第1—2行）

诗人强调了这座建筑是超出想象的辉煌，因为是"巨人们的杰作"（*enta geweorc*），但即便这样命运依然可以摧毁它（*wyrde gebræcon*）。这里提到的石头建筑（*wealstan*）是罗马占领不列颠岛时最典型的建筑类型的代表，这也构成了评论家们认为诗歌里的废墟指的是巴斯城的一个证据。无论这部分的空间描述是否是罗马占领时期的真实写照，石头砌成的建筑理应是牢固的空间，因此这种反差更加渲染出了被摧毁的地景特征。

在这个笼统的开头之后，演讲者更仔细地审视了这个城市，并在接下来的两行详细地描述了它现在的具体特征：倒塌的屋顶（*Hrofas sind gehrorene*），废弃的塔（*hreorge torras*），灰浆上的白霜（*hrungeat berofen*），被摧毁的圆门（*hrim on lime*）。然后诗人的叙事视角从荒废的城市转到已死的建造者那里（第6—9行）。同时讲述者不仅从城市转向建造者身上，时间上也完成了从现在到未来："直到一百代人类离开。"（*oþ hund cnea/werþeoda gewitan*，第9—10行）具体来说，这似乎是指末日：诗人和他的听众都没有想到，这个世界还会再延续一百代人。在接下来的几行中，诗人从未来转到过去，想象着城墙是如何在"一个接一个的王国"（*rice aefter oprum*，第10行）中保存下来，直到最后倒塌。到了第12行，叙述者再次回到当下的这座被毁的城市（*wonad giet se*）；在接下来残缺不全的几行中，他开始想象城市的建筑。可见，诗人在《废墟》的第一部分在现在—未来—过去—现在的时空中任意穿梭，揭示了古城在各个阶段的空间特征，歌颂了它的精妙和伟大。

在诗歌的第二部分中，诗人集中展现了过去处于全盛时期的城市：大厅、浴室、高高的角塔等建筑（第21—23行）。但几乎在同时，城市的末日来临，其繁荣被摧毁了（*wyrd seo swipe*，第24行），这种破坏似乎发生得很快。在第25行至29行中，说话者在他的脑海中看到了城市的陷落：城墙倒塌，市民死于瘟疫，城市荒废。在第32行中间，对现在的废墟的描述突然被一个跳跃打断了，这个跳跃回到了城市的鼎盛时期，回到了一个骄傲的市民那里。在现在的毁灭和过去的美丽之间交替，在死去的建筑工人与曾经昂首阔步的战士之间交替，在高潮中，诗歌的焦点从"广阔的王国"缩小到城市的骄傲——它的圆形浴场。尽管演讲者的沉思跨越了过去、现在和未来，但还没有出现过如此突然的时间飞跃，其效果是惊人的。诗中的叙述者思考城市发展到当下一片废墟的原因。很多学者认为其实诗歌早在第一行就给出了答案：这是命运（*wyrd*）的作品。这种解释虽然合理，但并不全面。笔者认为，中世纪的废墟是一个复杂的记忆景观，是与过去进行新的想象接触和转换的场所。盎格鲁—撒克逊人将他们认为地球上的一切都是短暂的这一观点历史化了，也就是说，他们将人类创造的一切都置于人类历史的时间序列中来解释对空间和地点的认知。笔者认为，《废墟》中破败的建筑和城市也是一种心灵地图，它描绘的不是一个流亡者的内心伤痛，而是当时日耳曼移民群体对艰辛环境和易逝文明产生悲凉宿命观的最直接的空间表述。这种对世俗家园易逝的担心在《流浪者》和《航海者》中找到了更好的答案，接下来将回到这两首诗歌的后半部分，分析外在地景和家园概念间的关系。

《流浪者》的诗人把叙述的重点从主人公对大厅的记忆转移到一个无名的古老大厅的废墟上。诗的焦点从主人公充满记忆的内心转移到大厅，这本身就是一个关于空间的隐喻。流浪者描述了在严酷气候影响下的一片废墟的景象：

Swa nu missenlice geond þisne middangeard

winde biwaune weallas stondaþ,

hrime bihrorene, hryðge þa ederas.

就像在这个世界上的许多地方，

墙壁现在被风袭击，

在白霜的覆盖下，建筑物暴露在风暴的洗礼中。（第 75—77 行）

　　如同比德笔下的麻雀隐喻揭示的那样，基督教庇护下的空间才能充满温暖和光亮，而异教徒的建筑空间只能构建短暂的温暖和保护，在外界自然力量的摧毁下，这一地方成为一个忧郁和孤独的地方，就像流浪者在冰海之上的孤独旅行一样。这里的流浪者哀叹的不仅是个人的身份和命运，而且是对现世生活的不确定性。建筑被毁已经将个人失去社会身份扩大到整个社会群体存在的短暂性。有学者分析说，这首诗歌中的大厅的空间意象"可以被看作是经历了从内部到外部，从压缩到扩展，从强烈的个人化到普遍的非个人化的发展"①。荒地之中遗留下来的废墟遗迹似乎是存在于腐朽文明的幽灵之中。在诗的结尾中，废墟生动地提醒着诗歌的讲述者以及读者：

Eall is earfoðlic　　eorþan rice,

onwendeð wyrda gesceaft　　weoruld under heofonum.

Her bið feoh læne,　　her bið freond læne,

her bið mon læne,　　her bið mæg læne,

eal þis eorþan gesteal　　idel weorþeð

---

① S. L. Clark and Julian N. Wasserman, "The Imagery of *The Wanderer*", *Neophilologus*, Vol. 63, No. 2, April 1979, p. 294.

地球上的一切都是悲惨的，

命运改变了天堂之下的世界。

在这里，财富是短暂的；在这里，朋友是短暂的；

在这里，人是短暂的；在这里亲人是短暂的；

这片土地的根基都必将变成一片荒凉！（第105—110行）

诗人反复使用"转瞬即逝"（*læne*）一词，强调世间万物都可以消逝不见，一切都变得荒芜的消极的空间意象似乎表明主人公不能够摆脱流放的命运。无论最后的段落是否被加入诗歌的叙述中，流浪者对尘世流放的看法都是一样的凄凉。既然整个尘世都是易逝和虚无的，那么讲述者自然发出"在何处"（*ubi sum*）的困惑。"在何处"这一主题在古英语世俗文学中十分普遍，它"根源于日耳曼文化中关于人生难料、世事无常的命运观"，① 后来在基督教广泛传播影响之下，被改造成为引导人们相信最终的归处是前往天堂。《流浪者》结合了日耳曼文化和基督教传统，直到诗歌的最后，流浪者获得了智者般的洞见力，他总结应该在"天父那里寻求仁慈与慰藉，/唯天堂才有我们的永恒和安宁"（第114—115行）。可见在诗歌的结尾中，流浪者只有从尘世转向天堂，才能找到一座新的蜜酒大厅，而且是永恒温暖和安全之地。有学者指出结尾处流浪者朝向希望天堂的过渡，代表了他在尘世中"与主的忠诚关系"发生了彻底的转移，② 这意味着他在死后有可能会进入一个新的团体，即受到上帝的庇护。即便死后能获得和上帝这个新主建立联系的可能，读者依然真切地感受到整首诗歌表现出来的对空间和身份的消极态度：流浪者离开大厅和失去主人，团体的消失而导致个体身份的彻底的丧失，以至于他的身份在俗世世界中无法获得重建。

---

① 肖明翰：《英语文学传统之形成》（上册），第236页。

② Alvin A. Lee, "Hope Has Wandered in Exile: Patterns of Imagery in Old English Lyrics", p. 143.

纵观《流浪者》整首诗歌，主人公经受了三个层次的不安痛苦的状态都和特定的空间相联系：第一层是海上旅行，这是诗歌中表现的实际存在的空间实践——流浪者在海上漂泊时遭受孤独和苦难；第二层是回望和惦念蜜酒大厅所象征的文明社会，这时候的痛苦来源于精神上对自己构想的社会空间的不舍和渴望；第三层不安的对象从个体社会地位的丧失到忧虑整个社会空间的被摧毁，由此流浪者个人的悲哀升级为对整个部落群体社会难逃最终消亡命运的担心。在这三阶段发展过程中，海上的空间代表着缺乏社会关系，且蕴藏各种危险，在这个空间里个体必须遭受身体和精神的直接磨砺，流浪者是否能通过这个考验，决定他能否真正找到家园。

家园始终是文学里面一个经常被提及的母题。段义孚在其《恋地情结》一书中的一个核心思想就是强调人和客观自然环境的情绪连接，"恋地"（Topophilia）是他自创的一个新词。① 在《流浪者》中，主人公对过去的家园，尤其是对与主人、伙伴欢乐相聚的蜜酒大厅怀有深深的眷恋，如今流放在海上，荒芜的景象是失去家园的人内心煎熬的真实写照。西方文学各个时期的文本里时常构建起一种家园感（sense of home），尤其在《奥德修斯》（Odyssey）这种旅行叙事中，家园的空间设定尤为明显："主人公先是出走他乡，饱受磨难，历经种种奇遇，最后又回到家乡。"② 各种古英语诗歌，无论史诗、抒情诗还是圣徒传记都涉及了这一主题，因为盎格鲁——撒克逊各族群是由北欧辗转迁徙到不列颠岛定居下来的，家园对他们而言分外重要。③

对尘世生活转瞬即逝的关注是许多抒情诗歌的核心主题。不同于《流浪者》，《航海者》的最后部分并没有呈现废墟的具体形象，而是突

---

① 参看 Yi-Fu Tuan, *Topophilia: A Study of Environmental Perception, Attitudes, and Values*, Cambridge: Cambridge University Press, 1974。

② 陆扬:《空间理论和文学空间》,《外国文学研究》2004 年第 4 期。

③ 就"家园"这一主题和日耳曼移民背景的关联，可参看 Nicholas Howe, *Migration and Myth-making in Anglo-Saxon England*。

出强调了尘世间的一切都是转瞬即逝的："日子一天天过去，大地王国的一切荣华都在消逝。"（*Dagas sind gewitene，/ealle onmedlan eorþan rices*；第80—81行）在本首诗歌中，航海者一直强调陆地生活很美好，然而他的内心急切想要出海航行（第48—53行）。主人公自己给出了这种选择的缘由：

Forþon me hatran sind

dryhtnes dreamas　þonne þis deade lif,

læne on londe.

对我来说，

天主赐予的欢乐远胜过

这陆地上过眼烟云般的生活。（第65—66行）

可见海上航行只是这位叙述者经历的一个阶段，最终他要前往的目的地是天堂。从而在《航海者》一诗中，严酷的海景是切断与社会空间联系的必要条件，能促进和帮助人们过渡成为天堂社区的成员，这中间的过程是一种磨炼和考验。

学者已经注意到这首诗歌浓重的宗教色彩，把航海者和隐修士作了比较，他们认为《航海者》展现了一种"简单而强大的性格的发展，在基督教精神的历史中反复出现：沙漠苦行僧的性格"[1]。在基督教的早期，信徒想要从世俗的世界中抽身而出，退到边缘偏远之地时，刚开始选择的通常是一片真正的沙漠，但随着基督教的传播范围的扩大，在其他时候和地方，"真正的沙漠并不总是触手可及"[2]。在奥古斯丁到英

---

① Clair McPherson, "The Sea as Desert: Early English Spirituality and *The Seafarer*", *The American Benedictine Review*, Vol. 38, No. 2, June 1987, p. 115.

② Clair McPherson, "The Sea as Desert: Early English Spirituality and *The Seafarer*", *The American Benedictine Review*, Vol. 38, No. 2, June 1987, p. 116.

国传教的两百年里，修道院变成了"舒适地区和文化的避风港"，[①] 对脱离世俗世界没有太大帮助。当一个虔诚的盎格鲁——撒克逊基督徒想要远离世俗世界的舒适与温柔时，大海提供了一种逃避之法。航海者所选择的生活是盎格鲁——撒克逊式的苦行修道。航海者的旅程是朝圣之旅，这使得诗的结尾具有更深刻的意义。这些流亡者可以利用在狂野大海上的流浪经历作为一种改造模式。大海所代表的阈限空间在这里扮演着两重角色：大海成为存在于天堂和尘世之间的过渡空间，在这里自愿经受苦难的人有可能踏上前往天堂的道路；同时大海也是一个模棱两可的阈限地带，是在怀疑和信仰之间游离和不确定的空间。在《航海者》这首诗中，因为主人公对天堂社区的承诺有足够的信心，相信快乐在那里将永远存在，他愿意牺牲土地上的美好生活来实现它。虽然在海上的经历是可怕的，但这段航行却把航海者送向了天堂的门槛，尽管他似乎仍然留恋舒适的尘世生活，但他努力把陆地和社会的欢乐抛诸脑后。为了跨越这种阈限状态，自我放逐是必要的。自愿地承担苦难，就是为了获得上帝的恩宠。于是在这首诗的结尾处，诗人直接教诲世人：

> Uton we hycgan　　　　hwærwe ham agen,
>
> ond þonne geþencan　　　　hu we þider cumen,
>
> ond we þonne eac tilien,　　　　þæt we to moten
>
> in þa ecan　　　　eadignesse
>
> 让我们认真思考哪里是我们的家园，
>
> 然后好好想想我们如何到达那里
>
> 然后我们应该不遗余力，以便
>
> 我们能最终到达，获得永恒的恩赐。（第117—120行）

---

① Clair McPherson, "The Sea as Desert: Early English Spirituality and *The Seafarer*", *The American Benedictine Review*, Vol. 38, No. 2, June 1987, p. 116.

　　《流浪者》和《航海者》中的叙述者尽管对待尘世的生活有着不同的态度，但是两人身上更多的是共同表达了当时人们对日耳曼部落群体生活的依恋，由此更加突出了他们对尘世的繁荣易逝的担心，所以他们最终的追求都是要获得天恩，通往永恒的天堂之家。正如肖明翰教授总结分析的那样，"这种渴望不仅根源于基督教对上帝的理解和对天堂的描绘，而且很可能还与剧烈动荡的中世纪社会现实有关"，使得抒情诗人们表达出对"尘世动荡不安、变化无常的生活的否定，而把眼光投向天堂的幸福和永恒"。①

第四节　《妇怨》与《武尔夫与伊德瓦塞》：空间停滞与女性流放者

　　前面两节从外在地景和人物内心方面探讨了个体与群体之间的关系，以及盎格鲁—撒克逊人对家园和天堂的理解，但是在两篇抒情诗歌《流浪者》和《航海者》中的叙述者都是男性流亡者。本节将把目光投向以女性流放者视角展开叙述的抒情诗歌，讨论性别身份在空间表征方面是否存在差异性。不可否认，女性角色在盎格鲁—撒克逊文学中往往只是次要角色，很难在作品中听到她们发声。然而，在古英语抒情诗歌中，有一些女性人物走到了舞台中央，讲述她们的经历和感受。男性占据了当时社会文化的话语权，"他者"（otherness）和"他异性"（alterity）这两个词恰当地描述了盎格鲁—撒克逊文学中女性的边缘性地位，这就解释了只有非常少量的文本中出现了较为重要或活跃的女性人物的原因。

　　之所以要专门讨论女性角色在盎格鲁—撒克逊文本中的作用，是因为性别身份在很大程度上决定了心理活动的特征和社会实践的方向。世界观的几个基本范畴一直以来很容易被认为是能超越历史阶段的限制，

---

　　①　肖明翰：《英语文学传统之形成》（上册），第171页。

例如情感、冲动、梦想和其他心理特征。这一类心理特征经常包括社会和地理环境的特点以及纯粹的心理现象。然而，当历史学家开始研究人类心理时，很快就发现，这些因素中的许多都与特定的时期和特定的文化有关。时间、劳动、法律、个性和财富等概念在文化和历史上都是相对的。空间的概念也是如此，包括微观空间（即经验所知的世界）和宏观空间（即心灵的宇宙学框架）。空间范畴本质上是社会气候的功能，可以反映社会的变化。空间表征也存在着性别之分，中世纪女性与空间的关系在许多方面呈现出与男性不同的特征。空间与社会紧密相关，列斐伏尔甚至把空间直接定义为社会的空间。空间概念是在社会行动的环境中产生的。男人和女人能够自主地构建他们周围的世界，但是一个历史时期固有的特定空间范畴无疑是那个特定时期的产物。

在一个尚武的社会里，女性的性别身份决定着她们是被放逐到边缘地带的人。在一些世俗叙事中，女性形象与弗雷斯（Dolores Warwick Frese）所说的边缘化、孤独和悲伤的状态密切相关，"古英语诗歌中的世俗女性在《盎格鲁—撒克逊诗歌记录》中留下了眼泪的痕迹"①。阿兰·雷诺阿（Alain Renoir）在分析《妇怨》时，宣称诗中的女性讲述者是这个悲哀的女性联盟中的一名正式成员，她在想象力方面是无所不能的，同时在诗意上又是无处不在的。② 在阅读《妇怨》和《武尔夫与伊德瓦塞》这两首诗的时候，读者可以从中寻找到女性流亡者处境和内心感受的信息线索。这两首诗的存在为本节的讨论奠定了前提和提供了论据，即女性在盎格鲁—撒克逊时期并不是完全沉默的，她们的情感可以通过不同的方式表达，其中一个重要方式就是表现她们内心景观的心灵地图。总的来说，评论家们一致认为，《妇怨》和《武尔夫与伊德

---

① Dolores Warwick Frese, "*Wulf and Eadwacer*: The Adulterous Woman Reconsidered", *Notre Dame English Journal*, Vol. 15, No. 1, Winter 1983, p. 1.

② 参看 Alain Renoir, "A Reading Context for *The Wife's Lament*", in L. E. Nicholson and D. W. Frese, eds., *Anglo-Saxon Poetry*: *Essays in Appreciation*, London: University of Notre Dame Press, 1975, pp. 224 – 226。

瓦塞》第一人称说话者都是女性。自维多利亚时代以来，这两首"女性歌谣"一直吸引着评论家。但与此同时，诗歌有些部分的表述却十分神秘含混，令读者和研究者都感到高深莫测。就两首抒情诗歌的空间建构和人物塑造而言，景观描写的作用举足轻重，是重塑女性人物心理的有效途径。

不同于《流浪者》和《航海者》中的两位男性流亡者，《妇怨》中的女性叙述者敢于更直接地表达悲伤。按照豪依的说法，作为一个女人，这位妻子"不受到英雄主义荣辱观的约束，而这种英雄主义的价值观束缚着像流浪者这样的男性流放者们真正发出声音"①。不同的性别身份在角色与环境互动中发挥着相异的功能，展现出各自的特点。仔细研究这两首女性诗歌，有助于深入理解性别差异在空间表征方面的体现。

关注人物所处位置与其性别身份之间的联系，实际上能深度解析居住在边缘地带的不同意义。《妇怨》中女主人公的处境很容易令人联想到前面提到的两首抒情诗歌中被流放的男性角色。他们确实有许多相似之处：被清楚地置于社会结构之外，与君主隔绝，被亲属排斥，被剥夺了朋友相伴的权利，孤身一人。《妇怨》的女叙述者讲述了她的苦难：她被迫开始的"流亡之旅"（wrecsipa，第5行）。此外，她使用了与《流浪者》中男性主人公相似的流亡者的语气，倾诉她是"一个没有朋友的可怜人，渴望满足我可怜的需要"（wineleas wrecca for minre weap-earfe，第10行）。与古英语抒情诗歌中的其他流亡者一样，《妇怨》中女主人公与社会的隔绝，表现在其旷野的居所上。虽然外部地景和气候都是内心空间的投射，但是性别角色的不同，使得这种内外空间的投射和互动呈现出不同的特征。

第一个特征是男性运动与女性停滞之间的空间特征的对比。《航海者》中有一个明确的例证：外部环境的威胁对男性流放者来说，发挥着提高其生存能力的积极作用。对中世纪的人们来说，与未开垦的环境作

---

① Nicholas Howe, *Writing the Map of Anglo-Saxon England*, p. 65.

斗争象征着从自然世界的魔爪中解脱出来的痛苦过程。从这一角度看，对于生活在荒野中的流亡者来说，自然世界也是一种身份建构的推动力和生产力。这就是为什么在这首抒情诗歌中，航海者把盛开的树林和可爱的草地视为世界上最有益的景点之一，这进一步推动了他的航海事业：

> Bearwas blostmum nimað,　　byrig fægriað,
>
> wongas wlitigað,　　woruld onetteð；
>
> ealle þa gemoniað　　modes fusne
>
> sefan to siþe,　　þam þe swa þenceð
>
> on flodwegas　　feor gewitan.
>
> 树林开了花，城市变得美丽
>
> 草地变得可爱，世界复苏。
>
> 所有这一切都在规劝着那个有强烈愿望的人，
>
> 敦促他的心去旅行，这样，他就打算踏上行程，
>
> 跨越这洪水泛滥的道路。（第48—52行）

　　与此相反的是，读者在阅读女性流亡者发声的抒情诗歌时，找寻不到任何自然世界的特质（地点、景色或自然界生物的转移改变）作为精神变革道路上的必要动力或暂时的安慰。对于女性流亡者来说，外部的景观只是她们遭受的心理折磨的一种外化手段。蛮荒的自然和男性社会如同合谋者，一同将女性流亡者困在流放的地带和边缘的身份之中。男性和女性流亡者之间的细微差别体现在《妇怨》中主人公在自然界中所处的具体位置。诗歌中因为这位女性主人公的丈夫听信谗言，将蒙受不白冤屈的妻子流放。诗歌中生动描绘了她的流放之地的居所：

> Heht mec mon wunian　　on wuda bearwe,
>
> under actreo　　in þam eorðscræfe.

Eald is þes eorðsele,   eal ic eom oflongad,

sindon dena dimme,   duna uphea,

bitre burgtunas,   brerum beweaxne,

wic wynna leas.

丈夫命令我住到树林中

在一棵橡树下的山洞里。

这个地洞是如此古老破旧，我全身心

都被思念占据。山谷幽暗，山峰陡峭，

石洞地面坚硬，布满荆棘

是一个所有欢乐被剥夺的地方。（第 27—32 行）

她的居所位于"高山"（*duna uphea*，第 30 行）上的"黑暗的山谷"（*dena dimme*，第 30 行），在幽暗树林中的"地下洞穴"（*eorðscræf*，第 28 行）。此外，在黑暗的山谷和高山上没有提到任何植物，唯一的植被是一种荆棘（*burgtunas*，第 31 行）。这种带刺的植物很容易令人想起人类从伊甸园堕落后被放逐的荒芜之地，那里也长满了荆棘和蓟（《创世记》3.18）。从这段地景的描述中可以看出，女性流亡者的居住地是一个完全封闭的地方。

除了在其他文本中反复出现的野生景观的基本特征外，可以清楚看到古英语抒情诗歌中女性叙述者的社会地位处于一直停滞的状态。封闭与隔离的地理空间呼应了女性流放者十分受限的社会地位：她们根本无法摆脱丈夫和家庭所强加的流放命运，更加不可能像《流浪者》的主人公那样踏上寻找新主的道路。从而造成双重边缘身份叠加作用于女性角色身上。这种现象不仅明显体现在世俗诗歌中女性在空间上处于封闭和停滞的状态，也是宗教文本中反复出现的主题。① 莎莉·霍纳（Shari

---

① 参看 Roberta Gilchrist, *Gender and Material Culture: The Archaeology of Religious Women*, London: Routledge, 1994。

Horner）将这种女性在空间上的封闭状态与中世纪早期的修道院文化以及女性身体联系起来，她认为女性修道院的空间布局和相关宗教著作都营造了一种观念，即理想的女性身体是在运动中受到限制的。[1] 例如，在 747 年博尼法斯（Boniface）给坎特伯雷大主教（the archbishop of Canterbury）的信中，他建议应该禁止一切女性旅行，包含世俗妇女和投身宗教的妇女："如果你们的教会能够禁止女性和戴面纱的妇女经常往返于罗马，这对你们教会的荣誉和纯洁是大有裨益的，并且为你们提供了一个防止罪恶的盾牌。她们中的很大一部分人堕落了，很少有人能保持自身的美德。"[2] 这段话清楚地表明，在那个时代，贤惠的女性的行动应该被束缚在她们日常所待的地方。与禁止妇女前往宗教中心罗马并行的是，世俗的妻子被限制在家庭的空间里，等待丈夫归来。在《箴言一》中有相关的描述，丈夫在外远航，妻子要待在家里等待守候，当丈夫的船返航靠岸，妻子热情上去迎接，这种将自己困在家庭空间的行为是妻子必须遵循的对丈夫的承诺：

> biþ his ceol cumen　　　　ond hyre ceorl to ham,
> agen ætgeofa,　　　　ond heo hine in laðaþ,
> wæsceð his warig hrægl　　　　ond him syleþ wæde niwe,
> liþ him on londe　　　　þæs his lufu bædeð.
> Wif sceal wiþ wer wære gehealdan
> 船回来了，她的丈夫回家了，
> 她的养家者，她领着他进来，
> 给他洗脏的衣服，给他换上新的衣服
> 在丈夫的爱意中与他躺在土地上

---

① Shari Horner, *The Discourse of Enclosure: Representing Women in Old English Literature*, Albany: State University of New York Press, 2001, pp. 34 – 35.

② Ephraim Emerton ed. and trans., *The Letters of St. Boniface*, New York: Columbia University Press, 1940, p. 140.

女人必须信守对男人的诺言。（第 94—100 行）

　　综合以上文本可以得出：盎格鲁—撒克逊女性的身体和精神在空间上完全处于被管制约束的受限状态，她们在诗歌中的停滞不动的行为状态是当时她们的社会地位的真实反映。在这样的文化和社会的语境下，令这些女性角色有机会走到舞台前台的抒情诗歌有着积极的社会意义。正如霍纳认为，《妇怨》和《伍尔夫和伊德瓦塞》的女性诉说者"象征性地（如果不是字面上的话）超越了封闭，为她们自己作为主体创作出了空间，制造了文本"，[①] 让大家听到一个女性表达自己内心感受的声音。也正是由于不能像《流浪者》及《航海者》中的男性主人公那样四处漂泊或航海，女性叙述者别无选择，只能充分运用语言的创造力。女性流亡者即便表达出了她们的痛苦感受，仍然只能被牢牢地限制在盎格鲁—撒克逊男权规范的社会准则和空间界限之内。因此，这些女性诉说者始终无法自己越过洞穴和被沼泽包围的岛屿。从以上对世俗和宗教材料的分析，可以肯定女性在空间上的受制和停滞被视为女性保持婚姻忠诚、贤惠自制和情感稳定的先决条件。

　　时空概念总是相互依存的要素。第二个特征可以从时间的角度来发掘男性流亡者与女性流亡者的区别，以便更加清晰地理解女性的停滞状态。本章前文已经分析指出在《流浪者》《航海者》两诗中，诗人设想了流放在海上的叙述者们如何将他们的思想集中于对过去的回忆，并在自己的大脑中重新创造出来对过去事物的想象。两人都非常擅长于时间的运动，他们的技能最明显的体现在他们的精神和行动上能够游走在过去、现在和未来，他们在回忆或梦中回到过去幸福的英雄生活，又表露出当下努力踏上艰难旅途，以追求他们未来在天堂之家的永恒快乐。

　　与男性流亡者相反，女性流放者在时间上也处于停滞状态，与其身处的空间停滞状况相呼应。马丁·格林（Martin Green）通过研究《妇

_____

① Shari Horner, *The Discourse of Enclosure：Representing Women in Old English Literature*, p. 29.

怨》的句法和语义，充分论证了这一点，他指出诗人意图创造一种"人在时间中悬浮"的感觉，因此，女性说话者"似乎不可避免地陷入了她的当下"。① 这一视角十分具有启发性，即认为女性流亡者被目前悲惨的状况所困住，既不能回到过去，也无法展望未来，处于一种空间和情感都无法移动的状态。与这些男性流亡者形成鲜明对比的是，《妇怨》的女性叙述者没有回忆起过去快乐的记忆，只是反复强调自己极端的孤立感和悲伤感。她被困在当下发生的肉体和精神上的折磨。对她来说，既没有喘息的机会，也没有逃脱的机会。另一首抒情诗《武尔夫与伊德瓦塞》中的女性发言人同样也被"当下"束缚住。这一点在这两首诗的结尾部分显得尤为明显。与男性抒情诗歌不同的是，这两首女性抒情诗歌的结局是分离而非救赎，这使得她们与过去的联系变得毫无意义。《武尔夫与伊德瓦塞》结尾，分离这一空间主题显得十分突出，女性抒情者说道："一个人可以很容易地切断从不系紧的东西，/我们共同的谜一样。"（*þæt mon eaþe tosliteð þætte næfre gesomnad wæs*，/*uncer giedd geador*，第 18—19 行）分离的主题同样出现在《妇怨》的结尾："热切等待渴望所爱的人/往往收获不幸。" （*Wa bið þam þe sceal/of langoþe leofes abidan*，第 52—53 行）两首诗的结尾，女性说话者与这个男性世界产生了强烈的疏离。贝内特（H. T. Bennett）从性别研究的角度，分析了四首古英语抒情诗歌对时间的不同处理。他提出："在男性的抒情诗歌中，上帝的永恒被认为是对这个不可靠的、不断变化的世界的救赎，但在女性的抒情诗歌中，时间与永恒（以及危险与安全）之间的界限却显得模糊不清。"② 因为叙述者的性别差异不仅导致诗歌里的时间概念不同，主人公对待流放的态度，以及他们在流放空间中的状态也

---

① Martin Green, "Time, Memory, and Elegy in *The Wife's Lament*", *The Old English Elegies*, p. 129.

② H. T. Bennett, "Exile and the Semiosis of Gender in Old English Elegies", in Britton J. Harwood and Gillian R. Overing, eds., *Class and Gender in Early English Literature: Intersections*, Bloomington: Indiana University Press, 1994, p. 52.

是完全不同的呈现。《流浪者》和《航海者》中的两位男性叙述者尽管在海上旅程中经历了不同的磨难,但是二者都没有陷入情感困境,诗歌的结尾处都表明他们积极参与到海上朝圣的过程,即使是《流浪者》中失去领主和大厅的主人公也转向天堂,努力摆脱自己受困的状况。与之相反,《妇怨》整首诗中,处于流亡状态的妻子一直未能摆脱痛苦的情绪,强调自己将"永远受苦"(第5行),"永远不能休息"(第39行)。与此同时,这首诗并没有连贯地勾勒出这位女主人公的故事,甚至没有阐明她对丈夫的情感,而是以说话者的痛苦和激动的情绪为主导,明显缺乏能缓解这种强烈伤感的途径。一直到诗歌的最后,女性叙述者也没有找到悲伤情绪的出口,她的行动被限制于流放之地,这种停滞状态和反复循环出现及无休无止的时间状态相呼应,可见女性流放者在时空上都处于完全被困住的状态。

影响女性流放者时空停滞的最重要的原因当然是男性与女性流放者所承担的社会角色不同,他们对尚武世界和基督教社会的态度不同,这对其身份建构有很大的影响。对于一个男性流放者来说,情感上的混乱不仅是在承认痛苦、死亡和失去的时候,也是在远离英雄世界并目睹其逝去的痛苦过程中。比如《流放者》中叙述者最大的悲恸是失去了自己的领主,领主不仅是部落社会中最重要的人物,他更代表的是一种稳定的社会关系。流浪者怀念的有旧主、还有伙伴和大厅,他的悲伤和过去的社会关系紧密相连,最令他不安的原因是失去了自己的社会位置。所以在诗歌中,流浪者要踏上不断寻找的旅程,创造一种新的关系,他努力想要找到一位新的"财富赏赐者"(*sinces bryt-tan*,第25行),这位新的主人能给他带来安慰和在"蜜酒大厅"里的欢乐(*meoduhealle*,第27行)。

不同的是,在《妇怨》以及《武尔夫与伊德瓦塞》这两首抒情诗歌里,女性流亡者的痛苦全部是来自与爱人分离的状况,她们断裂的是和男性的关系,个人情感上的依附已经超越了社会结构的功能。由此可见，女性在社会空间中没有获得位置，她们是整个社群里的失语者，她们的存在是以相关的男性为主导的，她们自己的个人身份不是完全独立存在的，因此她们的流放状态很大程度上是由男性来决定的，她们自始至终无法掌控和改变自己的命运。所以追根究底，女性的苦难主要是由以领主—扈从为核心的尚武文化和社会规范造成的。相比普通女性，女性流亡者在空间和精神上更是与以男性为中心的社会结构相疏离，位置和身份都一直处于边缘的状态。

除了尚武传统和男性主导的社会规则决定了男性与女性的社会身份的不同，不同性别的个体身份构建同时受到另一文化因素的影响：基督教影响下的新的社区是否能与男性或女性建立空间上的联系。四首抒情诗歌的不同结局进一步展示了男性和女性在即将到来的基督教社会里形成的鲜明对比。男性流亡者虽然暂时失去与文明社会的联系，但是他们所处的边缘地位和遭受的身份危机可以通过加入一个新的基督教社区来解决。《流浪者》和《航海者》都以从尚武的日耳曼社会到新的基督教社会的平稳过渡而告终，男性叙述者在经历了短暂的流亡之后，进入了永恒的家园。这样一个崭新和持久的理想社会似乎消除了阶级和性别的歧视，在上帝面前人人平等。然而，在《航海者》一书中，一些细节表明，女性被归为只能享受短暂的世俗快乐的一类人。当演讲者开始他的海上朝圣之旅时：

> Ne biþ him to hearpan hyge ne to hringþege,
> ne to wife wyn ne to worulde hyht,
> ne ymbe owiht elles, nefne ymb yða gewealc,
> ac a hafað longunge se þe on lagu fundað.
> 竖琴不是为他响起，他也不要财富的赏赐，
> 同女人的欢娱，或者尘世的声誉，
> 一切他都不要，除非是翻滚的波涛——

　　然而，向往大海的人总是有这种向往。（第 44—47 行）①

这里尘世的声誉以及两性之间的甜蜜关系都被视为通往天堂之路的障碍，在前往永恒家园的路上需要清除这些障碍，可见前往天堂的男性流亡者最终走向的是一个完全男性的社会阶级体系。这也可以解释为什么《妇怨》和《武尔夫与伊德瓦塞》等诗的结尾，女性流亡者没有像男性那样，转向上帝或天堂寻求慰藉。从救赎的意义上说，女性流亡者的不安全感和隔离状态没有终结和尽头。著名的现代女性主义批评家茱莉亚·克里斯蒂娃（Julia Kristeva）认为，女性总是在阶级体系之外构成一个阶级。通过宣布妇女被排除在天堂的阶级制度之外，克里斯蒂娃进一步从犹太—基督教传统解释了这种排斥现象，她认为女性"和群体社会的法律以及政治和宗教联合体之间没有直接联系：总的说来，神只对男人说话……女人的知识依赖物质身体的存在，所向往的是愉悦而不是部落的凝聚力"②。班尼特认为，现代女性主义分析在一定程度上验证了"盎格鲁—撒克逊女性流亡者无法从世俗的领主关系中获得安全感，因此她们无法从人类普遍状况的神圣慰藉中获益"③。笔者认为，无论是否将其置于现代理论方法分析的视阈之下，女性叙述者的抒情诗歌并不像男性叙述者的抒情诗歌那样具有基督教的文化影响力，这一点在抒情诗歌中男性和女性流亡者不同的命运中得到了充分的展示。

　　上面已从空间、时间和社会身份三点探讨了男性流放者和女性流放者的区别，以上的分析和对比最终要着眼于人物空间关系中最核心的身份认同问题，及本研究一直关注的这些边缘人物是否能够跨越阈限阶段。对于流浪者和航海者来说，流亡的边缘和蛮荒之地虽然带来苦痛，却富有成效：正是由于外界世界的不稳定迫使他们走向精神上的改变，

---

　　① 部分参考了肖明翰的译文，参看《英语文学传统之形成》第 240 页。
　　② Julia Kristeva, "About Chinese Women", in Toril Moi ed., *The Kristeva Reader*, New York: Columbia University Press, 1986, p. 140.
　　③ Bennett, "Exile and the Semiosis of Gender in Old English Elegies", p. 48.

因而流放的空间既描绘了尘世生活的短暂性，也展现了男性流放者精神上的进步。而对于一名被放逐的女性来说，蛮荒之地成为一个她永远无法逃离的空间，这个空间并没有带来精神上的改变，只是体现了她精神上和身体上的停滞状态以及心理上遭受的折磨。不同的性别遭遇的截然不同的流放形态，阐明了流放之地虽然是在社会空间之外，但是居于其中的人却无法摆脱社会规则和社会角色对其身份产生的桎梏作用。这就解释了性别身份和阈限状态发展的必然结局：经过艰苦的斗争和寻找，男性流亡者最终可以跨越阈限阶段，进入天堂的家园；与此相反，女性流亡者则被困在狂野的自然世界中，在社会规范的压制下，注定处于一种阈限状态。

古英语诗歌中男性与女性流亡者在不同层面体现出来的差异，体现了盎格鲁—撒克逊性别角色代表的诸多文化信息。在《流浪者》和《航海者》中，男性叙述者的流亡是为了强化日耳曼移民社群的价值观，也突出了这一群体新吸纳的基督教的价值观。两位演讲者都被驱逐出了他们原来的群体空间，在流亡之旅所开启的新的空间里，他们能够重塑自己，以适应新的环境。相比之下，《妇怨》以及《武尔夫与伊德瓦塞》的女性叙事是在挑战男性占主导的文化话语，这些女性歌谣使人们对群体和家庭的安全与稳定产生了疑问，非但没能加强这些社会的价值观念，而且没有达成解决问题和完成"家"的意义构建。这些诗歌虽然在一定程度上给女性的情感表达找到了出口，但是没有给她们哀叹的社会地位和情感困境提供解决方案，她们被塑造成一个高度管制和以男性为中心的社会的边缘人物，是身体—精神层面的双重流亡者，在一个以战争为基础的社会中处于被动接受命运的地位，而且目前正遭受着远离亲人和家园的流亡者的痛苦。对于这两位诗歌中的发声者来说，她们原本的边缘化限制了她们去寻求新的主体性建构的潜在可能。更重要的是，时空的停滞使这些女性流亡者困在野外，与群体社会处于无休止的隔离之中。

本章的空间讨论揭示了古英语抒情诗歌中心灵与环境间的紧密联系：边缘人物的情感正是通过外部景观特征而得以体现和传递出来。抒情诗歌中处于流亡境况中的主人公们无法直抒胸臆、表露情感，他们转而借助海景、恶劣的天气和荒凉的景色来表达对尘世生活的不稳定和多变特征的看法。外在的景观和流亡者的行为移动都是人物身体和心理的经验反应，从而建立起贫瘠的景观和内心情感间的连接模式，给主人公当下的空间环境增添了一种忧郁和孤独的色彩。在此种互动之中，另一重要的特征是心理空间的外在表征在很大程度上实现了时空的结合，人物内心空间的呈现常常是为了回望过去的经历。总体上看，心灵地图的展示呈立体式特征：实现了内与外，过去和当下全方位的互动。值得注意的是，这样的内外结合的空间呈现不仅反映了当时人物与社会的关系，其实也更能引导现代读者了解当时的社会情境，达成一个主体间性的交流，中世纪早期的抒情诗人通过描绘生动的心灵地图，让现代读者充分沉浸到主要角色的情感和心理世界之中。

与此同时，对男性叙述者的抒情诗歌和女性叙述者的抒情诗歌进行的比较研究，进一步提供了一个观察盎格鲁—撒克逊社会性别角色及其身份建构之间联系的舞台。尽管盎格鲁—撒克逊男性流亡者在地理上和社会上都居住在文明边界之外，但他们与孤立状态的斗争以及对永恒家园的艰辛探索，促使他们跨越了阈限阶段，进入了天堂之家。而女性流亡者被困在孤独的流放之地，仍然受到男性主导的社会规范的束缚，她们的身体和精神注定一直处于阈限的状态。

《流浪者》和《航海者》最后都提到了天堂之家，那是基督教徒想要前往的最终目的地。对于不断发展的盎格鲁—撒克逊人的身份认同来说，大海既是民族历史的边界，也代表了基督教关于生命转瞬即逝的寓意。流亡者经历的海上旅行凸显了海洋的双重作用：这是一个天堂和尘世之间的空间，在此过渡空间里自愿的受难行为帮助那些寻找家园的人获得永恒的生命；它也是一个介于怀疑和信仰之间的阈限空间。这两首抒情诗在某种程度上遵循了一个文化传统，即英国早期教会史里经常出现的"海上修道院"这一主题。宗教信仰施加于空间的精神变革力量在圣徒传记文本中发挥着重要功用。下一章将就阅读盎格鲁—撒克逊圣徒传记，探讨圣徒身份构建和相关空间地点的特征。

第三章

圣徒传记中的精神空间

前两章讨论了世俗文本（含智慧文学、英雄史诗和抒情诗歌）的空间划分和界限以及人物在特定空间里的行动和身份构建，分析中已经明确传递出日耳曼传统和基督教传统对这些文学创作和传播施加的合力，两大文化传统共存、冲突与融合的动态关系清晰地表现在这些不同类型的文本中。本章将研究焦点转向盎格鲁—撒克逊时期的宗教作品，分析并讨论具有代表性的圣徒传记文本，以此加深理解重要地点和地景的空间意义及其背后蕴含的文化和宗教的功能。之所以选择圣徒传记这类文本，是因为叙事中圣徒与其居住地之间的关系非常密切，同时作品囊括古英语和拉丁语两种语言的文本，有助于直观阐释两种文化和书写传统间的相互作用。最核心的讨论材料集中于两位盎格鲁—撒克逊时期的本土圣人，他们分别是古德拉克和卡斯伯特。此外，寓言诗《凤凰》被纳入本章的讨论，笔者认为凤凰这只神鸟在一定程度上可以被视作一个原型的人物形象，努力追求灵魂的永恒生命，在主题上和圣徒传记存在很多共通之处，值得并置进行研究。以下讨论主要集中于三个问题：首先，文本中的自然景观如何传达宗教隐喻；其次，恶魔与圣徒的领土冲突所代表的空间意义；最后，圣徒的空间实践和景观改造能力如何展现其神圣身份建构的过程与特点。

第一节　圣徒传记与荒野的神学渊源

圣徒传记是中世纪重要的一种文学体裁。追根溯源，这种文体的出现与基督教的出现和传播紧密相关。首先，《圣经》就可以被看作一部集合了先知、耶稣本人和追随其的圣徒们的传记合集。《圣经》的这种圣徒传记体例深刻影响了欧洲的文学。尤其是伴随着基督教在欧洲大陆的传播和扩散，在长达几个世纪里，基督教的发展伴随着很多流血和斗争。在首位基督徒皇帝君士坦丁一世（Constantine，272？—337）将基督教尊为国教之前，基督徒遭受了残酷的迫害，出现了大批殉道者，由此形成了包含很多"奇迹故事"（miracles）的殉教记（martyrology），这类作品就属于圣徒传记范畴之内。从公元4世纪末开始，随着基督教传教范围的扩大，这些体现犹太—基督教思想精神、道德观念和生活方式的圣徒传记文学逐渐流行起来，影响到整个欧洲大陆，同样也辐射至了不列颠岛。

欧洲大陆的圣徒文学对盎格鲁—撒克逊教会产生了巨大的影响，帮助在当地宣传基督教的基本教义。在此背景下，盎格鲁—撒克逊的圣徒传记文学的创作经历了一个逐渐本土化的过程：从早期几乎全部由拉丁文撰写逐渐发展到出现古英语这一本土世俗语言书写的圣徒传记，主题也从记录欧洲著名圣徒转移到盎格鲁—撒克逊僧侣作家用古英语创作关于本地圣徒的传记，尤其值得关注的是：盎格鲁—撒克逊人的英格兰成为"最早的西方本土圣徒传记之乡"①。其中，现存的古英语圣徒传记相当大的一部分是由埃尔弗里克（Ælfric）创作的圣徒传以及《布利克灵布道文》（*Blickling Homilies*）构成。与此同时，比德、阿尔昆、菲利

① Antonina Harbus, *The Life of the Mind in Old English Poetry*, Amesterdam & New York：Rodopi B. V. , 2002, p. 87.

克斯（Felix）等人在诗歌和散文中所使用的拉丁圣徒传记（*vitae*）也证实了圣徒传记的创作在盎格鲁—撒克逊时期并不是一种纯粹的方言现象，当然也不只是对欧洲大陆拉丁语文本的简单仿写，因而讨论这类文体，要兼顾拉丁语和古英语的创作背景和对象。

顾名思义，圣徒传记是描写圣人一生的一种特殊的文学体裁，这类作品中的人物和地点的名称至关重要，可以给读者一种真实感。马格尼斯声称，在许多圣徒传记的文本中，背景往往具有一种普遍的特质："传记中的风景以一种中立且不引人注目的方式被处理。"① 他认为作家并不打算引入地名"让读者熟悉地点，或帮助他们将实际场景形象化"②。笔者认为圣徒传记的场景设置在某种程度上坚持了事物存在的普遍原则，而并非对现实景观的反思，因而作家在文本记录中没有过分渲染真实地点和景观的信息。而就这类文本的叙述内容而言，最常出现的场地和地景无疑是荒野，不同于世俗文本中的蛮荒地景是怪物栖息之地、是英雄成长之地和流放者悲叹伤怀之地，圣徒传记中的荒野是一个更具宗教象征寓意的空间，表达了圣人与自然、群体和上帝的关系，这是本章要探讨的一个重要方面。

一些学者将宗教文本中的荒野与"特殊性质的空间"（the qualitative space）这一概念联系起来，指出其明显区别于一般的普通空间。迪克·哈里森（Dick Harrison）强调了特殊性质的空间属性与圣人之间的关系。③ 他认为中世纪重要的空间概念"常与圣人联系在一起，而这种联系往往集中体现在教堂和城市这些地点"。④ （国王和圣人的）重要坟

① Magennis, *Images of Community in Old English Poetry*, p. 169.

② Magennis, *Images of Community in Old English Poetry*, p. 169.

③ Dick Harrison, "Invisible Boundaries and Places of Power: Notions of Liminality and Centrality in the Early Middle Ages", in Walter Pohl, Ian Wood, and Helmut Reimitz, eds., *The Transformation of Frontiers: From Late Antiquity to the Carolingians*, Leiden & Boston: Brill, 2001, p. 87.

④ Dick Harrison, "Invisible Boundaries and Places of Power: Notions of Liminality and Centrality in the Early Middle Ages", in Walter Pohl, Ian Wood, and Helmut Reimitz, eds., *The Transformation of Frontiers: From Late Antiquity to the Carolingians*, Leiden & Boston: Brill, 2001, p. 91.

墓坐落在教堂里，产生了"意识形态的力量"。[1] 不同于现代人发达的抽象空间思维能力，中世纪的人常常以实际存在的物理形式来设想抽象的、特殊的、多样化的空间形式。因而这种伟大的特殊性质的空间力量经常表现为具象的存在：环绕着神圣场所的城墙，城镇的大门以及教堂的入口，这些地点起到界限和分割空间的功能，把邪恶的力量挡在外面。依据哈里斯的分析，正是在神圣与世俗的边界处，人们会遇到禁忌的事物和睿智的圣徒。他认为，圣徒可以在保护城市和教堂的边界中发挥最强大的作用。这就是为什么圣人以及他们的力量与特殊性质的空间属性紧密连接在一起。[2] 本章的研究关注日常生活空间与特殊性质空间之间的划分与互动，阐释圣徒的神圣力量具有阈限的空间特质，因为他处于正常空间和特殊空间的临界之处，他的身份也区别于普通民众。这种阈限的状态有助于理解特殊空间和地点的功能，并且在前面两章有关世俗文本分析的基础上，更进一步清楚认识中心/边缘的动态特征。在中世纪的世界中确实存在着政治、经济、军事和意识形态的中心。这一中心概念中最引人注目的部分是它与外围的连接特征。中心性和边缘性不应被视为对立的概念，而应被视为同一结构的两个部分。个体和群体也不能在不考虑边界和边缘空间的情况下去认知和讨论中心地带。

圣徒传记中的荒野具有明显的特殊性质空间的属性：它往往处在远离文化中心的边缘地带，是中世纪修道行为的代表场所，这一空间具有神圣的力量来推动圣人的提升。盎格鲁——撒克逊圣徒传记中的主人公们的行为在很大程度上是继承了中世纪的隐修主义的传统。迪

---

[1] Dick Harrison, "Invisible Boundaries and Places of Power: Notions of Liminality and Centrality in the Early Middle Ages", in Walter Pohl, Ian Wood, and Helmut Reimitz, eds., *The Transformation of Frontiers: From Late Antiquity to the Carolingians*, Leiden & Boston: Brill, 2001, p. 91.

[2] Dick Harrison, "Invisible Boundaries and Places of Power: Notions of Liminality and Centrality in the Early Middle Ages", in Walter Pohl, Ian Wood, and Helmut Reimitz, eds., *The Transformation of Frontiers: From Late Antiquity to the Carolingians*, Leiden & Boston: Brill, 2001, pp. 89 - 91.

伊·戴斯（Dee Dyas）在讨论到荒野与中世纪隐居精神时，尤其强调了沙漠荒野是隐修的一大传统地点，对发展隐居精神至关重要，他甚至直接宣称："荒野等于隐居生活。"① 更重要的是，戴斯认为中世纪的隐居精神受到"圣经中荒野主题、沙漠教父们提供的模式以及中世纪隐士和其导师所处的当代精神环境之间的三方互动的影响"。② 三方互动的这一范式同样适用于本章要进行的对盎格鲁—撒克逊圣徒传记文本的讨论。

本章的第一部分将考察前两个因素，即圣经的母题和沙漠隐修的传统，二者共同构成盎格鲁—撒克逊隐士生活的神学基础。《圣经》中的荒野和中世纪早期的文本通常以沙漠的形式存在。沙漠景观如同一个复写本，让人们阅读基督教话语中的不同荒野叙事。沙漠这一空间意象经常出现在基督教的宏大叙事中。有必要追溯其从旧约时代到中世纪的发展历程，下面将简要概述这一过程的重要阶段。

无论是真实的沙漠还是想象中的这一地点，在欧洲和亚洲的主要宗教，即犹太教、伊斯兰教和基督教中都扮演着重要的角色。中世纪的西方文化首先从《圣经》中汲取了大量的养分。圣经中的沙漠的空间意义是模棱两可的：既可以是一个象征地点，也可能是历史和地理现实存在的地方。尤为明确的是，荒野中的故事反映出了《圣经》中沙漠场景的内在特征：从旧约先知摩西和以利亚的事迹，到新约中施洗约翰的孤独生活。纳什（Roderick Nash）总结指出："荒野作为一种事实和象征，渗透了犹太教和基督教的传统。"③ 他同时统计了荒野一词在《圣经》中出现的频率："这一术语在旧约修订版中出现 245 次，在新约中

---

① Dee Dyas, Valerie Edden and Roger Ellis, eds., *Approaching Medieval English Anchoritic and Mystical Texts*, Woodbridge & Rochester: D. S. Brewer, 2005, p. 19.

② Dee Dyas, Valerie Edden and Roger Ellis, eds., *Approaching Medieval English Anchoritic and Mystical Texts*, Woodbridge & Rochester: D. S. Brewer, 2005, p. 20.

③ Roderick Nash, *Wilderness and the American Mind*, 3rd edn., New Haven & London: Yale University Press, 1982, p. 8.

出现 35 次。此外，数百次使用'沙漠'和'荒地'等词，它们的基本含义与'荒野'相同，而且在某些情况下，这些词有着相同的希伯来语或希腊语词根。"① 伴随着荒野一词频繁的出现，这个词被赋予了复杂的含义：一个孤独的地方或一个流浪的空间。在《新约全书》中，圣经中沙漠的形象发生了显著变化：在某些章节中，沙漠这一典型场景被调整成了山脉这一新的地景。在这些荒蛮之地，圣人面临着许多来自魔鬼的挑战。总之，《圣经》中不断变化的荒野地景是非常复杂的，超出了本书的研究范围，这里只需了解其发展的大概脉络，以便于去理解和分析盎格鲁——撒克逊的圣徒传记。

公元 4 世纪，基督教开始了所谓的"沙漠史诗"阶段，沙漠—荒野的传统变得更加突出：教会的教父教母们逃往巴勒斯坦和埃及的偏远地区，以躲避罗马人的迫害。在很长一段时间里，"荒野和沙漠的地理位置像复写本一样被覆盖，形成了基督教话语中最持久的物理和隐喻性主题之一"②。圣安东尼（St. Anthony the Great，251？—356？）是罗马帝国时期的一名埃及基督徒。他是基督徒隐修生活的先驱，也是沙漠教父的著名领袖，他的一生是沙漠荒野传统的一个很好的范例。对于中世纪的隐士来说，沙漠既是一个字面意义上的地方，也是一个象征意义上的地方，"寻找沙漠"（seeking the desert）被用来比喻主动选择一种隐士生活。在艾瓦格里（Evagrius）为圣安东尼撰写的拉丁语的传记（*Vita Antonii Abbati*）中，伴随着安东尼自己的精神发展，其生活的空间和地点也随之发生改变。当安东尼第一次有了想成为一名隐士的想法时，他并没有完全退出社会，而是选择了离家很近的地点，在那学习如何过独居的生活。在此期间，安东尼找到了一位导师，一位隐居的老人，来指导他的流亡生活："因此，在邻近的一个农场里，有一个老人一直过

---

① Roderick Nash, *Wilderness and the American Mind*, 3rd edn., New Haven & London: Yale University Press, 1982, p. 13.

② Liz Herbert McAvoy, *Medieval Anchoritisms: Gender, Space and the Solitary Life*, Woodbridge: D. S. Brewer, 2011, p. 11.

着孤独的生活，安东尼看见这个人，在善行上仿效他。"① 随后，安东尼找了另外一些有着隐居经验的人作为学习的榜样。他从这些导师那里充分了解隐修生活之后，最终搬进了沙漠。这一渐进的过程表明，进入一个新的地方，不仅是一个空间上的变化，更是一种精神状态的发展。

以上《圣经》中反复出现的主题和沙漠教父们的隐修经历揭示出盎格鲁—撒克逊圣徒传记的书写受到这两大传统的影响，沙漠—荒野这一地点既可以是隐士生活的真实之地，也可以是他们所追寻的理想安全之地。正如玛丽·克莱顿（Mary Clayton）所言："毫无疑问……在盎格鲁—撒克逊早期的英格兰，沙漠圣人发挥着示范作用。"② 人们往往会思考这样一个问题：为什么圣徒会主动选择去荒野和沙漠，过着祈祷的生活。很明显，相对封闭的空间和孤独的生活对他们的宗教追求具有十分积极的意义。这些圣徒与自然景观的互动使蛮荒之地成为他们精神发展的沃土。麦卡沃伊（McAvoy）阐述了移民到边缘地带所带来的精神生活的丰富，他认为："孤独生活的果实；这是一种更为广阔的境界，隐士怀着无法满足的强烈欲望去寻找它，并且他沉浸于这种天赐的狂喜之中。"③

中世纪早期的英格兰教会继承和加强了以上讨论的隐修行为的积极功用，理想的隐居生活在盎格鲁—撒克逊时期颇为流行。圣古德拉克（St. Guthlac）和圣卡斯伯特（St. Cuthbert）的生平表明，本土的圣徒遵循沙漠父的禁欲主义的理想生活模式。其实不仅是圣徒传记，盎格鲁—撒克逊时期的其他文本中的苦行流放也呼应了圣安东尼的隐修传统。例如，《箴言一》诉说了一个勇敢的旅行者，他前往荒原，寻求世

---

① Evagrius, *Vita Antonii Abbati. Patrologiae Latina*, eds. J. P. Migne et al., Paris: Garnier, 1844—1903, p. 128.

② Mary Clayton, "Hermits and the Contemplative Life in Anglo-Saxon England", in Paul E. Szarmach, ed., *Holy Men and Holy Women: Old English Prose Saints' Lives and Their Contexts*, Albany, NY: State University of New York Press, 1996, p. 155.

③ McAvoy, *Medieval Anchoritisms: Gender, Space and the Solitary Life*, p. 20.

俗或神圣问题的答案，"内心热切的人必须动身"（［*f*］*us sceal feran*，第 27 行）。在古德拉克和卡斯伯特的叙事中，圣人的住所并不是真正的沙漠，而是搬移至一些具有典型盎格鲁—撒克逊景观特征的地点，他们在充满敌意的环境中寻求类似自我放逐后的理性化的隐修生活，并在不断变化的地景中达到一种内在精神发展，接下来的文本分析将展现出在盎格鲁—撒克逊英格兰的文化语境下，圣徒传记文本叙述的传统及程式化的隐士生活所传递的空间意义。

第二节　古德拉克叙事中的领土冲突

克劳兰德的古德拉克（Guthlac of Crowland，673？—714）是盎格鲁—撒克逊时期麦西亚地区（Mercia）的一位圣人，他的事迹在拉丁文和古英语文本中都有记载。① 这里讨论的两个文本主要是菲利克斯所著的拉丁语散文《古德拉克传》（*Vita Sancti Guthlaci*）和古英语诗歌《古德拉克 A》（*Guthlac A*）。菲利克斯用拉丁文写的传记是第一部有关古德拉克的作品，也为以后其他的散文版本和改写的古英语诗歌版本提供了

---

① 古德拉克是盎格鲁—撒克逊本土著名的隐修苦行僧，第一个记录他生平事迹的文本是僧侣菲利克斯创作于 8 世纪早期的拉丁语散文体的《古德拉克传》。这部散文作品在约 10 世纪早期时被大致改写翻译成古英语的散文，其中一段还被摘录改写为一篇布道文，收录在古英语手抄稿"维切利书"（The Vercelli Book，现存意大利维切利市的大教堂，这部手抄稿自中世纪起就保存在那里，具体原因不详）中，现被称为《维切利布道文 23》（*Vercelli Homily* 23）。而改写的古英语版本的诗歌收藏在古手抄稿"埃克塞特书"里。虽然诗歌中间并没有标注明确的分界线，但现在学界普遍认为，该首古英语诗歌由两个不同的部分组成，即《古德拉克 A》和《古德拉克 B》。针对菲利克斯散文对两首古德拉克古英语诗歌的影响，引起了学界的激烈争论。现在广泛接受的观点是认为《古德拉克 B》（第 819—1379 行）的来源是拉丁文散文《古德拉克传》的第 50 章，但是许多现代学者对《古德拉克 A》（第 1—818 行）来源于菲利克斯的散文持质疑的态度，他们认为这首诗依赖于口头传统的素材。两首诗歌的内容存在区别：《古德拉克 A》重点描写古德拉克在荒野隐修期间不断受到的挑战和折磨；《古德拉克 B》详细描写了圣徒之死的过程。相关背景资料请参看 D. G. Scragg ed. , *The Vercelli Homilies and Related Texts*, Oxford：Oxford University Press, 1992, pp. 381 - 392；Claes Schaar, *Critical Studies in the Cynewulf Group*, New York：Haskell House Pub Ltd. , 1969, pp. 39 - 41；Gordon Hall Gerould, "The Old English Poems on St. Guthlac and their Latin Source", *Modern Language Notes*, Vol. 32, No. 2, February 1917, pp. 77 - 89。

最原始的素材，所以十分重要。而古英语诗歌《古德拉克 A》主要讲述的是圣人进行隐修的这段经历，展示了古德拉克在特殊性质的空间中的行为。在宗教文本中，隐居地不仅是圣人的住处，更是上帝的旨意与邪恶力量之间发生激烈冲突的关键地带。考虑到古德拉克是盎格鲁—撒克逊时代颇具影响力的本土圣徒，因此本节讨论关注两个重要的问题：首先，隐士与恶魔的空间冲突如何反映日耳曼传统与基督教传统的融合；其次，与恶魔鬼怪斗争的经历如何有助于塑造圣人的身份。

中世纪的西方隐士继承了沙漠之父的流亡和苦行僧的传统，虽然不是前往真正的沙漠，但是他们寻找的是精神上的沙漠之地——离群索居的荒地。在拉丁文散文《古德拉克传》中，菲利克斯介绍说，古德拉克想要寻找一个独居的安静地方，他最终选择的住处"位于英国中部地区，那里有面积巨大的最阴暗的沼泽地"（*meditullaneis Britanniae partibus inmensae magnitudinis aterrima palus*）。[①] 作者给出了这个地点的更多细节：

Crugland dicitur, insula media in palude posita quae ante paucis propter remotioris **heremi** solitudinem inculta vix nota habebatur. (emphasis mine)[②]

这个沼泽地中间的一个岛屿，它的名字是克劳兰德，由于这里非常偏远，如沙漠一般荒蛮，这里一直没有人居住，只有极少数人知道它。(着重号由笔者所加)[③]

---

① Felix, *Felix's Life of Saint Guthlac*, ed. and trans. Bertram Colgrave, Cambridge: Cambridge University Press, 1985, p. 86. 本书中圣徒传记各个文本的中文译文全部为笔者自译，后面只给出拉丁语引文出处。

② Felix, *Felix's Life of Saint Guthlac*, ed. and trans. Bertram Colgrave, Cambridge: Cambridge University Press, 1985, p. 89.

③ 当笔者在一段长引语中强调一些关键词或短语时，强调部分（古英语/拉丁语）的原文会用黑体字标出，并注明"emphasis/emphases mine"，对应的中文译本中用着重号标明，并加文内注："着重号由笔者所加"，后面不再一一说明。

寥寥数语生动勾勒出古德拉克所选的新家的蛮荒、艰苦的环境。其中有一个词的使用尤其特别，即菲利克斯将沼泽描述为沙漠（*heremus*），清楚表明即便是在不列颠岛上的荒野之地，这一环境也是符合西方隐修传统中的沙漠这一地点母题。菲利克斯作为一名僧侣作家，必然受到了基督教传统的影响，即便是在书写本土圣徒的故事，他的创作依然保持了和欧洲大陆宗教传统的连接和呼应。

除了这座岛的偏远和蛮荒的特征，《古德拉克传》一开始就强调了小岛的他者性。在古德拉克到来之前，这是一片沼泽荒地，没有人类居住，到处都是恶魔。这一地点的无人居住的特征更进一步表现为不友好的环境和仇视人类的排他性。一天古德拉克做了一个噩梦，梦中一名老兵听到恶魔们在讲威尔士语，属于他族的一种语言。① 这篇散文一开始一直在强调古德拉克是这一地区的局外人。接着，这篇传记在推进展现主人公的经历和发展时，一直突出了场景、地点和空间及其成长的重要关联。如同《贝奥武甫》这首史诗的作者一样，菲利克斯选择将他笔下的主角置于一个充满逆境的空间中，作者把古德拉克隐修地的荒野描述成所能想象到的最遥远、最难以接近、最可怕、最恐惧、充满最多魔鬼的地方。

相较之下，《古德拉克 A》一诗的作者则简化删除了一些有关圣人新住处的地理位置的细节，但他非常突出了古德拉克隐居地的偏僻和隐秘。在这首诗歌中，圣徒选择的新家位于一座山（*beorg*）上，而不是拉丁散文中的岛屿。这个地点的变化引发了学者们的广泛讨论。有些学者认为，《古德拉克 A》诗人因为创作的焦点内容为圣徒与魔鬼之间的斗争，因此他对素材的处理并没有完全参照拉丁语的散文版本，甚至不能找到非常明显的参照的痕迹。简·罗伯茨（Jane Roberts）提出，最

---

① 诺曼征服之前的历史编纂特别确定了不列颠人在岛上的原住民的地位，因此威尔士人被视为不受重视和排斥的异族人，他们处于可能被建立起来的英格兰民族价值和种族身份的对立面。

好把拉丁语散文的《古德拉克传》当作这首古英语诗歌的类比而不是来源。[1] 尽管如此,本章第一节的讨论已经充分表明,古代沙漠之父传统对中世纪隐士生活的影响是巨大的。在艾瓦格里为圣安东尼撰写的拉丁语的传记中,作者记叙了圣安东尼在沙漠中旅行了三天,然后"发现了一座非常高的山"(*invenit montem valde excelsum*)。[2] 两者共同选择的山上定居地点证明了这首古英语诗歌在空间表达上深受拉丁教父传统的影响。"beorg"一词在古英语中有两个不同的含义:山和古坟墓。笔者在这里倾向于将其翻译成"山",基于以下两个原因。首先,沼泽在拉丁文学传统中并不具有特殊的地景含义,所以菲利克斯将圣人的家设在此处是合适的。但是在古英语文本中,沼泽地常常和怪兽联系在一起,比如《贝奥武甫》中的葛焚代和其母亲。因此古英语《古德拉克A》将住在山上的圣人和荒原上的邪恶生物明显区分开来。其次,古德拉克在荒野中的经历是一次通往天堂之家的精神之旅,因此这座山与圣人英雄登上的圣山遥相呼应。这两点将在随后关于圣人和恶魔的空间之争中还会有所阐释。

比较拉丁语和古英语的两个版本,可以发现菲利克斯和《古德拉克A》的诗人在各自的作品中表达了古德拉克寻找新家的不同动机。菲利克斯把沼泽地区的住所变成了古德拉克寻找隐居地时的一个意外结果。然而,《古德拉克A》中主人公的动机却完全不同:

> Wæs seo londes stow
>
> bimiþen fore monnum, 　　　oþþæt meotud onwrah
>
> beorg on bearwe, 　　　þa se bytla cwom
>
> se þær haligne 　　　ham arærde,

---

[1] 参看 Jane Roberts ed. , *The Guthlac Poems of the Exeter Book*, Oxford:Oxford University Press,1979, pp. 19 – 23。

[2] Evagrius, *Vita Antonii Abbati. Patrologiae Latina*, p. 126.

nales þy he giemde   þurh gitsunga

lænes lifwelan,   ac þæt lond gode

fægre gefreoþode,   siþþan feond oferwon

Cristes cempa.

    人们一直看不到荒野之中的这块地，直到建造者古德拉克的出现，上帝才让树林中的那座山显现出来，圣徒在此建造住处不是出于贪婪，也不因物质财富的短暂利益而烦恼，而是为了让自己成为基督的战士，战胜魔鬼之后，为上帝看守那个地区。（第146——153 行）①

这个隐秘的地方没有沼泽和水道，位置十分神秘，只能由上帝亲自来揭示给世人。从这个意义上说，蛮荒的居住地是上帝为圣人做的选择。注意这段引文提到了圣人在荒地是一名"建造者"的身份。有评论家甚至指出主人公古德拉克是这片土地的入侵者，肩负着神圣的使命，要在偏远的地方驱除恶魔，在荒野中建立家园。② 在空间上占领这片土地本质上是古德拉克净化邪恶势力的一场运动。学者阿拉里克·霍尔（Alaric Hall）从法律条款的角度分析土地占有在当时盎格鲁——撒克逊社会的重要作用，他认为肃清邪恶力量是一个神圣的计划，即将基督的领地扩张到一个远离世袭土地法律的地区。③ 这种阐释揭示了无论是从

---

    ① 本章中有关古德拉克和卡斯伯特的译文，均为笔者自译。其中只有《古德拉克 A》原文为诗体，但因为古英语诗歌的特殊断句和句序，翻译成汉语时很难保证每行意思的连贯表达，因而选择将此段翻译成散文形式，以便于清楚传递内容。笔者在翻译这部分的引文时，主要参照的是古英语和拉丁语的原文，同时也参考了现代英语的译本（S. A. J. Bradley ed. and trans. , *Anglo-Saxon Poetry*, London: J. M. Dent, 1995, pp. 250 – 267），引用的诗歌行码随文注出，后面不再加注说明。

    ② 参看 Christopher A. Jones, "Envisioning the *Cenobium* in the Old English *Guthlac A*", *Medieval Studies*, Vol. 57, January 1995, pp. 259 – 291。

    ③ Alaric Hall, "Constructing Anglo-Saxon Sanctity: Tradition, Innovation and Saint Guthlac", in Debra Higgs Strickland ed. , *Images of Medieval Sanctity: Essays in Honour of Gary Dickson*, Leiden & Boston: Brill, 2007, p. 216.

世俗土地的角度还是宗教传播的角度，古德拉克的住处就是一个重要的战场，这一空间不是一处普通的地点，它具有神圣的力量。

综上所述，古英语和拉丁语两篇文本中主人公古德拉克居住地的环境是不同的：一个是沼泽地旁，一个是高山之上。然而，两个地方具有相同的功能：从空间控制的角度来突出圣人与魔鬼之间的争斗。《古德拉克 A》突出了圣人是战斗者的形象，而菲利克斯的散文则详细描述了圣人的一生，其中当然也包含他在荒野中对抗恶魔的部分。此外，两个文本都清晰勾勒出主人公经历中的相同的叙事主线：出生、年轻时加入军队、退隐荒野、与恶魔斗争、教导他人苦行生活，最后走向死亡。下面着重分析古德拉克与恶魔之间的空间之争如何表明日耳曼尚武文化与基督教隐修主义的融合。

本书第一章已经讨论了《贝奥武甫》中城邦内的大厅与城邦外的荒野景观的并置象征着文明与蛮荒之间的冲突，但在宗教文本古德拉克的圣徒传记中，荒野景观的叙事功能发生了改变，它不再是一个并行空间的一部分，而是整个叙事推进和所有人物之间产生冲突的中心舞台。古德拉克的到来之前，整个岛是险恶之地，为恶魔提供一处"惩罚后的居所。当他们游荡疲惫时可以来此休息一会儿"（第 210—211 行）。恶魔只能临时占据这块地，因为事实上他们"不允许享受在地上的住处"（第 219 行）。古德拉克定居在荒野，过着祈祷的生活，但他不断受到恶魔的骚扰。由此，争夺土地的斗争就变得至关重要。菲利克斯在《古德拉克传》中强调，古德拉克在年轻时候就是一名出色的战士，而他的名字"古德拉克"本身的含义即"战争的奖赏"，这个名字在后来叙述中，更为详细地传递出这位圣徒将"因与罪恶作斗争而得到神的奖赏"①。在这篇拉丁语散文中，描写圣人与恶魔斗争的部分并不长，只是作为描述这位圣徒很多奇迹故事的前奏。《古德拉克 A》的相关斗争篇幅则相当长，在总共 818 行中占据了 600 多行，几乎构成了整首诗

---

① Felix, *Felix's Life of Saint Guthlac*, p. 79.

的主要内容。鉴于此，杰弗里·J. 科恩提出"这首诗可以更形象地命名为《古德拉克和他的恶魔》"①。这一情节的设置很容易联系到在《贝奥武甫》中英雄和怪物的搏斗同样占据了史诗的绝大部分。《古德拉克A》的作者安排了如此长的篇幅揭示了圣徒传记这一宗教主题的文学类型在盎格鲁—撒克逊文化环境中发展起来时已经深受当地文化的深刻影响，被渲染上了日耳曼尚武传统的文化色彩。

《古德拉克A》的叙事中呈现出来圣徒的行为一直与自己的隐修之地紧密联系在一起。一些学者关注到了文本中居住地和人物之间的关系，尤其注重分析在圣徒与恶魔对抗的过程中，领土之争如何将政治和精神层面的含义融合在一起。② 古德拉克的居住地成为一个测试力量的场所，也是对抗"居无定所的恶魔"（*hleolease*，第225行）的新的目的地。自劳伦斯·舒克（Laurence Shook）在1960年首次对这一主题发表评论以来，诸多学者从不同的角度对此进行了讨论。③ 克里斯托弗·琼斯（Christopher Jones）强调了对土地的占有能保持修道院稳定的目标。他认为："因为稳定是修道院的理想，古德拉克被描绘成与他的土地特别相关的人，甚至是修道院社区的创始人。"④ 西韦尔斯将土地与盎格鲁—撒克逊民族身份的建立联系起来，认为古德拉克文本"构建了一种文学景观，将自然用于国家建设以及物质和精神空间的塑造之中"。⑤ 马尼沙·夏尔马（Manish Sharma）坚持认为身体和精神空间之

① Jeffrey J. Cohen, *Medieval Identity Machines*, Minneapolis: University of Minnesota Press, 2003, p. 122.

② 参看 Christopher A. Jones, "Envisioning the *Cenobium* in the Old English *Guthlac A*", pp. 259 – 291; Katherine O'Brien O'Keeffe, "Guthlac's Crossings", in *Quaestio: Selected Proceedings of the Cambridge Colloquium in Anglo-Saxon, Norse and Celtic*, Vol. 2, 2001, pp. 1 – 26; Jeffrey J. Cohen, *Medieval Identity Machines*, pp. 16 – 53; Alf Siewers, "Landscapes of Conversion: Guthlac's Mound and Grendel's Mere as Expressions of Anglo-Saxon Nation-Building", pp. 1 – 39; Michelet, *Creation, Migration, and Conquest: Imaginary Geography and Sense of Space in Old English Literature*, pp. 47 – 48, 163 – 197.

③ 参看 Laurence K. Shook, "The Burial Mound in *Guthlac A*", *Modern Philology*, Vol. 58, No. 1, August 1960, pp. 1 – 10.

④ Jones, "Envisioning the *Cenobium* in the Old English *Guthlac A*", p. 267.

⑤ Siewers, "Landscapes of Conversion", p. 2.

间的联系，他认为"战斗的身体运动与古德拉克的精神进步有关"①。所有这些讨论都丰富了对圣人居住地的象征性解读。以上论述反映出空间之争与不同人物的身份有着密切的联系，宗教文本中的荒野是圣人通过区别于他者来建构自己圣人身份的重要空间。但同时，这些描写又不囿于宗教的意义，反映出了特殊地景承载的民族身份构建的意义。②

圣人和恶魔都是被放逐的，然而在本质上，他们是截然不同的存在。他们之间的差异决定了斗争的结果："古德拉克能够建立稳定的家园与恶魔居所的游荡无常形成鲜明对比。"③ 由此，两个人的流放之路注定不同：恶魔是撒旦的仆人，他们受到惩戒，被迫成为无家可归的流浪者；而古德拉克自愿选择流亡，追寻隐修和冥思的生活，以期在永恒的家园——天堂里赢得一席之地。找到永恒之家对圣人来说意义重大，因为家这个空间不仅用来放置身体，也用来安置灵魂。巴什拉阐明了家对一个人的重要作用，他说："没有家，人将流离失所。家在自然风暴和人生的风暴中，守护维持着人。家是身体和灵魂。它是人类的第一世界。"④ 圣人注定要去的天堂之家令他在面对所有诱惑和攻击时，都能不为所动和泰然处之。恶魔们在矛盾中被强迫成为永恒的流亡者，他们被剥夺了稳定的家园，注定要永远飞翔。科恩将对恶魔的家庭空间的剥夺与其不稳定的身份建构联系起来："与流浪者或最后的幸存者不同，恶魔不能诉说感人的抒情诗歌，也无法试图通过语言来挽回失去的过去，他们只能呻吟和进行无效的暴力威胁，这一切强调恶魔这一集体应该被解散。"⑤ 由此可见，科恩认为恶魔们失去了这个地方是他们作为一个群体缺乏身份认同感的标志。罗丝玛丽·伍尔夫（Rosemary Woolf）

---

① Manish Sharma, "A Reconsideration of the Structure of *Guthlac A*: The Extremes of Saintliness", *Journal of English and Germanic Philosophy*, Vol. 101, No. 2, April 2002, p. 187.

② 关于地景与民族身份间的关联，本书第四章将做更详细的讨论。

③ Cohen, *Medieval Identity Machines*, p. 135.

④ Gaston Bachelard, *The Poetics of Space*, trans. Maria Jones, Boston: Beacon Press, 1994, p. 7.

⑤ Cohen, *Medieval Identity Machines*, p. 136.

指出，在古英语文本中的魔鬼经常被塑造成一个流亡者，在荒野中悲惨地游荡。① 可见，在古英语的文本语境下，魔鬼带有了宿命论的日耳曼蛮族文化的影子。通过对《创世记 B》这首古英语诗歌中撒旦形象的分析，可以进一步加深理解古英语诗歌中恶魔这类角色，了解基督教对当时文化的影响，并得知神学的意识形态在当时社会中的传播情况。科恩在分析古英语诗歌《创世记 B》时提到，撒旦"将军队中的男子气概转变成一个宗教舞台，使基督教神话易于理解；撒旦所扮演的角色是叛逆的王的角色，他立志要比他所顺服的王更强大"②。从这个意义上说，圣人与魔鬼的矛盾既表现在世俗的领土冲突中，也表现在上帝与撒旦的宗教对抗中。

荒野体验之于圣人建构自己的身份非常重要。当圣人从自己熟悉的社区撤退到流放地时，他把自己置于整个社会空间与结构的外围。古德拉克的身份和他本人所处的位置都是含混和阈限的状态。主人公处于上帝引导下的流亡阶段，介于中世纪的英雄主义和基督教的圣洁之间。在与魔鬼的斗争取得胜利之前，他还没有完成自己的身份建构。蛮荒艰难的空间成为充满冲突和诱惑的场所，这一特殊地点是一个生成性的（generative）空间。古德拉克面临如此多危险的地方，正是许多上帝的殉道者变得勇敢的地方。古德拉克与恶魔的斗争帮助圣徒完成了个人精神上的救赎与升华，同时也为对基督教信仰的坚定和虔诚提供了考验的机会和一直提升的空间，古德拉克在荒野的修行是其成为圣徒必经的和关键的阶段。

古德拉克隐修地的空间所有权也值得进一步的观察和探讨。尽管一开始恶魔占据了这个空间，但整首古英语诗歌把这个地区描绘成一个空旷而难以接近的地方，一个需要等待更有价值的住户的地方。这一空间

---

① Rosemary Woolf, "The Devil in Old English Poetry", *The Review of English Studies*, Vol. 4, No. 13, January 1953, p. 3.

② Cohen, *Medieval Identity Machines*, p. 137.

"突出表达了上帝的意识；它空空如也，荒无人烟，远离世袭管辖，等待着更好的承租人提出反诉"（第 215—217 行）。显而易见，这块土地的所有权自始至终都是有所倾斜的，是由上帝的意志控制的。这种善与恶的对立体现在两者意图控制这个空间的动机是完全不同的。对于恶魔来说，他们只是想把古德拉克赶出这片土地，但是对于古德拉克来说，他用神圣的恩典来保卫这片土地。当受到恶魔的威胁时，圣人回答说：

> 这旷野广大，有许多逃跑的住处，和邪灵藏身的密处。住在这些地方的人是魔鬼……我不打算带上武器去攻击你们，这地也不因流人的血成为神的殖民地……我的内心并不惊惶，头脑也不发昏，因为控制一切强大力量的上帝正注视着我。（第 296—315 行）

古德拉克的这篇演讲揭示了他意图要改造这块荒野的决心和信念。虽然荒野是"邪灵藏身的密处"，但他始终相信上帝控制着这片荒野，而神的力量最终能够改变这个空间的性质。在此意义下，圣人是这片具有特殊性质的空间的守护者和保卫者。

在《古德拉克 A》中，圣人的内在心理景观在圣徒身份的建构中发挥着至关重要的作用。就诗人对主人公精神活动的兴趣程度，学者持有不同意见。伍尔夫认为诗人"对苦行生活的心理斗争不感兴趣"，[①]却对圣人忍受外在的肉体折磨有着生动的描写。然而，玛格丽特·布里奇斯（Margaret Bridges）将这种行为解释为"心理冲突的可识别投射"，以及"精神武器优于物理武器"的证明。[②] 简·罗伯茨（Jane Roberts）对此表示赞同："恶魔是对古德拉克进行思想上的诱惑。"[③] 凯瑟

---

① Rosemary Woolf, "Saints' Lives", in *Continuations and Beginnings: Studies in Old English Literature*, p. 55.

② Margaret Bridges, *Generic Contrasts in Old English Hagiographical Poetry*, Copenhagen: Rosenkilde and Bagger, 1984, p. 16 and p. 124.

③ Jane Roberts ed., *The Guthlac Poems of the Exeter Book*, p. 34.

琳·E. 达布斯（Kathleen E. Dubs）进一步总结道："《古德拉克 A》的诗人坚持追求精神自律。"① 尽管圣徒传记中的主人公的心理描写并没有像抒情诗歌类文本中那样突出和具有个性特征，但是它表现出了圣徒内心的挣扎，在圣徒传记的叙事结构中也是必不可少的。通过对主人公的心理描写，诗人强调主人公的决心和感受上帝恩典的心态。并且从以下两个方面，能充分解读心理描写与空间特质之间的关系。

首先，战士的形象与精神武器密切相关。事实上，荒野中的战斗对盎格鲁——撒克逊人来说很熟悉："在每一种情况下，反对者都是邪恶势力，正如盎格鲁——撒克逊人认为的那样，这些邪恶力量的自然栖息地就是沼泽，如同埃及隐士的栖居地是沙漠一样。"② 在同样的自然荒野中，《古德拉克 A》的诗人给出了一个不同于真实的肉搏战的斗争范例，诗人强调的是圣人的善良品质而不是他的力量，他得到了一位"在他身边的天使护卫者"（第 170 行）。就这样，古德拉克成了一位"受到祝福的战士"（第 174 行），他"用精神武器武装自己"（第 175 行）。精神武器的这一概念实际来自《圣经》。圣人保罗（St. Paul）甚至描述了如何与邪恶作战：

> 你们要穿上神的战衣，方能对抗魔鬼们的诡计。因为我们与之搏斗的并不是肉身，我们对抗的是权天使与力天使，是黑暗世界的掌控者，并处于高位的邪恶之灵。所以你们要穿起神的盔甲，如此你们能够在每个磨难的日子里抵挡仇敌，凡事要站在完全正确的立场上……还要头戴救赎的头盔，佩戴着圣灵的剑，这是神的道。（着重号由笔者所加）③

---

① Kathleen E. Dubs, "*Guthlac A and the Acquisition of Wisdom*", *Neophilologus*, Vol. 65, No. 4, October 1981, p. 609.

② 参看 "Introduction" by Colgrave in Felix's *Life of Saint Guthlac*, p. 37。

③ 转引自 Agnes Reffy Horvath, "Saint Guthlac, the Warrior of God in the Guthlac Poems of the Exeter Book", *The Ana Chronis T*, No. 6, 2000, p. 9, 译文为笔者自译。

隐修的圣人与游荡于此的魔鬼之间的斗争，本质上是一场精神上的对抗。克劳兰德的沼泽变成了比德所说的继承了圣安东尼传统的一个"精神斗争的地方"（locus certaminis）。① 有学者指出，精神上的斗争是圣徒文学和其他早期基督教作品的核心概念。② 《古德拉克 A》中的一处细节证明了精神斗争的重要作用。在诗歌中，一旦主人公安定下来，他就不断受到邪恶魔鬼的骚扰。文本中描述了不同的攻击，但每一个恶灵的外貌大体上来说十分相似。读者不能掌握这些恶魔的真实形象。可见，这种对抗并不以物质世界的存在为基础。有学者更进一步提出此类战斗应该在寓言层面上加以阐释："就像每一名苦行者一样，古德拉克的战斗，在他的内心（或灵魂深处）进行，并可能被公正地描述为一种内在的心理斗争，以及心理构成的地理空间里的战斗。"③ 由此可以得出，邪灵的行为更多的是为了毁灭圣人的灵魂，而不是为了夺取一个物质的家，古德拉克的隐居之地的特征甚至直接可以被视作象征圣人的灵魂。这种修辞的手法在古英语的其他类型文本，比如智慧诗和寓言诗中都有所应用，一般都是将具体的自然景观赋予精神层面的寓意功能，如此可将各种人物与所处环境的互动延伸拓展到精神层面加以解读。如果仅仅考虑古德拉克和外在景观之间的相互关系，可以参考联系中世纪艺术家的"将个体心理发展作为景观中的运动"的传统，④ 而个体处于蛮荒地景的状态往往成为"表现情感或精神过渡的重要标志"⑤。

第二个需要关注的角度是圣徒传记这种文学类型自身具备的特点提供了许多有关圣徒内部景观的有效信息。哈布斯认为："关于圣徒生活

① W. F. Bolton, "The Background and Meaning of Guthlac", *Journal of English and Germanic Philology*, Vol. 61, No. 3, July 1962, p. 598.

② Horvath, "Saint Guthlac, the Warrior of God in the Guthlac Poems of the Exeter Book", p. 9.

③ Paul F. Reichardt, "*Guthlac A* and the Landscape of Spiritual Perfection", *Neophilologus*, Vol. 58, No. 3, July 1974, p. 334.

④ Sholty, Into the Woods: Wilderness Imagery as Representation of Spiritual and Emotional Transition in Medieval Literature, Ph. D. dissertation, p. 1.

⑤ Sholty, Into the Woods: Wilderness Imagery as Representation of Spiritual and Emotional Transition in Medieval Literature, Ph. D. dissertation, p. 4.

的叙事编码了对心灵文化的关注，这一特点在盎格鲁—撒克逊时期英国文学的其他地方也很明显：特别是，诗歌体圣徒传记的出现，创造了一种媒介，用以探索理想的基督徒的心灵"①。圣徒心理上的忍耐力和坚韧性是这些文本中的一个突出原则。圣人可能会受到诱惑，他的灵魂可能会被邪恶的力量进行包围攻击，但是精神上的坚定性确定了像古德拉克这样的圣人超越普通民众的优越心理力量。现代读者可能会感到好奇，为什么这些中世纪的圣徒传记常常反复强调主人公们的精神和心理发展。最重要的原因是，圣徒传记关注的是模范人物的精神生活，他们具有典型的精神意识和能量。此外，"在整个西方基督教世界，包括盎格鲁—撒克逊时代的英格兰地区，②《心灵的冲突》这本书及书中精神战争带有的战争意象的流行，只是这种精神生活概念的一种表现"。③对圣人精神生活造成的威胁进行寓言式处理根本上是基于圣徒这一群体的卓越心理状况，并且关联到他们注重内心发展的生活方式。中世纪的作家常常把心理上的苦难表现为身体上的斗争和折磨。因此，古德拉克与外部世界进行抗争，抵抗恶魔的行为，以及对土地控制权的争夺都是由他的精神力量所决定的，这是成为宗教"精英阶层"最重要的标准。

《古德拉克 A》的诗人将圣徒的精神斗争浓缩在土地冲突中，自然景观本质上映射了个人的内在世界。与邪恶生物的斗争应该被视为一种心理上的对抗，常通过"基督的战士"（*Miles Christi*）这一典型的意象来表达。④ 这种领土冲突被转化为完善精神的进程，这与《贝奥武甫》

---

① Harbus, *The Life of the Mind in Old English Poetry*, p. 89.

② 《心灵的冲突》（*Psychomachia*，意为精神之战或灵魂之战），由古罗马诗人普鲁登修斯（Prudentius, 348？—410）于公元 5 世纪早期创作，是第一个颇具影响力的中世纪寓言性史诗，记载了中世纪盛行的道德与邪恶之间的争斗。

③ Sholty, Into the Woods, Ph. D. dissertation, p. 4.

④ 关于"基督的战士"这一主题在古英语圣徒传记文本中的更多细节，参看 Joyce Hill, "The Solider of Christ in Old English Prose and Poetry", *Leeds Studies in English*, Vol. 12, 1981, pp. 57 – 80; Margaret Bridges, *Generic Contrasts in Old English Hagiographical Poetry*, Copenhagen: Rosenkilde and Bagger, 1984, pp. 85 – 90; Adolf Harnack, *Militia Christi: The Christian Religion and the Military in the First Three Centuries*, trans. D. I. Gracie, Philadelphia: Polebridge Press Westar Ins., 1981。

中英雄与怪物之间的暴力对抗有很大的不同，后者主要是通过世俗力量的考验而获得成长。在与荒野的艰难与诱惑作斗争的过程中，古德拉克的精神变得更加强大。最终邪恶的魔鬼们把古德拉克带到地狱大厅的入口处，他们在那里用尖刻的语言折磨他，希望让这位圣徒陷入绝望。菲利克斯的拉丁文版本详细描述了地狱的各种折磨。① 反观《古德拉克A》的诗人并没有详细描述地狱之中的折磨，而是在文本直接表现出善恶两方的冲突，古英语的版本显然更多受到了盎格鲁—撒克逊尚武传统的影响。在这首诗歌中，恶魔嘲笑古德拉克犯下的许多罪恶已经将自己排除在天堂之外，他永远不会在天上得到一个席位。古德拉克丝毫没有受到这些恐吓的影响，而是反击道：

主基督会给你许可，让你带领他的仆人进入那令人憎恶的地狱之火中。伟大的主已经定下了你们的罪，你们会被牢牢束缚住，并被囚禁……感谢上帝起初为众天使和地上居民所造的一切恩赐。我以一颗快乐的心祝福这位光明和生命的创造者。（第592—613行）

古德拉克的这番话揭示了神对恶魔的惩罚是一种强制的没收，这些叛乱者被剥夺了能停留的居住空间以及他们的合法身份，而且最终将被送入地狱囚禁束缚起来。

《古德拉克A》接下来进一步描绘了圣徒与恶魔的对立冲突：恶魔们没有放弃，他们想把古德拉克的灵魂送进地狱，而上帝的天使邀请圣徒的灵魂去享受永恒的幸福。古德拉克有坚强的意志来驱逐邪恶的诱惑，并遵循上帝的统治。他有力度地反击邪恶的灵魂，声称他们在精神的荒野，在地狱中受折磨：被火焰吞没，悲惨地受尽欺骗，被剥夺了天堂，被剥夺了幸福，被交付于死亡，被罪恶所困，没有希望的生活（第622—626行）。然后，上帝的使者巴托罗缪（Bartholomew）出现，

① 参看 Bertram Colgrave. Felix's Life, Ch. XXXI, p. 105。

并拯救了古德拉克，命令恶魔把圣人送回他隐居的地方。上帝派来的这名使者正式宣告，古德拉克是这片土地的主管者，恶灵们不能在此对抗古德拉克的守卫行为。圣徒遵从上帝的旨意，内心充满了幸福（第670—722行）。在这部分关于精神斗争的叙述中，有一个重要的假设，即荒野中的人们有更多的机会与上帝沟通。例如，在《旧约》中上帝向摩西显现，在旷野与以利亚说话。显然，旷野是上帝所喜爱的地点，在那里，道德高尚的人可以获得精神上的纯洁。在古德拉克的传记中，上帝虽然没有直接现身与圣徒对话，但是他派出了自己的使者，帮助古德拉克完成对恶魔的驱逐，从而结束了这场荒野之中争夺土地的战斗。古德拉克通过了魔鬼给他设置的困难和考验，牢固建立起了对这块土地的占有权，完成了对这一空间的净化。外在空间里驱魔行动的完成，更好展现出圣徒内心的纯洁，古德拉克最终赢得了上帝的青睐。这场胜利代表着他既赢得了对土地的控制，又获得了自己灵魂的重生，完成了圣徒身份的构建。

除了对领土进行激烈争夺的敌对关系，圣徒和恶魔在这个过程中也表现出了一些相似之处：离开社区和寻找家园。虽然同处在边缘地带，但他们是否最终能够跨越阈限，决定了他们能否建构个人身份，获得属于自己的家园。圣人等待着"一个天堂的家"（*ham in heofonum*，第98行），因为对这个终极地点的渴望和追求，使得古德拉克抵抗住任何攻击。另一方面，恶魔是不可饶恕的罪人，被罚一直流亡，他们的命运是永远在空中飞翔，无家可归。

考察盎格鲁——撒克逊世俗文学中流放这一重要主题，可以发现所有这些人物都有一个共同的特征：这些流放者远离或者被排除在给予他们归属感的空间。比如《贝奥武甫》中的最后幸存者和抒情诗歌《流浪者》中的主人公，他们都是被驱逐出社会空间的边缘人。圣徒传记中的流放者很明显是不同的，他们主动选择流放，完成与社会空间的解体，去体验特殊空间。简而言之，在盎格鲁——撒克逊时代常见的流放者的主题在宗教和非宗教的语境下，传递出极为不同的含义，因而流放之地的空间意义也大相径庭。

在圣徒传记中，流放的荒野是一个充满苦难和冲突的地方。古德拉克被严酷的环境和精神上的挑战所折磨——恶魔的诱惑和恐吓。当圣人选择孤独地隐退，坚持住在山上时，他倾向于获得精神上的升华，并在野外更接近上帝。可以很容易地将古德拉克的故事与《旧约》中的一些故事联系起来，比如摩西在沙漠中经历了艰难的考验，带领以色列人离开了埃及。选择生活在沙漠、山上或海上，人们可以在那里获得精神力量。隐士虽然生活在封闭贫瘠的空间里，但他们拥有比普通人更加丰富的精神世界，当他们进入荒野，他们的生活是理想化的沙漠隐修模式的象征。简言之，荒野地景在古德拉克的圣徒身份建构中起着至关重要的作用。古德拉克的圣徒身份只能通过创造一个中间空间来实现，在这个空间里，圣人无法摆脱迫害他的邪恶的力量。这种复杂的中间空间（interbeing），类似于德勒兹和加塔利所描述的根茎的位置，居于中间，连接事物之间，但是作用和特点十分突出：

> 中间决不是均值，相反，它是事物在其中加速的场所。在事物之间，并不意味着一种从一个事物到另一个事物（及相反）的可定位的关联，而是一种垂直的方向，一种（卷携着一方和另一方的）横贯的运动，一条无始无终之流，它侵蚀着两岸，在中间之处加速前行。①

圣徒所隐修的荒野就如同这样一块根茎，它居于世俗空间和神圣空间之间，圣徒在这个空间里能够加速自己的圣徒身份的构建，即便一直受到

---

① Gilles Deleuze and Félix Guattari, *A Thousand Plateaus: Capitalism and Schizophrenia*, trans. Brian Massumi, Minneapolis: University of Minnesota Press, 1987, p. 25. 中文译文参考译本：［法］德勒兹、加塔利：《资本主义与精神分裂（卷2）：千高原》，姜宇辉译，上海书店出版社2010年版，第34页。

一端的邪恶力量的压制。这种介于两头之间的空间状态是一种相互作用，在这种作用力之下，个体会随着环境的变化而发生转变。这一节充分说明古德拉克在身体和精神两方面都经历了斗争和挑战，圣徒在这一特定空间中处于不停运动，同时他能对这个空间产生新的影响，集中体现在圣徒改变外在地景的能力中，本章的第四节将集中阐述这一点。

第三节　卡斯伯特叙事中的修道院景观

科尔格雷夫（Colgrave）编辑和翻译了《圣卡斯伯特的两篇传记》（*Two Lives of Saint Cuthbert*）这本书，在序言部分他声称："在英格兰北部的历史上，没有人比圣卡斯伯特更重要了"①。卡斯伯特在诺森伯兰文化中是如此的杰出，以至于对他的宗教崇拜有着深厚的文学传统。②现在大家一致认为，比德是为圣卡斯伯特崇拜奠定基础的主要人物。在比德记录卡斯伯特这一人物的文本出现之前，这位圣人在不列颠岛并没有如此大的影响力，比德书写的文本的传播使得卡斯伯特声名远播，一跃成为能与在其他欧洲国家的著名圣人如意大利的本尼迪克特（Benedict）齐名的人物。鉴于比德这一版文本的极大影响力，这一部分的论述和分析将集中在比德的拉丁语散文《卡斯伯特传记》（*Vita sancti Cuthberti*），同时也会间或参考引用林迪斯法恩地区的一位匿名僧侣撰

---

① Bertram Colgrave ed. and trans. , *Two Lives of Saint Cuthbert*, Cambridge：Cambridge University Press, 1940, p. 1.

② 布莱克在他的博士论文中详细阐述了对卡斯伯特的崇拜传统的建立和演变，参看 John R. Black, Tradition and Transformation in Text and Image in the Cults of Mary of Egypt, Cuthbert, and Guthlac：Changing Conceptualizations of Sainthood in Medieval England, Ph. D. dissertation, U of North Carolina, 2004。中世纪的作者们用拉丁文、古英语和中古英语写了很多关于这位主教的文章。在所有这些关于卡斯伯特的文本中，有四个是在盎格鲁—撒克逊时期创作的。最早的一个大约创作于公元 698 年至 705 年之间，是林迪斯法恩地区的一位匿名僧侣撰写的拉丁语的《卡斯伯特传》。然后比德创作了两篇关于卡斯伯特的文本：约创作于公元 705 年至 720 年的诗歌体的传记，公元 721 年前后创作的散文体传记。大约在公元 1000 年，古英语散文作家埃尔弗里克（Ælfric, 950？—1020？）在其布道文（Catholic homilies）里讲述了卡斯伯特的故事，但一般不将其作为单独的关于卡斯伯特的传记。

写的《卡斯伯特传》，因为这两个文本提供了有关卡斯伯特这名圣徒经历的最主要的权威资料。有一点必须指出：与古德拉克的叙事不同，关于卡斯伯特的主要文本几乎都是用拉丁文写成的。拉丁语的使用使卡斯伯特的传记文本更倾向于基督教教义的表达。本节将论证卡斯伯特在荒野中的修道生活对于他的圣人身份的构建是不可或缺的，并关注区分卡斯伯特叙事和上述古德拉克叙事之间的异同。

通过个体身份的形成可以来观察个体与社会之间的联系。在基督教语境下，任何属于天堂的美好事物都可能是独立的、孤立的。这与耶稣在《马太福音》第 20 章第 16 节中所说的 "被召的人多，选上的人少"（*multi enim sunt vocati*，*pauci veri electi*）相呼应。学者科恩将神权的个性化与社会关系连接起来。他认为："父子关系、亲属关系和继承关系，在早期北欧文化中保持着严格的等级结构的家庭和社会关系网络，这些关系遭到了隐居者孤立状态的拒绝。"① 在盎格鲁—撒克逊圣徒传记中，个人的隐居与集体的依赖关系之间似乎存在着悖论。古德拉克和其他孤独的圣人所追求的个体身份与世俗的自我意识是不一样的。正如克莱顿所观察到的，"在努力克服一切干扰的过程中，他们的目标是清空自我，向上帝敞开心扉，他们排斥所有的社会关系"②。矛盾的是，在这样做的过程中，尽管是要清空和放下自我，每个圣徒隐修的经历还是很强烈地体现了自己的独特性。接下来将具体分析卡斯伯特的传记文本，以说明在荒野的隐修行为和神圣身份之间的相互作用，以探寻特定空间的神圣特征。

与古德拉克一样，卡斯伯特也在荒野中过着隐士般的生活。在其树立圣徒的形象的整个过程中，卡斯伯特逐渐退出社会关系，并最终完成隔绝于外界的隐修生活，比德的《卡斯伯特传记》对这一过程进行了详细的描述。散文记叙卡斯伯特献身于基督教，在林迪斯法恩修道院生

---

① Cohen, *Medieval Identity Machines*, p. 126.
② Clayton, "Hermits and the Contemplative Life in Anglo-Saxon England", p. 148.

活和教学。然后卡斯伯特离开修道院，去寻找一种更加孤独的生活：他在那座修道院里住了许多年以后，带着那位修道院院长和弟兄们的善意，愉快地进入了他长久以来渴望、寻求和祈祷的幽静之地。① 比德接着展示出卡斯伯特由控制地逐步开展的隐修实践，渐渐脱离集体的修道院生活。一开始，他选择一个人"居住到修道院外围的某个地方，那里似乎比较僻静"（*ad locum quendam qui in exterioribus eius cellae partibus secretior apparet*），② 后来他来到遥远的法恩岛（Island of Farne）。比德还详细描述了卡斯伯特撤离集体生活的地理路线：首先去了林迪斯法恩的"半岛"（*semiinsula*）上，然后去了真正的法恩岛。比德详细描述了岛上的环境：

Farne dicitur insula medio in mari posita, quae non sicut Lindis-farnensium incolarum regio, bis cotidie accedente aestu oceani, quem re-uma uocant Greci, fit insula, bis renudatis abeunte reumate litoribus contigua terrae reditur, sed aliquot milibus passuum ab hac semiinsula ad eurum secreta, et hine altissimo, et inde infinito clauditur oceano.

在海中央有一个叫法恩的岛屿，它不像林迪斯法恩地区，因为由于海潮的流动（在希腊语中称为"rheuma"），一天两次变成一个岛屿，当海潮从裸露的海岸退去时，一天两次又与陆地相连；但它在这个半岛的东南方有几英里远，向陆地的一侧被深水包围，向海的一侧被无边无际的海洋包围。

这段关于定居地的地景描写提供了一幅在岛屿内选择居所的清晰画面：卡斯伯特为他的隐居生活所选择的岛屿是一个处于不停变化中的特殊地点。当潮水涨时，陆地变成一个小岛，与较大的岛屿分隔开来。当

---

① Colgrave, *Two Lives of Saint Cuthbert*, p. 214.

② Colgrave, *Two Lives of Saint Cuthbert*, p. 214.

潮水退去时，这块土地就变成了与大岛其余部分相连的一部分。很明显，这个岛屿具有双重地景特征：既是孤岛又可以和外界发生连接。隐居地的这一特殊空间位置与主人公当时面临的处境相吻合。圣徒从修道院的事务中抽身开来，处于独居隐修的隔离状态，但仔细阅读文本，可以发现与此同时卡斯伯特并不是完全隔绝于外界。譬如在《卡斯伯特传记》第22章中记叙了圣徒在自己的隐居地接待访客的情况，作者比德详细地讲述了卡斯伯特是如何教导那些来到他面前的人，给予他们精神上的指引。[1]

比德把这个岛描述为一个孤立的地方，但又具有变化的特征，不仅显示了圣人的双重特质的生活状态，更进一步揭示出圣人的身份与他所处的位置密切相关。就像法恩从岛屿到陆地再从陆地变成岛屿一样，卡斯伯特在他的修道生涯中也经历了从修道院群体生活到荒野独居再回归修道院的一系列变化。卡斯伯特最具代表性的经历是其在岛上的隐修生活，然而纵观这名盎格鲁—撒克逊本土圣徒的经历，其后来在林迪斯法恩任主教的经历也在其修行生涯中扮演着至关重要的作用。比德文本中所描述的卡斯伯特的职业生涯，反映了修道院群居生活与荒野孤独生活的两分法。这种两分法突出了圣人与社会的关系，这一点在其他传记中并不突出，包括上节讨论的古德拉克的文本。伟大的悖论一直渗透存在于卡斯伯特的一生中，有学者评论：从这个意义上说，他是一个"外向的牧师，同时也不可抗拒地被孤独的生活所吸引"[2]。李斯和奥维林指出卡斯伯特"在牧师的使命和渴望孤独生活之间左右为难"[3]。从林迪斯法恩岛再到受潮汐的自然力量影响的法恩岛的变化景观，明显地表

---

① 参看 Colgrave, *Two Lives of Saint Cuthbert*, pp. 228 - 230。

② Gerald Bonner, Clare Stancliffe, David Rollason, "Introduction", in Gerald Bonner, et al., eds., *St. Cuthbert*, *His Cult and His Community to AD 1200*, Woodbridge, Suffolk, UK: Boydell and Brewer, 1989, p. xxi.

③ Clare A Lees and Gillian R. Overing, "Anglo-Saxon Horizons: Places of the Mind in the Northumbrian Landscape", in Clare A. Lees and Gillian R. Overing, eds., *A Place to Believe in*: *Locating Medieval Landscapes*, University Park, PA: Pennsylvania State University Press, 2006, p. 18.

明了社区和孤独之间的紧张关系。有学者进一步指出，林迪斯法恩这一地区在叙述中的空间呈现出变化多样的特点，这使这个场所具有"连接和撤退的混合身份"。① 此外，卡斯伯特的经历也符合教皇格列高利在 6 世纪提倡的田园关怀和孤独沉思的混合生活。②

卡斯伯特岛隐居的法恩岛上最显著的特征是人类无法居住和进行耕种，这个地方"远离人类"（*remote tiorem ab hominibus*）。③ 除了地处偏远，恶魔还总是威胁那些本来想要居住在此的人，因此卡斯伯特是第一位定居在此的人类，传记中提到："在耶和华的仆人卡斯伯特前面，无人能在这岛上安然居住。"（*Nullus hanc facile ante famulum Domini Cuthbertum solus ualebat inhabitare colonus，propter uidelicet demorantium ibi phantasias demonum*）④ 由此在比德的记叙中，圣人和普通民众身份存在很大差异，卡斯伯特来到法恩岛时，被赋予了传统的"基督的战士"的身份：

Verum intrante eam **milite Christe**，armato galea salutis，scuto fidei，et **gladio spiritus** quod est uerbum Dei，omnia tela nequissimi ignea extincta et ipse nequissimus cum omni satellitum suorum turba porro fugatus est hostis. ⑤（emphases mine）

当基督的战士到达此地时，全副武装：他头戴救恩的头盔，手持信心的盾牌，神之道的圣灵之剑，由此恶人一切的火箭，尽都熄灭，这个邪恶的敌人和他的随从们一起被赶到很远的地方。（着重

---

① Kelley Wickham-Crawley，"Living on the Ecg: The Mutable Boundaries of Land and Water in Anglo-Saxon Contexts"，in *A Place to Believe in*，p. 95.

② 有关西方隐修运动的发展，参看 Mary Clayton，"Hermits and the Contemplative Life in Anglo-Saxon England"，in *Holy Men and Holy Women*，pp. 147 – 51；另有关隐修运动的发展与卡斯伯特传记作品之间的关联性，参看 Clare Stancliffe，"Cuthbert and the Polarity Between Pastor and Solitary"，in *St. Cuthbert，His Cult and His Community to AD 1200*，pp. 36 – 43。

③ Colgrave，*Two Lives of Saint Cuthbert*，p. 214.

④ Colgrave，*Two Lives of Saint Cuthbert*，p. 215.

⑤ Colgrave，*Two Lives of Saint Cuthbert*，p. 215.

号由笔者所加）

比德在这里把卡斯伯特描绘成"基督的战士"的原型形象：带着上帝赠予的精神武器，英雄圣人勇敢接受挑战，面临着斗争和考验。比德拉丁语的散文版本没有提到卡斯伯特年轻时在军队中度过的任何时光，但林迪斯法恩地区的那位匿名僧侣所撰写的《卡斯伯特传》记载了这位圣人在进入宗教生活之前曾是一名战士，但也只是简单一带而过，作者解释道：

> Cetera uero opera iuuentutis floride pullulantia, silentio pretereo, ne fastidium lectori ingererem, anhelans perfecte aetatis pacatissimum fructum inuirtutibus Christi sub seruitio Dei singulariter intimare. ①
>
> 他年轻时所建立的丰硕业绩，我在此一一略过，不做赘述，以免引起读者的反感，因为我渴望要一个一个地描述他成熟时那平和的果实，表现为上帝服务的能力。

尽管这位传记作者表示，他并不打算详细描述这位圣人以前作为一名战士的经历，但注意卡斯伯特从一名武士转变为一名圣人的身份转换是非常必要的。卡斯伯特成为一名圣人后，在精神上变得成熟和强大，可以为上帝服务。

不同于古德拉克的叙事侧重于圣人和恶魔之间为了争夺土地控制权的冲突。比德的《卡斯伯特传记》重视呈现在荒野之中建立起修道院这一空间意象。本章第一节已经阐释了修道院是具备特殊性质的空间，其神圣空间的本质体现在修道院区别于周围的世俗空间上。有证据表明，修道院的居住者们认为自己与外界不同。"当带着勤奋的心冥想，进入一个更严格的人生道路的时候"（*Cunque nouum uitae continentioris*

---

① Colgrave, *Two Lives of Saint Cuthbert*, p. 73.

ingressum sedulo iam corde meditaretur），① 意味着他们已经与外部的平常空间分隔开来，而这给了他们获得进入更广阔的神圣空间的机会。正如卡斯伯特的经历一样，孤独静修被视为更圣洁的生活方式。与外部世界的隔离却意味着和上帝更为亲近的一种生活方式——有组织的世界和对上级的服从：修士们的生活应该受到尊敬，因为他们在所有事情上都服从于主教的命令，并按照他的判断来管理他们所有的观察、祈祷、禁食和工作的时间。②

相比大部分的中世纪早期民众，圣人追求不同质量的生活，他们超越了世俗的财产观。比德的笔下详细地描述了卡斯伯特节制且简朴的生活："他愉快而勤奋地实践着他所需要的节俭生活方式，在熙熙攘攘的人群中，他高兴地保持着严格的僧侣生活。"（*Solitam sibi parsimoniam sedulus exercere，et inter frequentiam turbann monachicae uitae rigorem sollicitus obseruare gaudebat*）③ 修道院内外人们的互动关系通常被定义为牧羊人和羊群之间的关系，例如卡斯伯特在修道院里做出了榜样，"而且还设法使周围的人们从愚昧的生活习惯转变为对天堂欢乐的热爱"（*sed et uulgus circumpositum longe lateque a uita stultae consuetudinis，ad coelestium gaudiorum conuertere curabat amorem*）。④ 在这里，修道院本身是一个空间的划分者，"内部"和"外部"这对空间术语在宗教的空间实践中依然作用显著：僧侣们在特定的空间中实践他们的信仰，明显区别于其他人的日常生活。"内部"和"外部"的界限阐述了列斐伏尔所倡导的"绝对空间"概念。⑤ 历史空间的原生形态由自然的碎片构成。自然的绝对地位逐渐被社会政治权力所占据。盎格鲁——撒克逊圣徒传记中所展现的特殊性质的空间证明了荒野中建造起来的修道院是很好的空间样本，反

---

① Colgrave, *Two Lives of Saint Cuthbert*, p. 183.
② Colgrave, *Two Lives of Saint Cuthbert*, p. 243.
③ Colgrave, *Two Lives of Saint Cuthbert*, p. 257.
④ Colgrave, *Two Lives of Saint Cuthbert*, p. 199.
⑤ 关于绝对空间的意义和讨论，可参见本书第一章第二节。

映出了盎格鲁—撒克逊社会绝对空间的内在特征。

列斐伏尔认为，虽然绝对空间被纳入自然空间，但它并不是自然人物的空间。它指的是通过主人或征服者的行动，自然空间的一部分"被赋予了一个新的角色，从此以后，它就显得超凡脱俗，神圣无比（即有神力居住），神奇而又浩瀚无垠"①。很明显，一旦被圣人占据，荒野就变成了绝对的空间。这一特定空间被赋予了新的神圣品质。修道院或圣人在荒野中的隐修之所成为自然空间的中心。圣徒作为"基督的战士"，他们通过精神之战驱逐魔鬼，净化这一绝对空间。在这种情况下，达成了列斐伏尔所论述的"核心空间与周围环境之间形成了和谐关系"②。这种和谐的空间关系表明，"修道院神圣的内在性与自然的外在性是对立的，但与此同时，它又呼应并恢复了这种外在性"③。前面提到的在卡斯伯特传记文本中，比德笔下关于牧羊人和羊群的隐喻，也说明了内部和外部之间的紧密联系。

在圣徒传记的文本语境之下，可以观察得出修道院场所作为神圣力量的空间实践之地，也为复杂的空间概念化提供了一种实现方式，显示了通过居住者的空间实践活动来定义和确认神圣场所的地位和性质。修道院是一群拥有神圣精神力量的人的共同社区。甚至可以更进一步得出以下结论：看似孤立隔绝的修道院具有特殊的空间特征，它是在宗教和精神语境中的特殊场所，这种特殊性由其中心特性、相对高度或与外部世界分隔的边界来实现。集体生活和独自冥想都是成为圣徒的必要条件。此外，修道院和神秘荒野之间的空间联系强调了圣人接近上帝的可能性。从以上分析可以看出，圣徒的居住地本质上是神圣的，优于其他世俗空间，区别于世俗蛮荒之地。接下来的这一节将提供更多的证据来论证圣徒身份的建构不仅仅是占有空间以及在这一特殊空间中所开展的

---

① Lefebvre, *The Production of Space*, p. 234.

② Lefebvre, *The Production of Space*, p. 234.

③ Lefebvre, *The Production of Space*, p. 48.

实践，他们甚至被赋予了景观改造者和建造者的独特身份。

第四节　圣人的外化：改造景观和驯服野生动物

《贝奥武甫》和圣徒传记文本的土地之争都直观反映出益格鲁——撒克逊时期，土地对个人和整个社会都尤为重要。在圣徒传记中，荒野被认为是圣徒受难和精神净化的特殊空间。对圣人来说，他们在荒野中的经历可以视作一种仪式。在对绝对空间的诠释中，列斐伏尔强调仪式和庆典是在绝对空间中进行的，以展示神圣，并保留自然的许多方面。[①]圣人的建构可以看作一种仪式，最本质的阶段是圣人精神与景观的同步变化。本节将展示圣人内在精神世界的提升和完善是如何外化表现为外部景观的改造，记述古德拉克和卡斯伯特故事的文本都体现了空间转型这一主题。

前文已经阐释了古德拉克是一位兼具日耳曼武士特点和基督战士特点的一位英雄式圣徒。他所居住的地方是在上帝的庇护之下，他的职责是驱赶恶魔、净化空间和保卫土地。在这一系列的过程中，圣徒的行为和精神状态的发展是和外部景观的变化同步进行的。古德拉克最终成功驱除邪灵，不仅获得了精神上的净化，而且完成了对外部环境的改造。古英语诗歌《古德拉克 A》大约用了 30 行（第 729—751 行）的篇幅描绘了改造后的荒地的景象。这个地方变成了一个令人感到愉快的地方，充满宁静的新气象：

> Smolt wæs se sigewong　　ond sele niwe,
> fæger fugla reord,　　folde geblowen;
> geacas gear budon.　　Guþlac moste
> eadig ond onmod　　eardes brucan.

---

① 参看 Lefebvre, *The Production of Space*, pp. 48, 234。

Stod se grena wong   in godes wære；

hæfde se heorde，   se þe of heofonum cwom，

feondas afyrde.

胜利的领域恢复宁静，大厅得以更新，

鸟儿的声音清澈，大地花开；

杜鹃鸟报春了。

古德拉克被允许，接受祝福和坚定地负担他的住所。

那片绿色的平原在上帝的保护之下。（第 742—748 行）①

可见，古德拉克完成了对这片土地的改造，这个空间里的秩序被重新恢复，成为充满了鸟语花香的宜人景致。在上帝的引导和保护下，圣徒的野外的居所经历了一场质的蜕变：令人痛苦的流放之地最终变成了受到保护且能收获精神愉悦的圣地。

相较而言，比德的拉丁语散文《卡斯伯特传记》更是直接强调了主人公改变景观的能力。在景观改造的整个过程中，卡斯伯特被视为环境的管理者和建设者，而不仅仅是一个被动的孤独隐士。卡斯伯特与地景的关系，最重要的并不是他居住在此，而是他能创作属于自己的景观。由此可以，比德试图把他对卡斯伯特的叙事推向新的方向，明确地指出这名圣徒具备了不同于寻常隐士的能力：

Qui uidelicet miles Christi ut deuicta tyrannorum acie monarcha terrae quam adierat factus est, condidit ciuitatem suo aptam imperio, et domos in hac aeque ciuitati congruas erexit. ②

这位基督的战士，当他成为这片土地的君主，战胜了篡夺者的

---

① 中文译文为笔者自译。因为古英语原文的语序的表达和现代英语差别很大，在尽量忠实原文的情况下，对这部分诗行的安排做出了调整。

② Colgrave, *Two Lives of Saint Cuthbert*, p. 216.

军队之后，就建造了一座适合他统治的城市，其中的建筑也同样适合这座城市。

"建造一座适合他统治的城市"揭示了卡斯伯特不仅占领了土地，而且创造了令人愉快的景观。当卡斯伯特第一次在法恩定居时，那里是一个未开垦的、充满敌意的、艰苦的自然环境。正是卡斯伯特在法恩的精神之战的胜利，把这片荒野变成了一个秩序井然、充满驯化的地方。圣人参与了景观改造的全过程。首先，在这个只有坚硬岩石的小岛，卡斯伯特开凿了泉水，并在这片曾经贫瘠的土地上开始耕种。[①] 圣徒的耕作改变了这片土地：在他播种之后，荒芜的土地奇迹般地变得作物繁荣起来。传记中提到了这一奇妙神迹：大麦撒种的时候已经过了合适的农时许久，似乎没有获得收成的指望，但是他把大麦种在地里，很快就长了起来，结实甚多。[②] 这种由不好的景观转变为愉快景观的主题，在有关埃及的沙漠之父（Egyptian Desert Fathers）的圣徒故事中也频繁出现。他们独特的隐居之所"被描绘成一个充满恐怖和恶魔侵扰的地方"，然后在圣徒们的努力下，这些住所变成了"富饶的地方"[③]。学者多米尼克·亚历山大（Dominic Alexander）运用了后现代的理论视角来评价这样的地景改变，他将这一过程概括为一次对恐怖地区的"殖民过程"[④]。

地景转变的这一主题在圣徒与动物的关系中得到了进一步的阐释，表现为圣徒对个体动物施加的影响力。圣人在将一个恐怖地方变为一个神圣地方的过程中，不仅是改变了这一空间的特征，还改变了居住在此

---

① Colgrave, *Two Lives of Saint Cuthbert*, p. 217.

② Colgrave, *Two Lives of Saint Cuthbert*, p. 220.

③ Dominic Alexander, *Saints and Animals in the Middle Ages*, Woodbridge & New York：The Boydell Press, 2008, p. 48.

④ Dominic Alexander, *Saints and Animals in the Middle Ages*, Woodbridge & New York：The Boydell Press, 2008, p. 48.

的其他生物，圣人的精神力量对野生动物和环境都产生了深远的影响。在卡斯伯特定居之前，法恩岛上除了恶魔，还有许多不同的动物。野生动物与圣人在最开始是彼此对立的关系，为了让这些动物幸福地居住在此，卡斯伯特亟须驯服这些野生动物，建立起这一空间内的秩序。在比德的散文中，卡斯伯特借鉴了圣安东尼的经验来解决他与野生动物间的冲突。继承了匿名僧侣创作的《卡斯伯特传》的主要素材，比德在所著的这本圣徒传的第19章添加了一个动物奇迹的故事。比德笔下的这个驯服动物的奇迹故事形成了与圣安东尼叙事平行构建起来的互文例子，揭示出了圣徒与野生动物之间的关系。比德在文中评论道："此外，在驱赶禽鸟远离庄稼的过程中，卡斯伯特以最崇高的、最神圣的安东尼神父为榜样，安东尼神父曾用一句话劝诫野驴不要伤害他种下的小花园。"①

需要追溯一下卡斯伯特是如何模仿安东尼来劝诫鸟类的。在驯服了野生环境之后，卡斯伯特面临着野生动物的反抗。鸟儿从庄稼地里叼走麦子，从他房子的茅草顶上叼走稻草。卡斯伯特没有把它们赶走，而是质问它们一系列问题："你碰过没有种下的庄稼吗？或者，也许你比我更需要这些庄稼？但你们若得到上帝的允许，就当依照他的吩咐行事；若是没有得到允许，就离开吧，不可再毁坏别人的财物。"② 圣人提出这一连串的问题，试图确认这些野生动物的宗教信仰。如此这般，圣人作为上帝的代理人，就能拥有对这些普通生物的精神权威，并教导他们遵从信仰。最后，卡斯伯特成功地劝诫了这些鸟雀，并阻止它们继续攻击庄稼。比德进一步说明鸟类顺从地在岛上筑巢的行为，是一个很好的实现"改革的例子"（*exemp lum correctionis*）③。因此，鸟类不仅是被驯服的动物，而且展示了圣人进行空间改造的力量。

---

① Colgrave, *Two Lives of Saint Cuthbert*, p. 222.
② Colgrave, *Two Lives of Saint Cuthbert*, p. 222.
③ Colgrave, *Two Lives of Saint Cuthbert*, p. 224.

驯服野生动物对于卡斯伯特创造一个有序的自然世界至关重要。内维尔在分析《古德拉克 A》时表达了类似的观点，她认为自然景观和动物共同成为古德拉克神圣性的首要体现。例如，古德拉克为成功驯服野生鸟类（第 733—738 行）提供了"他的圣人身份的证明"[1]，这些鸟的出现只是为了达成作者的这个创作目的。笔者认为这种解释过于简化了圣人与自然世界的关系，圣徒与动物的互动在圣徒传记中处于一个非常显著的地位，可以进一步从生态学角度进行阐释。上面关于卡斯伯特作为景观设计师的分析，加强了这位圣人与土地及自然的密切关系。卡斯伯特对动物的培育和善待，从现代生态学的角度来看，应该被视为古代人对野生自然的积极态度。经过卡斯伯特的培育，曾经蛮荒的法恩岛成为一个不存在任何斗争、野生动物和人类和平共处的地方。由此可见，驯养野生动物显示了圣人的田园气质，证明了圣人隐修的最终目的不是要成为一个孤立的人物，而是能作为一个群体的精神楷模。

圣徒传记的结构在一定程度上有助于理解圣人的圣洁与他在尘世中的居所之间的联系。《古德拉克 A》就是一个很好的例子，其叙事结构呈现出一个环形结构：整首诗的叙述开始于天堂，结束于天堂。诗歌的开头点明了圣人是上帝选择赐予他们永恒之家的人，然后诗歌的结尾回应了这一论述：古德拉克赢得了他在天堂的位置。整首诗歌以耶路撒冷这一地点结束，这是圣人结束他在地球上的流亡生活后去的圣城。然而，需格外注意的是，《古德拉克 A》一诗的作者也将城市的形象与古德拉克的隐居地联系起来。诗人本身是一名虔诚的基督徒，对于他来说，上帝之城是天堂精神延伸到世俗世界的地方。地球上的"上帝之城"是一个整体的教堂，尽管这个形象特别与修道院社区联系在一起。在关于圣安东尼的传记中，作者声称众多教徒以安东尼为榜样，退隐到沙漠中："因此，从那时起，山上就有了修道院，沙漠被僧侣们变成了

---

[1]　Neville, *Representations of the Natural World in Old English Poetry*, p. 128.

一座城市，他们离开了自己的人民，在天堂登记了自己的公民身份。"①
正如前面所展示的圣徒守卫空间和改造地景的能力，古德拉克发展了沙
漠中的城市这一看似矛盾的概念，其实圣徒在荒野中存在的孤独特征契
合且扩展了沙漠之城的概念。古德拉克的住所成为圣人心灵所依附的神
圣荣耀的反映。总之，《古德拉克 A》的诗人在叙述的开始和结束都强
调了圣人与宁静天堂之间存在联系。从这个意义上说，荒野隐修不仅仅
是一个精神成长的故事，这种经历最终促成了圣人与自然建立起伊甸园
式的关系。圣人可以与荒野和谐相处，他甚至被授权通过他的美德改造
自然和驯服野蛮生物。

第五节　从美好地方上升到天堂:《凤凰》中的空间流动

从景观改造的角度来看，与荒野地景相对的"安乐之所"（locus
amoenu)② 这一空间主题值得进一步探究。对这一主题的研究能同时展
现基督教文化在盎格鲁—撒克逊土地上传播和接受的状况。在盎格鲁—
撒克逊众多文学作品中，寓言诗《凤凰》（The Phoenix） 显示了对这一
主题独具一格的呈现和探索。《凤凰》提供了完全在上帝的保护下，远
离任何邪恶的美丽景观应有的样子。凤凰所居住的地方，在人类堕落之
后，依然是一片乐土，不需要圣徒的改造，也不需要上演对抗邪恶的斗
争。本章之所以在结束对两位盎格鲁—撒克逊本土圣徒传记的讨论之
后，将研究焦点对准《凤凰》，是因为这首古英语诗歌讲述了这只神鸟
在烈火中经历死亡和重生的故事，整个过程可以看作典型的灵魂对永生

---

① R. C. Gregg trans. , *Athanasius: The Life of Antony and the Letter to Marcellinus*, New York: Paulist Press, 1980, pp. 42 –43.

② 就空间主题和修辞而言，"安乐之所"十分重要，因为它在某种程度上反映了盎格鲁—撒克逊民族语言文本和盎格鲁—拉丁语文本之间的相互作用和融合。此外，盎格鲁—撒克逊文学与其他欧洲国家的中世纪拉丁文学传统之间也存在着某种联系。参看 Catherine A. M. Clarke, *Literary Landscapes and the Idea of England*, 700 –1400, Cambridge & New York: D. S. Brewer, 2006, pp. 51 –52.

的追求。由于缺乏对主人公性格和背景的具体描写,《凤凰》是非常适合用来观察救赎与地景之间动态关系的文本。

学者们已经指出这首古英语诗歌《凤凰》的前半部分在很大程度上是依据拉克坦提乌（Lactantius, 240? —320）的拉丁文诗作《凤凰颂》（*Carmen de ave phoenice*）的文本来源而创作的。在这首 677 行古英语诗歌中，前 380 行和拉丁文诗作十分相似，但剩余诗行应该是古英语诗人自己构思和撰写的内容。因而《凤凰》这首古英语诗歌深深地融入了盎格鲁—撒克逊人特有的意象、隐喻和神话，尽管整首诗包含了大量圣经素材，还有关于复活的训示文字。

拉丁文诗作《凤凰颂》的开头就点明了凤凰这只神鸟所处的空间位置："在遥远的东方，有一个神圣的地方"（*Est locus in primo felix oriente remotus*）。而古英语诗歌《凤凰》的前 6 行对应于这个拉丁语诗歌的开头，描绘出一处宛如仙境的美丽地方：

> **Hæbbe ic gefrugnen**　　　 þætte is feor heonan
>
> eastdælum on　　　 **æþelast londa**,
>
> firum gefræge.　　 Nis se foldan sceat
>
> ofer middangeard　　 mongum gefere
>
> folcagendra,　　 ac he afyrred is
>
> þurh meotudes meaht　　 manfremmendum.　（emphases mine）

我听说在遥远的东方，

有一片以其高贵而闻名的土地。

这片广阔的土地是世界上许多人无法到达的，

因为上帝用他的伟力将其与罪人分开，

它远离了作恶的人。整片土地风景美丽，

充满欢乐，弥漫着世间最奇异美妙的香气。（第 1—6 行）

　　这两首诗的开头都展示了天堂的位置，但方式却各具特色：拉丁文的诗歌严谨紧凑，而古英语诗歌略显冗长。相较而言，古英语的诗人以一种蓬勃发展的姿态开始了他的诗歌。他甚至使用了"我听说"（*Hæbbe ic gefrugnen*）这种史诗式的语言开始了这段对人间天堂的描述。这个史诗般的语言范式牢牢扎根于古英语诗歌传统中，类似的例子可以在《安德烈亚斯》（*Andreas*）和《贝奥武甫》中找到。《凤凰颂》开头出现的"有福的地方"（*felix locus*）在古英语《凤凰》中表述为"最高贵的土地"（*æþelast londa*）。这位诗人不断地强调这里的风景是无比高贵的，因为"高贵"（*æþele*）一词在前 50 行中被提及 4 次，用来描述凤凰居住的天堂。由此可见，这首诗的地景和空间不仅仅是客观的呈现，诗歌里面的风景尤其是凤凰的居住地蕴含着丰富的寓意。

　　尽管两个版本的诗歌在开头都叙述凤凰的居住地有天堂般的美景，但是除了地景，古英语诗人还增添了关于气候的描述。因此，诗人列出了一系列不愉快的天气条件，以描述这个天堂没有遭受冬天的寒冷或夏天的炎热：

> 没有雨雪
>
> 没有风霜，也没有烈焰的炙烤，
>
> 没有冰雹，也没有雾蒙蒙的细雨，
>
> 没有烈日，也没有无尽的严寒，
>
> 没有酷热的天气，也没有凛冽的阵雨，
>
> 可能会破坏这里的一点点美景（第 14—19 行）

　　无论是狂野的天气，还是严酷的风景，都没有出现在这令人愉悦的地方，接下来诗人通过强调这块土地的葱绿和明亮，不断地对"安乐之所"这一主题进行详细的描述，这种创作手法遵循了拉丁语文学的古典传统：

这片高原依然完美无缺，开满了花。

那里既没有高山，也没有险峻的丘陵，

更没有像我们这里一样

高高耸立的岩石峭壁，

没有山谷、峡谷、山丘和沙丘，

更没有一寸寸高低不平的土地，

而这片高贵的高原就在天堂下面含苞欲放，

令人赏心悦目。（第 20—27 行）

这段引文生动勾勒出了《凤凰》中地上乐园田园诗般的画面。紧接着是对这段美丽景象的描绘，下面诗人用十几行的篇幅描写了乐园的独特空间位置：这一乐园与外界的世界完全隔绝，它是纯净完美的乐土，不受外部邪恶力量的干扰和玷污，将永葆圣洁。这片土地的特殊之处在于其沐浴在上帝的神圣光芒之中。由此美丽的景观与上帝给予的光亮这一意象紧密相关，譬如凤凰住在阳光明媚的树林，遥望东方，它能看到"上帝之烛"（*Godes condelle*，第 91 行），这颗"灿烂的宝石"（*glædum gimme*，第 92 行），每天早晨升起，"闪着华丽的光芒"（*frætwum blican*，第 95 行），一旦太阳升到海洋的地平线上，阳光就会点缀大地，使它变得美丽："大地覆上了美丽的装饰，世界变得美丽，当穿越浩瀚的海洋时，宝石升腾，繁星灿烂，照亮了全世界每一寸土地"。（第 116—119 行）这些美丽地景的细节证实了是造物主的手为凤凰装饰了天堂。凤凰歌唱赞美"造物主的古老作品"（*fæder fyrngeweorc*，第 95 行）和"上帝的光辉标记"（*torht tacen godes*，第 96 行）。凤凰继续他最美丽的歌声（第 131—139 行），直到太阳在南方的天空中下沉（第 141—142 行）。

此外，在凤凰被放逐到叙利亚丛林的过程中，季节和风景依然在故事中占据着重要的位置。凤凰每天向太阳致敬，在一千年之后，它离开了所居住的人间天堂，去寻求生命的重生。离开家乡永恒的春天，凤凰带着四季变换回到中土世界，首先去了"荒地"（westen，第 161 行），然后从那里去了叙利亚的沙漠之地（weste stowe，第 169 行）。春天来临时，凤凰开始筑巢（第 182—189 行）。布莱克将建造鸟巢与基督的庇护作用联系起来，他说："人若在基督这里有避难所，就没有什么能伤害他，像凤凰在窝里，没有什么能害它一样。人若要在基督里安居，就必须借着自己的善行筑窝，这善行与凤凰造窝所用的香料相同。"① 凤凰建造新巢是一种独特的空间创造活动。关于凤凰居住地的传说早在古希腊文本中就有出现，古典学家们分析凤凰的居住地通常被认为是在遥远的阿拉伯，甚至远在印度，一方面遥远的东方可以增加这一地点的神秘性，同时也因为那里是香料的生产地。因此传说中凤凰在死亡时伴随着浓烈的香气，很大可能是因为凤凰用芬芳的树枝筑巢或者是在巢里放了许多香料。② 但是在古英语诗歌《凤凰》中，凤凰更多脱去了东方神鸟的外衣，建筑用的香料被比作善行，筑巢这种行为也不仅仅是在空间上的创造，更是联系到新的基督徒身份的确立和形成。诗中指出，凤凰之所以要建造自己的新家，是因为它想以此获得新的生活。这不仅是指在居住空间上的改变，更是身份的过渡和转变。整首诗歌宛如一部圣徒传记，讲述的也是献身基督过程中的身份追寻和重建，在凤凰经历的一系列事件（烈焰中重获青春——飞回故乡——重返地上乐园）的过程中，凤凰这个神鸟一直处于阈限的状态，一个模糊的中间状态，游走于纯粹神圣和纯粹自然的不稳定状态。

　　盎格鲁—撒克逊学者对这首古英语诗歌中凤凰的象征意义做出了众多不同的解读。布莱克认为"凤凰是神圣真理的象征"③。考尔德（Calder）提出，凤凰应该被看作堕落的和被救赎的人的代表，然后神圣恩

---

① N. F. Blake ed. , *The Phoenix*, Liverpool：Liverpool University Press, 1990, p. 25.

② 肖明翰：《英语文学传统之形成》（上册），第 169 页。

③ N. F. Blake ed. , *The Phoenix*, p. 27.

典的救赎力量表现在这份美德能把被创造和被修饰的神鸟变成基督。肖明翰在其专著中总结了西方学界对《凤凰》这首诗中寓言阐释的主要观点和争论。他总结指出："凤凰既象征人类，又象征获救的义人，而且还象征基督；而烈火既寓意人类因背叛上帝所受到的惩罚，也寓意最后审判，而且还寓意耶稣受难。"[①] 但是他并没有确切指出自己更倾向于哪一种阐释寓言，在他的分析中，既有将凤凰视作上帝也有视为上帝选民的观点。笔者倾向于认为诗人对凤凰的主体化使得凤凰能够代表人类。这首古英语诗可以看作一位流亡者的自我探寻的传奇故事（quest-romance）。诗歌中在形容凤凰时，反复出现的"anhaga"和"angenga"这两个古英语词汇都有着"独行者"（"lone-goer"或"lone-walker"）的含义，常被用来形容那些保留着文化中心价值观的局外之人。它们蕴含着痛苦的含义，让人联想到孤立隔绝的状态。不同于诗歌一开始描绘的地上乐园，那里充满音乐、光亮、淡水和植被，从烈火中再生而出的凤凰变成了一种年轻美丽的生物；然后，就像所有从天堂被放逐的人一样，凤凰必须远离家乡的欢乐，进入孤独的旅程。因而可以将凤凰视作上帝选中的信徒中的一位代表，是另一种意义上的圣徒。

诗人解释凤凰寓言的部分（第381—677行）能够证明笔者的这种判断，即凤凰可被视作自愿选择流放的圣人。当凤凰飞离天堂时，亚当和夏娃也失去了天堂，在尘世之中遭受折磨。在这个贫瘠的地方，凤凰建造了一个孤独的居所，并准备经历炼狱般的净化体验，最终以重生告终。凤凰是一个孤独的流浪者，它就像圣徒传记中的隐士一样，在孤独中受苦。当凤凰离开美丽的家园，飞向荒野时，意味着它进入了自愿放

---

① 肖明翰：《英语文学传统之形成》（上册），第173页。笔者十分认同肖明翰教授在这一部分给《凤凰》做出的评价：不同于有些西方学者诟病这首诗的寓意过于杂乱和含混，肖教授认为古英语诗歌《凤凰》里的多层次寓意是诗人精心安排、一步步发展而来的，在其具体的语境中并不会引起混乱。而寓意的丰富正是《凤凰》特别值得称道之处，它使作品避免了中世纪许多说教性质的寓意诗那种表层结构与其所象征的思想内容简单对应的弱点。这一特点在后来中古英语时期的一些最杰出的寓意作品中得到进一步发展，比如《农夫皮尔斯》。参看《英语文学传统之形成》（上册），第173—174页。

逐之中。在那里，它死去，然后重生。在这一过程中，孤独生活是一种追寻自我的生活方式，是亲近上帝的重要途径。在这种语境下，凤凰的存在类似于隐修的圣徒：它退出安定的生活环境是十分必要的，经历了孤独的荒野之旅和死亡，凤凰最终返回到人间天堂，完成了自我成长的仪式。

无论是在地理上还是象征意义上，凤凰的人间天堂都位于天堂和堕落的中土世界或荒地之间。按照奥古斯丁的说法，宇宙是一个等级体系："从尘世的事物到天上的事物，从有形的到无形的，有些事物总处于另一些更好的状况。为此，它们是不平等的，以便万事都可能存在。"（*a terrenis usque ad coelestia, et a visibilibus usque ad invisibilia sunt aliis alia bona meliora; ad hoc inaequalia, ut essent omnia*）① 在这样的空间体系之中，宇宙可以被划分为三层——尘世、地上乐园和天堂，这三层在美的方面依次呈上升顺序。天堂是造物主的杰作：金光闪闪，镶嵌着珠宝，沐浴在灿烂的阳光下，一个不受自然状况影响的地方。相比之下，中间的世界有时是一个充满敌意的自然占据主导地位的地方：变幻莫测的自然提供美，但那里的美会褪色、变质。在凤凰的天堂，可变的自然通过神的恩典转变为"高贵的土地"（*æþelast londa*，第 2 行）。在这种解释下，凤凰的天堂反映了"高贵的造物者"（*æþele se wyrhta*，第 9 行）是完美的。就像它的天堂之家一样，凤凰拥有一种神圣特征，它是由凤凰所服务的造物主创造、毁灭和恢复的。简言之，这首诗表明，天堂是一个纯美的世界，不受自然的污染；地上乐园是一个自然的世界，神的存在把它变得美丽富饶；尘世则是一片沙漠荒地（第 161 和 169 行），属于堕落的自然。

凤凰的再生及其与空间变化的关系可以帮助更好地解读凤凰超越阈限的神圣之旅。在春天这个充满新生和更新的季节，凤凰开始了它的再

---

① 转引自 W. Cunningham, *Saint Austin and His Place in the History of Christian Thought*, Cambridge: Cambridge University Press, 1886, p. 51。

生过程。值得注意的是，凤凰转变的故事与伊甸园的故事产生了共鸣。这首诗通过场景含蓄地将凤凰与亚当、夏娃联系在一起：凤凰的人间天堂是伊甸园，凤凰正是栖息在那棵能分辨善恶的智慧树上去眺望太阳。此外，正如前面提到的这首古英语诗歌明确地将亚当和夏娃被驱逐出伊甸园与凤凰离开天堂寻求新生相提并论（第 393—442 行）。通过这种方式，诗歌展现了凤凰在大火中新生蜕变的意义。诗人直接将空间概念与救赎过程联系起来。很明显，凤凰筑巢的行为包含宗教寓意，神鸟正是用建筑鸟巢的"奇迹"（wonder）来抵御一切邪恶："它会在那里筑起巢穴，奇妙地保护自己不受任何恶意的攻击。"（第 469 行）鸟巢的建造包括把地上的植物移到另一层，在这一层空间里凤凰能分享获得天堂的奇妙之美。上帝能确保哪些生物值得获得奖励，因为他们对自然的艺术改造，从而赢得了有利的位置，使其居住的空间成为建立善行和传递美景的空间。

以上的解释显示了凤凰面临的一种悖论情况，其实这也是人类所面临的困境：人类的罪恶能力与人类的精神更新能力相匹配。凤凰的再生能力和被救赎的能力其实是与生俱来的。相较而言，其他更容易犯错的生物更容易陷入善与恶之间剧烈的挣扎，他们只有经过长期的斗争和多次失败，并且依赖基督的牺牲，才能最终得到救赎。从这个意义上说，凤凰在生活方式上代表着典型的圣人。它离开乐园的旅程象征着罪人从神的恩典中被放逐；而后重返伊甸园既是基督来到世上救赎人，也是基督和他所救赎之人的升天。在《凤凰》一诗中，地上的乐园并不是天堂的象征；它是世界上最好的，人类可以追寻到的地点，以承载人类的希望和理想的完美住所。因此，人间乐园是地上建造的天堂之城，但事实上，最终这个完美空间可以被摧毁。"天堂"这个词的双重含义，既可以指代在上方的天堂，也可以指天空之下的人间乐土，它在这首诗中很明显是具有一个相应双重作用的空间符号，它也是一面镜子，反映两个对应的相关世界。此外，诗中的主人公凤凰也具备这种双重功能——

这只神圣华丽的鸟同时作为神的象征和人类的象征。

　　本章对古德拉克和卡斯伯特两位盎格鲁—撒克逊本土圣徒的传记文本的分析主要关注圣徒与荒野之间的互动。区别于个体活动的日常空间，这些文本中的荒野景观是具有特殊性质的空间。这一特定空间景观受到《圣经》传统、沙漠神父的模式和盎格鲁—撒克逊当代精神的影响，呈现出多层面的表征功能。首先，圣人为了隐修而选择的荒野具有阈限的特征。这一地点揭示了短暂与永恒、荒凉与繁荣之间的界限。圣徒的忍耐和对宗教的投入，使得他们能够从黑暗之地进入欢乐和希望之地，受到上帝的保护，并获得看护上帝领土的资格。神圣力量和邪恶势力之间的复杂冲突在空间表征中得到了充分表达：从神圣的隐居之地和邪恶荒地间的对立，到二者在空间上完成最终的融合，无人居住的荒地完成了质的变化。其次，充满冲突和诱惑的自然荒野可以是圣徒身份的生成空间，在这一空间里圣徒主动去驱逐邪恶的他者，来完成自我精神的提升。救赎与神圣的抽象理念在圣人改造自然景观、驯服野生动物的过程中得到了具体的空间表现。通过对寓言诗《凤凰》的分析，加深了对阈限性动态发展空间主题的理解：凤凰神鸟和它所生活的人间天堂都处于一种介于两者之间的含混状态。一方面，凤凰是神和人的象征，另一方面，凤凰的人间天堂位于天堂和堕落的荒原之间。凤凰的复活是典型的灵魂对永恒生命的追求，并且可以用由下向上的空间运动来解释凤凰的生命体验和追求——被祝福的人可以从欢乐的宜居之地上升到灿烂的天堂之家。

　　本书的前三章详细阐述了各类盎格鲁—撒克逊文本中的自然空间、人物发展的心理空间以及宗教信仰影响下的神圣精神空间，它们大多以具体的地景和地点为承载，展现了各种人物在特定空间里的身份发展，其中空间的意义也随着个体或者群体生活的体验和互动而产生变化流动的意义。需特别注意的是，不同群体之间的接触和碰撞，必然体现出不同层次的社会实践和关系。这些互动，即人与怪物、个人与社会、男人与女人、圣人与魔鬼，都生动地描述了空间的生成与阈限特征。已经进行的讨论揭示了文明之外的边缘空间及其对应的中心空间（即包括大厅、城市、修道院在内的封闭空间）间的区别、对立以及相互转变传递出了以一系列空间意象和主题成功进行编码的文化和社会政治信息。各种特定的空间地点作为一种文化符号，蕴含着盎格鲁——撒克逊人构建统一民族身份的相关信息。因而，下一章将研究视野从个体在空间中的实践和互动拓展至从整个民族群体的层面来考察文本中呈现的地景和地点的文化象征意义。

第四章

历史景观中世界边缘的伊甸园

　　本章的重点是民族身份的构建与自然景观之间的关联特征。一直以来文化地理学家们致力于深掘特定景观在各个民族国家身份认同形成中发挥的至关重要的作用。[①] 梅尼格（D. M. Meinig）在进行相关的空间讨论时使用了"象征性景观"（symbolic landscape）一词。他直接宣称："每个国家都有属于自己国家的象征性景观。"[②] 这些景观"是国家形象的一部分，是将一个民族联系在一起的共同理念、记忆和情感的一部分"[③]。这种对重点景观进行文化解析的方法对于探究中世纪早期文本中呈现出来的空间图像和景观形式具有十分重要的意义。中世纪早期的英格兰处于构建一个新兴的统一国家的开始阶段，在这一过程中如何建

---

　　① "国家认同"这一概念一直以来都是十分含混和模糊的。历史学家很自然地倾向于在本国的历史时期里寻找民族意识的原始例证。就英格兰而言，盎格鲁—撒克逊历史学家发现民族意识的萌发可以回溯至 8 世纪和 9 世纪。笔者认为把 8 世纪作为建构英格兰民族身份的起点是合理的。尤其是《英吉利教会史》这本书预示着"英国民族意识的曙光"。这一说法引用自 Adrian Hastings, *The Construction of Nationhood：Ethnicity，Religion and Nationalism*, Cambridge：Cambridge University Press, 1997, p. 35。

　　② D. W. Meinig, "Symbolic Landscapes：Models of American Communities", in D. W. Meinig ed. , *The Interpretation of Ordinary Landscapes：Geographical Essays*, Oxford：Oxford University Press, 1979, p. 164.

　　③ D. W. Meinig, "Symbolic Landscapes：Models of American Communities", in D. W. Meinig ed. , *The Interpretation of Ordinary Landscapes：Geographical Essays*, Oxford：Oxford University Press, 1979, p. 164.

立起统一的民族身份认同是一个紧迫的话题。本章将聚焦盎格鲁—撒克逊时期的重点历史文本,① 解析在新兴民族的概念出现和初步形成过程之中出现的具有象征意义和功用的地景。讨论将围绕三个问题展开:首先,盎格鲁—撒克逊时期的不列颠岛是否真正处于文明的边缘地带;其次,比德在《英吉利教会史》一书中如何利用荒野和伊甸园的空间对比和转化来重现民族国家形成中的重要历史阶段;再次,密切关注《英吉利教会史》中的修道院景观和有关自然界的奇迹故事如何证明特定的个人和地方的叙事可以被看作英格兰宏大历史叙事的微观表现,如何体现出了文本中勾画的逐步确立在不列颠岛上建立一座新的伊甸园的空间叙事神话。

第一节　世界的边缘之地:《不列颠之毁灭》

英格兰历史的最初阶段是晦暗不明的,因为现存的有关 5、6 世纪的历史资料很少,有记载的英国历史直到 6 世纪中叶才开始。与此同时,神话也被包含在早期的历史文献中。这些故事,无论是自然的还是超自然的,② 都构成盎格鲁—撒克逊人身份形成的基础,因为"起源神话使人们能够在时间和空间中定位自己"③。空间概念在族群认同的建构中发挥着至关重要的作用。一个地区居民感知的文明程度必然受到地理位置和生物栖息地的影响。对于许多文化而言,"自我认同已深深地植根于地理位置中"④,这同样适用于中世纪文化研究。13 世纪颇具影响力的英国作家罗杰·培根(Roger Bacon)引用了新柏拉图主义哲学

---

①　在盎格鲁—撒克逊文学的分类中,历史文献是十分重要的一种文学类别,它具备一定的文学特征和艺术特点,同时还为其他类别的文学研究提供了重要的素材。

②　有关英格兰民族起源故事中的怪物特征和混杂性,本书第一章第一节已经做了论述。

③　Hugh Macdougall, *Racial Myth in English History*:*Trojans*,*Teutons*,*and Anglo-Saxons*, London:University Press of New England, 1982, p. 1.

④　Asa Simon Mittman, *Maps and Monsters in Medieval England*, p. 16.

家波尔菲里（Porphyry）的话："地方是我们起源的开始，就像父亲一样。"① 可见，起源故事与空间地点概念息息相关，本章通过历史文本来探索盎格鲁—撒克逊人对自己在世界上所处位置的看法。本部分关注的是盎格鲁—撒克逊时期第一本主要的历史文献，即吉尔达斯（Gildas，500？—570？）的著作《不列颠之毁灭》（*De Excidio et estu Britanniae*），将细致地阐释文本中呈现的早期盎格鲁—撒克逊人的地方观。

　　吉尔达斯是一位修士，他于6世纪40年代前后创作的《不列颠之毁灭》这本小册子为研究5、6世纪的英国历史提供了极富价值的资料来源。作为一名宗教人士，吉尔达斯写作此书的主要目的是完成一场宗教说教，书中他用激烈的言语来谴责当时社会的各种罪恶。因此他将各项历史事件定位在道德框架之内，试图传递和宣扬出人类信仰与人类历史之间的因果关系。然而，当代学者研究这本书的主要动机已经脱去其道德主题的外衣，以考察此书对盎格鲁—撒克逊文学文化及历史研究的文献功能。

　　全书由"序言"（The Preface）、"历史"（The History）、"信件"（The Epistle）三部分组成。在序言部分，吉尔达斯的行文模式参照了《旧约》，他将自己设置为与以色列先知站在同一阵线，而不列颠岛则类比尚处任性之中、不够成熟的以色列的状态。然后，他开始了描述当时不列颠岛的地理和地形状况：

　　Brittania insula **in extremo ferme orbis limite** circium occidentemque versus divina, ut dicitur, statera terrae totius ponderatrice librata ab Africo boriali propensius tensa axi, octingentorum in longo milium, ducentorum in lato spatium, exceptis diversorum prolixioribus promontorium tractibus, quae arcuatis oceani sinibus ambiuntur, tenens, cui-

---

① Roger Bacon, *The Opus Majus*, Vol. I, ed. John Henry Bridges, Frankfurt: Minerva, 1964, p. 139.

us diffusiore et, ut ita dicam, **intransmeabili undique circulo absque meridiane freto plagae**, quo ad Galliam Belgicam navigator. (emphases mine)①

> 不列颠岛实际上位于世界的尽头，向西和西北方向。它从西南方向一直延伸到北极，以神圣的天平（我们被告知）平衡着整个地球。它有八百英里长，二百英里宽，这还不包括从弯弯曲曲的海湾中间伸出来的各种大岬角。它的四面都有一大片或多或少无法跨越的海洋，除了南面的海峡，在那里你可以越过海峡到达贝尔加高卢。（着重号由笔者所加）

吉尔达斯笔下的不列颠岛位于"世界的尽头"，并且四面由海水包围，很难跨越到其他地方。寥寥几笔凸显了不列颠的边缘和孤立的地理环境。然而，吉尔达斯并不是第一个以此种方式呈现不列颠岛的历史学家，他从古典拉丁语作家那里继承了各种知识传统。西方古典历史文献经常把不列颠岛描绘成一个孤立的地方，与世界其他地方隔绝。伴随着中世纪早期的传教士将欧洲大陆的这些经典的哲学、历史、文学以及宗教的文本带进不列颠群岛后，盎格鲁—撒克逊时期的本地学者开始有机会阅读到这些文本。因而，这一时期的本土知识分子深深地受到欧洲大陆的古典文化和基督教传统的影响，历史学家和修士学者敏锐地意识到古典传统的价值，并积极继承接收这些传统，这一切直接反映在了他们所创作的文本中。仔细阅读和观察这些文本，可以找到一些文字方面的佐证。

吉尔达斯的历史创作很明显受到出生于 4 世纪末的西班牙的修士和历史学家保罗斯·奥罗修斯（Paulus Orosius）的影响。受他的朋友奥古

---

① 拉丁语原文引自 Gildas, *De Excidio et Conquestu Britanniae*, ed. and trans. Michael Winterbottom, London: Phillimore, 1978, p. 89。中文译文为笔者自译，后面有关这本书的引用，只给出拉丁语引文出处。

斯丁的影响，奥罗修斯于公元418年完成了历史著作《七部反对异教徒的历史书》（*Historiarum adversus paganos libri septem*），这本书是世界上第一部由一位基督徒所著的历史书籍，对中世纪的神学和历史都产生了深刻影响，奥罗修斯的这部作品在神学上很重要，它是奥古斯丁所著《上帝之城》的序曲，也是一个独立的史料来源。虽然书中难免有许多错误，但它对378年至417年这段时期的历史研究具有珍贵价值。吉尔达斯和比德在各自的历史创作中都广泛使用到它。[1] 参照奥罗修斯对不列颠岛地理位置的描述，可以直接感受到这种吉尔达斯对其的继承关系：

Britannia oceani insula per longum in boream extenditur; a meridie Gallias habet. Cuius proximum litus transmeantibus ciuitas aperit, quae Rutupi portus; unde haud procul a Morinis in austro positos Menapos Batausque prospectat. [2]

不列颠是大海中的一个岛屿，一直延伸到遥远的北方；南边是高卢。在人们能越过的最近的海岸上，有一座城市叫鲁图普斯港，它可以看到梅纳皮安人和巴塔维亚人的土地，他们从莫里尼群岛向南不远。[3]

奥罗修斯以及欧洲大陆学者对不列颠这种蛮荒遥远和孤立的认知一直贯穿整个中世纪，影响颇为深远。另一个典型的例子来自圣依西多禄（Isidore of Seville，560? —636）所著20卷本的百科全书《词源》（*Et-*

---

① 在9世纪末（约890—891年），阿尔弗雷德大帝把奥罗修斯和比德的历史书籍都翻译成古英语的版本。奥罗修斯的历史书在中世纪主要作为一个纲要使用，近200份古英语版本的奥罗修斯的文本仍然保存至今，可见这部史书在盎格鲁—撒克逊对当时社会和知识分子产生很大影响。

② Paulus Orosius, *Seven Books of History against the Pagans*, trans. A. T. Fear, Liverpool: Liverpool University Press, 2010, pp. 28 – 29.

③ 中文译文为笔者自译。

ymologiae），作者给出的定义："不列颠尼亚是海洋中的一个岛屿，与整个地球被海洋隔开；它的名字取自其居民的名字。"（*Brittania Oceani insula interfuso mari toto orbe divisa, a vocabulo suae gentis cognominata*）[①]这个词条更加明显地指出不列颠岛是完全孤立隔绝的，与"整个地球"隔开。

这些历史记录证明，中世纪早期的英格兰地区已被广泛接受为一个神秘的遥远国度。值得注意的是，在上面三段引文中都出现了一个拉丁词语，即"Oceanus"这个词。*Oceanus*是拉丁文"海洋"的意思，看起来这个词只是以一种客观形式描写了不列颠的地理位置：该岛被海水包围，这种孤立的地理位置使其本质上与外界世界隔绝。其实可以更进一步挖掘这个拉丁语词语所包含的文化内涵。在古典拉丁语传统中，"Oceanus"一词不是简单指代海洋，它还同时包含了与中心水域相反、处于世界上边缘地带的水域。这个词所蕴含的边缘特征在宗教作品中格外突出。正如奥洛夫林（O'Loughlin）在其文章中所指出的，"the seas"和"the ocean"两者之间的区别十分重要，他尤其例证了在拉丁文版本的圣经中，"Oceanus"一词出现的地方和含义：

> 海洋（Oceanus）这个词在性质上不同于其他水域，因为它处于可居住的现实世界中的极限位置，它的海岸标志着水和陆地之间的分界线（《创世记》1.9）。这个地方是原始的"深渊"（abyss）地点（《创世记》1.2），海怪利维坦的家（参看《约伯记》41.23）……它与魔鬼的住所（《路加福音》8.31）有关，在时间的尽头，带有启示意义的野兽将从那里出现，给人类带来毁灭（《启示录》11.7；17.8）。海洋的这一威胁似乎存在于大多数《圣经》的引文中：这是

[①] Isidore of Seville, *Etymologiae* Book ⅪⅤ. , ed. W. M. Lindsay, Oxford：Oxford University Press, 1957, vi. 2. 中文译文为笔者自译，同时也参考了本书的现代英语的翻译版本 Isidore of Seville, *Etymologies of Isidore of Seville*, trans. Stephen A. Barney, J. Lewis, J. A. Beach, and Oliver Berghof, Cambridge：Cambridge University Press, 2006, p. 294。

一个充满力量和黑暗的地方，总是需要去谨慎对待。①

这段分析明确和强化了《圣经》中对海洋的刻画是一种黑暗的和
边缘的地带，而且它常常和怪物联系在一起。简而言之，Oceanus 这个
词传递出的讯息是：边缘地带，这个地方有着未知的空间性质，甚至是
恶魔盘踞的地方。从这个意义上说，神秘海洋上的不列颠岛被标记为一
个野蛮的异教国家。

为了达到传教的目的，吉尔达斯在历史叙事中突出了不列颠岛与罗
马的关系。一开始，作者简要介绍了罗马人统治不列颠岛的历史，重申
了不列颠岛是一个遥远的地方，在世界上的一个偏远角落。通过这种方
式，他将这两个相反的地方并置起来：中心罗马和外围不列颠岛。然
后，关于罗马人的记叙主要集中于两个部分，即书中第5—7章和第
13—18章。仔细研究罗马人在岛上的活动，有助于了解当地人民对这
个遥远的文化中心的态度。

第一部分主要讲述罗马人是如何到达不列颠岛并在当地获得较为普
遍的和平状态。罗马军队以势不可当的方式入侵这个落后的岛屿。吉尔
达斯在整部史书中，表述风格生动具体，带有丰富的意象，譬如，在这
里他将罗马文明和秩序描述为一团火焰，无法被英国周围的海洋熄灭：
"他们点燃的烈焰无法被西边的海洋扑灭或制止。"（non acies flammae
quodammodo rigidi tenoris ad occidentem caeruleo oceani torrente potuit uel co-
hiberi uel extingui）② 胆怯的不列颠人不得不温顺地接受罗马人成为他们
的主人。然后，在大部分罗马占领军离开该岛后不久，当地居民发起了
各种起义。这种背信弃义导致罗马人更加残酷地征服了该岛。吉尔达斯
为了强调罗马人对这个边缘之地的岛屿带来的积极影响，在第六章末尾

---

① Thomas O'Loughlin, "Living in the Ocean", in Cormac Bourke ed., *Studies in the Cult of Saint
Columba*, Dublin: Four Courts Press, 1997, p. 13.

② Gildas, *De Excidio et Conquestu Britanniae*, p. 91.

引用了维吉尔的一句话，将英国人的脆弱暴露无遗："不列颠人在战争中既不勇敢，在和平时期也不忠诚。"（*Britanni nec in bello fortes sint nec in pace fideles*）① 在这部分关于罗马人入侵的论述中，吉尔达斯表达了对罗马文明的高度赞扬。有学者指出，吉尔达斯在这部分记叙的细节既不符合当时凯撒（Caesar）的远征，也不符合克劳迪斯（Claudius）的远征。他们认为吉尔达斯创作这部分内容的主要目的是用一种能立即体现罗马人与不列颠人之间相互关系的方式来介绍罗马人。② 作为一名基督教的信徒，吉尔达斯认为罗马人并不是入侵者，而是把人类的普遍秩序带到边缘地带的文明传播者。由此不难理解吉尔达斯在历史叙事中始终表现出对罗马和基督教的尊重和推崇。

在吉尔达斯的文本里，罗马文明对这个遥远的岛屿和岛上的人们产生了巨大的影响，这一点尤其体现在书中关于罗马人的第二部分叙述中。吉尔达斯在这一部分主要讲述了罗马军队撤退后，不列颠岛彻底陷落入黑暗、动乱和蛮荒的状态。这一部分的历史图景描绘除了秩序与混乱的对立。二元对立中的有序的状态通常与当地人接受罗马的统治和文明有关。这个和平繁荣时期在岛上的农场、建筑物和城市随处留下了文明的迹象。而与此相对的混乱状态与罗马人的缺席和离开相关。事实上，在吉尔达斯等基督徒看来，在当时的世界中，罗马直接等同于文明的中心，一个没有罗马统治的世界是一个孤立的地方，是与世界中心和外部世界脱节之地。他强调了一种看法："这个岛屿不应被列为不列颠尼亚，而应被列为罗马尼亚"（*non Britannia, sed Romania censeretur*），③ 因此缺少了罗马人的统治和管理，处于世界边缘的海岛重新回到了孤立和蛮荒。

吉尔达斯除了描绘罗马人的撤离使得整个岛的文明被破坏殆尽的画面，同时他常常用各种动物来比喻指代这个岛以及上面的居民。不列颠

---

① Gildas, *De Excidio et Conquestu Britanniae*, p. 91.

② 转引自 Hanning, *The Vision of History in Early Britain*, p. 194。

③ Gildas, *De Excidio et Conquestu Britanniae*, p. 102.

岛被看作"奸诈的母狮"，其居民是"狡猾的狐狸""胆小的家禽"。[①]
罗马人离开后，不列颠人被比作"羔羊""愚蠢的野兽"。[②] 吉尔达斯的
叙事目的十分明确：未开化的不列颠人根本无法掌握罗马人带来的秩
序，他们异教徒的罪恶身份有力地阻止了文明在岛上的生根和发展。罗
马撤离之后，随之而来的北欧各个蛮族肆无忌惮地入侵这座岛屿，剩下
的罗马的文明痕迹最终成为各蛮族啃噬的对象。从这方面来看，不列颠
岛不仅是一个地理位置偏远的地方，而且是一个与文化中心相去甚远的
野蛮之地。以吉尔达斯、比德为代表的盎格鲁—撒克逊时期的文化精英
们已经关注和担忧这种文化上的边缘特征。由于罗马文化的缺失，不列
颠岛和地中海中心的距离又被进一步拉开。以下引文生动描绘出了这番
景象，直接点明了这个岛地理边缘及精神蛮荒的状态："这些岛屿被寒冷
和冰霜冻到僵硬，它们在世界的一个遥远地方，远离看得见的太阳和光
的照射，也就是远离了真正的太阳，基督的圣训。"（*interea glaciali figore
rigenti insulae et uelut longiore terrarum secessu soli uisibili*）[③]

　　对于吉尔达斯所叙述的两段罗马人在不列颠岛上事迹的分析，已经
非常明确地反映出来受到基督教的传入的影响，这些史学家们更加关注
的不是自身地理位置的边缘和遥远，而是在宗教精神上，无法与罗马中
心建立起紧密的联系。可见，皈依基督教极大地影响了盎格鲁—撒克逊
人对自身所处位置以及和外部世界的联系产生了新的认知。上述文本共
同地将不列颠岛描述为中世纪早期世界的一种边缘荒野。从一个民族与
他们所居住的土地之间的紧密联系可以看出，边缘性的特征不仅刻画了
地理位置，而且影响着盎格鲁—撒克逊人的身份建构。接下来的三个部
分将讨论比德的《英吉利教会史》，探讨从荒野到"安乐之所"再到新
的人间伊甸园，宗教救赎的力量作用于景观概念的转变，并且在空间方

---

① 详见 Chapter 6，16，17 in *De Excidio et Conquestu Britanniae*。
② 详见 Chapter 19，22，23 in *De Excidio et Conquestu Britanniae*。
③ Gildas，*De Excidio et Conquestu Britanniae*，p. 93.

面预示了一个新兴统一国家的神话正在逐步形成之中。

第二节 去边缘化的不列颠岛

吉尔达斯的历史书写对益格鲁—撒克逊学者和历史学家产生了重要的影响，稍晚出现的学者以不同的视角描写了不列颠岛在中世纪早期所发生的故事以及看待世界的方式，比如著名的历史学家比德和南尼厄斯，无论他们是否赞同吉尔达斯对边缘英格兰的看法，在写作上或多或少地都受到了这个前辈史学家的影响。这些同一时期的史学家们在创作中体现出来的最大相同点是他们的作品倾向于采用古典地理学上的惯例和常识，这进一步证明了他们对自我位置的定义离不开对罗马这个中心地点的考察和互动。诚然，在这一批历史学家中，比德是最具影响力的，他的代表作《英吉利教会史》是研究当时历史和英国民族意识萌芽的最重要的文本来源。虽然同为基督教修士，相较于吉尔达斯，比德呈现的是更加积极的史学观念，即便他的笔下对不列颠岛孤立的地理位置的描述与吉尔达斯极为相似，但他表现出边缘性的目的是让益格鲁—撒克逊人通过皈依来建立与中世纪基督教中心地的精神联系。他的叙事的重点一直都是英国本土的历史事件对民族国家形成所施加和带来的影响，所以比德作为一名民族史学家，其突出之处是试图将地理空间上的边缘孤立与人们日益意识到的统一国家联系起来，所以接下来探讨《英吉利教会史》中自然景观与国家认同之间的互动关系。这部史书无疑提供了一个好的观察对象，用以审视英格兰神话化叙事过程中象征性景观的作用，逐步揭示比德如何将边缘之岛与宗教中的伊甸园的空间主题联系起来。

同吉尔达斯一样，比德阅读了大量传入不列颠岛的古典作家的作品，[①]

---

① 《英吉利教会史》的中译本在开始的脚注里总结点明了本书第 1 章至 22 章参考的文献来源，包含：记述了奥古斯丁到来之前的不列颠历史，其主要依据除了君士坦提乌斯（Constantius）所写的圣杰马努斯（Gennanus）的生平纪事外，还有圣奥古斯丁的同时代人奥罗修斯以及不列颠最早的历史学家吉尔达斯的历史著作。

受此影响，比德笔下的盎格鲁—撒克逊人参照遥远的罗马中心，自我定位和理解为处于边缘和落后的地区之内。《英吉利教会史》的开篇就清楚地阐明了比德对周边地区的了解和认知。第一句话直截了当且简明扼要：

　　Brittania Oceani insula, cui quondem Albion nomen fuit, inter septentrionem et occidentem locata est, Germaniae Galliae Hispaniae, maximis Europae partibus, multo interuallo adversa. ①

　　旧时称为阿尔比恩的海岛不列颠，坐落在西北方向，正好与欧洲三个最大的国家日耳曼、高卢和西班牙，遥遥相望。②

可以发现，比德没有像前面第一节引用分析的众多历史文献一样，在文本一开始就用隔绝的和世界尽头这些极端的表述来突出不列颠岛的边缘位置，只是客观描述了它与欧洲大陆隔海相望的地理位置。梅里尔斯（Merrills）仔细研究了这一部分，敏锐地指出《英吉利教会史》的首卷开头使用的信息和术语在很大程度上模仿和引用了古罗马的百科全书式作家普林尼（Pliny）的《自然史》（*Natural History*）。③ 以下把引用《自然史》的相应部分进行比较：

　　与海岸相对的是不列颠尼亚岛，在希腊和我们自己的国家的历史中都有记载。它位于西北部，与日耳曼、高卢和西班牙相对，与欧洲大部分地区相对，中间有一大片海。它以前的名字叫阿尔比恩；但是在稍后的时期，所有这些岛屿，我们现在将简短地提到，

---

　　① Bede, the Venerable Saint, and J. E. King, *Baedae Opera Historica：with an English Translation by J. E. King*, Vol. I, Cambridge, Mass.：Harvard University Press, 1930, p. 10.

　　② 比德：《英吉利教会史》，第 22 页。

　　③ A. H. Merrills, *History and Geography in Late Antiquity*, Cambridge：Cambridge Univeristy Press, 2005, p. 250.

都被列入"不列颠"的名称之下。①

　　比较两段选文，可清晰发现普林尼和比德的文字包含了一些相同的地理细节，包括该岛的名字——阿尔比昂、不列颠岛，邻近国家——德国、高卢、西班牙，以及此岛位于欧洲大陆的西北方向。所有这些都生动地说明了比德对西方古典模式下的世界地理模型的接受和沿用。尤其需注意的是普林尼是一名古罗马的学者，二者叙述的类别搭建起了比德对自己民族所处位置的定义，离不开与以罗马为中心的基督教文明的参照和比较，他在整部书中逐步构建了一个远离文化中心的边缘地区的完整且复杂的空间概念。一些盖格鲁—撒克逊主义学者已经注意到了这一点并进行了讨论。豪依总结道："比德并不像民族主义或元民族主义作家那样，把自己的祖国视为世界的中心，而是把它置于从罗马出发的欧洲边缘。"② 比德本人在《英吉利教会史》的结语中也直接提到，他感谢许多以前的作者，包括吉尔达斯、奥罗修斯和普林尼。由此这些世界地理方面的经典思想渗透到比德的空间想象中并不令人感到惊讶。

　　为了探讨象征景观的功能，需要厘清一个要点，即历史叙事中所描述的事件受到作者目标和兴趣的强烈影响。比德的创作目的是要写一部基督教会历史，因而作者想要减轻异教世界的负面影响，并揭示了基督教在不列颠岛上取得的不可避免的胜利。在接下来的文本细读和分析将试图证明这本教会史中的空间表征的最关键特征是比德如何合理化不列颠作为一座新的伊甸园的地位。在这本书的首卷的第一章，不列颠岛的亮相很是惊艳，令人印象深刻，尽管上面引用的第一句说明了这座岛和欧洲文明隔海相望，但岛上的景致却是美丽宜人的：

---

　　① Pliny, *Natural History*, trans. John Bostock, London: Bohn, 1845, p. 350. 译文为笔者自译，参考的是现代英语版本。

　　② Nicholas Howe, *Writing the Map of Anglo-Saxon England*, p. 151.

Opima **frugibus** atque arboribus insula, et alendis apta pecoribus ac iumentis; vineas etiam quibusdam in locis germinans: sed et avium ferax terra marique generis diversi. ① (emphasis mine)

　　不列颠是一个地上树上结满果实的岛屿，而且适合饲养各种牲口和驮畜。岛上有些地方出产葡萄。此外，它有大量各种各样的海上和旱地禽类。它还由于有许多盛产鱼类的河流和丰富的泉水资源而驰名于世。② （着重号由笔者所加）

　　水果、家畜、鱼类和河流等意象表明了这座岛的富饶，是理想的生存之地。这些细节很容易让人联系到古典拉丁语文学中反复出现的一个空间主题，即"安乐之所"（locus amoenus）。然而，仔细阅读又能发现比德笔下的这一"安乐之所"的主题呈现与古典叙事传统有所不同。在古典拉丁语文本中，"安乐之所"是一个完全舒适的地方，远离了劳动和生产，而在这本史书里，比德强调土地的丰饶。从这个意义上讲，不列颠上的富饶土地并不是像《圣经》中的伊甸园那样未经开发的纯自然景观，在这样一个充满欢乐和秩序的地方，人与自然能够和谐共处，并且人依赖土地顺利进行各种生产活动。这一差别很好地解释了比德为什么要紧接着介绍不列颠岛上人类活动形成的最显著的空间痕迹，即那些已建成的城镇。比德给出了一系列有关空间概念的细节：

Erat et civitatibus quondam viginti et octo nobilissimis insignita, praeter castella innumera, quae et ipsa muris, turribus, portis, ac seris erant instiucta firmissimis. ③

　　这个岛上旧时除了有无数城堡外，还有二十八座规模相当的城

---

① Bede, *Baedae Opera Historica*, Vol. I, p. 12.
② 比德：《英吉利教会史》，第23页。
③ Bede, *Baedae Opera Historica*, Vol. I, p. 14.

镇。这些城市和城堡一样，防守坚固，都设有厚墙、塔楼、大门和门闩。①

　　这段描述直接陈述了旧时，也就是罗马在占领不列颠时留下的文明成果以空间和地景的形式呈现和遗留下来，即城堡和城镇。这些地点是文明的空间，它们与外面的野生世界之间的界限十分明显，二者之间设有厚墙、塔楼、大门和门闩。在本书一开始的几个段落中，比德连续勾勒出了愉快的地景的模样：富饶多产的土地和封闭安全的城邦空间，这些积极的地景特点呼应了《圣经》中的伊甸园这一地点：美丽富饶且与世隔绝。

　　其次，当关注的焦点转向更宏大的民族叙事时，必定会产生这样的疑问：为什么这个遥远的岛屿会成为一个理想的地方。可以在比德创作的其他文本中寻找到答案。除了《英吉利教会史》，在比德撰写的众多解经作品中都提到了上帝选民这一概念，其中尤为显著的是《以斯拉记》（*In Ezram*）这部作品。本书以《以斯拉记》为基础，描述了希伯来人在巴比伦人被掳后重返圣地，以及恢复被烧毁的律法（即摩西五经）的活动。比德在解经中强调以色列人作为神的选民的合法性是如此的重要，以至于他们可以在被放逐后的神圣历史中重建圣殿和信仰。他们是从全体人民（*populous*）中选出的少数几个民族能重返圣地耶路撒冷。② 比德的《英吉利教会史》显然有模仿《以斯拉记》的叙事模式，整本书可以被当作是讲述了三个部落的迁移，他们重建了一种信仰及文本。长期以来盎格鲁——撒克逊学者们对比德的各类解经文本未能给予足够的重视，也很少关注它们与同时期的其他文学作品间的互文性。只有司各特·德格雷戈里奥（Scott DeGregorio）等少数学者观察到了

---

　　① 比德：《英吉利教会史》，第23—24页。

　　② 这段总结文字基于比德的解经作品《以斯拉记》的现代英语版本，参看 Bede, *On Ezra and Nehemiah*, trans. Scott DeGrogorian, Liverpool: Liverpool University Press, 2006。

《英吉利教会史》中的盎格鲁—撒克逊人和《旧约》中以色列人之间存在类似的叙事程式。德格雷戈里奥声称：

> 这个故事有关被上帝选中的选民在神的启示下，到一个地方去建造神殿，他们获得上帝的支持，却被恶人阻挡，在过程中这个重新陷入罪恶的民族，因被他们的精神导师纠正恶行，而最终被重建为上帝的子民，所有这些叙事都呼应了比德在《英吉利教会史》中对自己民族的叙述。①

德格雷戈里奥的类比构建了圣经故事和盎格鲁—撒克逊人的救赎之间的相似之处，强调了像以色列人一样，盎格鲁—撒克逊人也是被上帝选中的民族。笔者认为，正是盎格鲁—撒克逊人的选民身份贯穿了整部史书的记叙，使得其中众多地点和景观都被赋予了宗教和群体社会的象征意义，展示了上帝的意愿。从这个意义上说，《英吉利教会史》这个类似于伊甸园的美丽场景开篇揭示了两种令人愉快的景观。一方面，上帝赐予这个岛屿自然的美丽和富饶；另一方面，上帝选民的活动维护了这份美丽的地景。

由此可以总结得出，比德是通过可见的空间特征和自然世界的景观来构建他对英吉利人身份的看法。比德在准备他宏大的历史叙事之时，在整部历史的第一章特意将不列颠岛建设成一个田园诗般的美丽环境，合适作为上帝子民生活的乐土，并且他在叙述中暗示只有随着新的上帝选民的到来，不列颠岛成为盎格鲁—撒克逊人的定居地，才使得英吉利民族作为一个整体获得天赐的事业。比德无疑在一开始就在意识形态领域树立了一个强大的愿景，即英吉利民族是一个被选中的民族。进一步可以观察到这本史书的开头暗示了地景和英吉利民族身份间的深刻羁

---

① Scott DeGregorio, "Bede's *In Ezram et Neemiam* and the Reform of the Northumbrian Church", *Speculum*, Vol. 79, No. 1, January 2004, p. 5.

绊，这个移民而至的新民族的身份不是建立在这篇新土地的孤立和任性上，而是建立在这个地方可以摆脱自己的边缘地位，与世界历史上的中心地位建立联系。许多评论家把这个伊甸园式的风景与"创造"的主题联系起来。① 鉴于救赎历史的整个系统性，约翰·华莱士·哈迪尔（John Wallace-Hadrill）对英吉利民族的这种诞生方式给予了圣经式的解读，并指出第一章被认为是英国"堕落前状态"的"一个重要而精心设计的序曲"。② 这个开场的"创造"叙事让人联想到《贝奥武甫》中丹麦国王建造鹿厅的行为，但世俗意义和宗教意义上的创造行为在本质上存在很大差别，肯定会导致不同的叙事的结局，因此要观察基督教的天意观（divine providence）是如何渗透作用于整部《英吉利教会史》。同时需格外注意的是，尽管比德的标题显示他要讲述的是一部民族救赎史，而不是盎格鲁——撒克逊人的政治发展史，但这部作品诞生在早期日耳曼文化和中世纪基督教传统共同影响下的盎格鲁——撒克逊社会环境中，比德的叙事和当时的社会政治背景息息相关。无论是从宗教还是从世俗的角度来看，不列颠人居住的美丽花园并不是永恒的。接下来将关注在美丽地景被摧毁的政治背景下，英吉利民族集体身份与他们所居住的地方之间的相互依存关系。

第三节 异教入侵与地景变化

与开头几章中令人愉快的景色形成鲜明对比的是，《英吉利教会史》接下来记叙了一系列的入侵将这座美丽的岛屿变成了一片荒野，充满了流亡和敌意。除了伊甸园的主题，荒野成为《英吉利教会史》

---

① 参看 Calvin B. Kendall, "Imitation and the Venerable Bede's *Historia Ecclesiastica*", in Margot H. King and Wesley M. Stevens, eds., *Saints, Scholars, and Heroes*, Vol. 1, Minnesota: Collegeville, 1979, pp. 61 – 90。

② J. M. Wallace-Hadrill, *Bede's Ecclesiastical History of the English People: A Historical Commentary*, Oxford: Oxford University Press, 1988, p. 6.

中另一个重要的象征性景观。这一节将充分说明荒野在动荡的社会中既可以展示政治地理学意义上的边界，同时也可以说明基督教与异教之间的冲突。

荒野的概念构成了盎格鲁—撒克逊人主要边界类型的基础。总的来说，荒野被认为是一种暴力和敌对的力量，对抗和威胁人类居住的定居地和被开发的地区。本书在前面几章已经充分论述了在世俗文本中，政治和社会中心在空间上体现为大厅、城邦等封闭场所，荒野地景则代表着变幻莫测的大自然，呈现出相对的蛮荒力量。在《英吉利教会史》中，比德总是将历史事件的推进和发展与不同形式的景观联系起来。通过这种历史和空间相结合的叙述方式，历史学家阐明了当政治和宗教冲突侵入不列颠岛时，居民们是如何生存及应对的。

首先，伴随着宗教迫害和异族入侵等政治军事事件的出现，前几章中的伊甸园的空间意象已经消失不见，取而代之的是频繁地被提及的荒野，因为它总是与被驱逐和放逐的人联系在一起。例如，第 1 卷第 8 章的开头比德用十分简单的语言表现出了基督徒和地景的变化：

> At ubi **turbo** persecutionis quievit, progressi in publicum fideles Christi, qui se tempore discriminis **silvis ac desertis abditisve speluncis** occulerant, renovant ecclesias ad solum usque destructas. [1]（emphases mine）
>
> 不过，这场大迫害之后，在危难时期曾一度躲到树林、荒地和秘密山洞里的基督徒重新公开露面，重建起被夷为平地的教堂，建立和完善纪念殉道圣徒的新庙宇。[2]

这段引文概要首先提到了在宗教大迫害时，基督徒们藏身之地的地景特

---

① Bede, *Baedae Opera Historica*, Vol. I, p. 44.
② 比德：《英吉利教会史》，第 37 页。

征：树林、荒地和秘密山洞（*siluis ac desert tis abditisue speluncis*）。此外，原文用了拉丁语"turbo"一词，这个词的意思为"风暴"，在这里发挥着双重作用：一方面是强调野外藏身之处的自然地景的严酷特征，另一方面形象地描述了宗教迫害的暴行。显然，中译本没有将原文中的双层含义充分展示出来。在荒地的环境中"重建教会"（*renouant ecclesias*）是非常重要的，因为这种行为证明了人类具备开发有序、有意义的空间的能力。在中世纪，教堂建筑是非常公开地表达文化和宗教力量的圣地。最引人注目的是，这段引文显示了空间的位移和构建：在人类社会陷入动荡不安之时，原本危险和充满敌意的自然荒野被基督徒充分利用，变成一个安全隐秘的藏身之地，在这个超越社会界限的地方，基督徒能够重新获得权力，并且构成和重新进入一个开放的公共空间。这段文字微妙地暗示了一种两极分化的空间特征：一方面是作为隐蔽和藏身地的荒野，另一方面是作为公共的可见的新的群体空间。对于那些无力的流亡者来说，他们渴望找到一个安全的庇护所，在这个混乱的世界里，教堂就是这样一个理想化的空间。

　　蛮荒之地是这一时期社会动荡的重要标志。荒野的概念塑造了早期益格鲁—撒克逊王国的地理模型。不管该地区的政治状况如何，国王们都看到自己的领土被动荡不安的因素包围。中世纪早期时，不列颠岛上的这些王国都是孤立的：种族单一，与邻国隔绝。一旦王国的边界被摧毁，地景在历史的叙述中扮演了关键的角色。例如，在第 1 卷第 15 章中，比德描述了异教撒克逊人对宜人风景和当地居民的攻击和破坏：

Ruebant aedificia publica simul et priuata, […] Itaque nonnulli de miserandis reliquiis in montibus conprehensi aceruatim iugulabantur; alii fame confecti procedentes manus hostibus dabant, pro accipiendis alimentorum subsidiis aeternum subituri seruitium, si tamen non continuo trucidarentur; alii transmarinas regiones dolentes pete/bant; alii perstantes in patria trepidi pauperem uitam in **montibus siluis uel rupibus arduis suspecta semper mente agebant.** [1] （emphases mine）

> 公共和私人住宅被夷为平地……在山里被抓到的一些可怜的逃难者就这样成批成批地被当场杀死；其他人由于饥饿，不得不出来向敌人投降，以图点粮食，这些人即使不被当场打死也要被迫出卖自己的终身自由。一些人只好悲愤地逃到国外；另一些人则继续留在国内在死亡的恐惧中过活，他们躲在山地里，树林里甚至在悬崖峭壁过着忍饥挨饿的生活，随时担心灾祸的来临。[2]

　　这段引文生动地展现了入侵者对不列颠岛的蹂躏：人类栖居的房屋被毁，曾经富饶美丽的土地变成废墟，安居乐业的人民被屠杀和奴役。因为政治和军事的原因，令人愉快的"安乐之所"消失了，变成了充满了敌意的地点。比德的叙述重心完全从令人愉快的岛屿形象转移到废墟、混乱的空间表征。甚至岛屿本身的封闭和完整也在这里倒塌了。它的疆域受到了敌人入侵，那些英国原住民不得不选择逃到了海外。

　　比德在对这段混乱历史进行记载时，指出毁灭的原因不仅是战争和灾难，他还把这种变化与神的力量联系起来。正如他在下面这首诗中所说：

> Quis caput obscuris contectum utcunque cavernis
>
> Tollere humo miserum propulit anguiculum?
>
> Aut hunc fruge sua aequorei pavere Britanni,
>
> Aut hie Campano gramine corda tumet. [3]
>
> 是谁把这鄙贱的蛇蟒
>
> 放出阴沟洞穴，让它抬头？

---

① Bede, *Baedae Opera Historica*, Vol. Ⅰ, p. 72.

② 比德：《英吉利教会史》，第49—50页。

③ Bede, *Baedae Opera Historica*, Vol. Ⅰ, p. 50.

是不列颠人的海边果实，

还是坎帕尼亚的牧场使它倨傲？①

没有受到上帝眷顾和保护的肥沃土地终究是不安全的，容易受到邪恶力量的侵害。换句话说，灾难的到来本质上是由上帝的意志所决定的：

quod Domini nutu dispositum esse constat，ut venire contra inprobos malum，sicut evidentius rerum exitus probavit. ②

显然，这是出于天主的旨意。这样一来，这个邪恶的民族又要蒙受一场灾难，正如最终的事实所清楚表明的那样。③

在撒克逊人到来之前，上帝就预判了这场灾难。因为不列颠人没有选择信仰上帝，他们的精神状态还是处于落后野蛮的状态，邪恶之人（inprobos）必然招致灾难（malum），所以他们根本无法守护这片美丽的土地，这片土地的居住者肯定要更换成更合适的人选。

比德将历史事件的记载与基督教教义有机地结合起来，很好地满足了他的写作目的。正是由于没有皈依上帝，不列颠人陷入了非常大的困境，即便在没有外敌入侵时，因为自身的邪恶，他们也无法建立有序的空间秩序，保证岛屿的安定。第1卷第22章对这一切做出了详细说明，不列颠人和外族人间的战争停止了一段时间之后，岛内又陷入内战，被敌人摧毁的城市依然是废墟一片，从地景的角度展示了异教对不列颠岛的破坏力。比德更是在这里强调，不列颠人没有试图改变新近到达那里的撒克逊人的信仰，由此加剧了该岛的悲惨状态。通过引用吉尔达斯的相关叙述，比德倾向于观察得出异端或异教抵制对抗教会是这片土地遭遇创伤的最大元凶：

---

① 比德：《英吉利教会史》，第40页。

② Bede, *Baedae Opera Historica*, Vol. I, p. 68.

③ 比德：《英吉利教会史》，第47页。

Qui inter alia inenarrabilium scelerum facta, quae historicus eorum Gildus flebili sermone describit, et hoc addebant, ut numquam genti Saxonum sive Anglorum secum Brittaniam incolenti, verbum fidei praedicando committerent. Sed non tamen divina pietas plebem suam, quam praescivit, **deseruit**, quin multo **digniores genti** memoratae praecones veritatis, per quos crederet, destinavit. [1] （emphases mine）

　　他们除了犯下一些这里没有提到的罪恶（但他们自己的历史学家吉尔都斯却确实曾痛苦地记载过）外，还有一条罪恶是：他们从来不用心向居住在他们之间的撒克逊人即英吉利人宣讲信仰的福音。但是，慈悲的天主并没有抛弃他预知将会得救的他的百姓，而是给他们提供了更多的可敬的真理的使者：通过他们，这些人有可能被引导到他的信仰中来。②

　　在比德的记述和评论中，武力征服外在世界的事件可以被理解为神对人类行为表达不满的形式，尤其是因为不列颠人没有努力去改变撒克逊人的信仰导致了缺乏神圣的力量去保护自己的家园。但是从后半段的描述中可以看出，即使不列颠岛上的居民没有信奉上帝，主也没有"抛弃"（deseruit）他们，而且主已经预知他们是"合适的民族"（digniores genti），由此这些蛮族最终会获得救赎，中译本在处理这段文本时，将这层意思阐释出来，而不仅是简单将"digniores"一词译成"合适的"。

　　根据比德的观点，任何引起身体或社会混乱的事情都暗示着精神上的混乱，而空间上的混乱是一种内在缺陷的标志，只有教会和社会的统一和结合才能够治愈这种缺陷。在这种情况下，神会从精神上去感化这

---

　　① Bede, *Baedae Opera Historica*, Vol. I, p. 100.
　　② 比德：《英吉利教会史》，第60页。原译文中使用的是"吉尔都斯"，这里改为更普遍使用的译名"吉尔达斯"。

些野蛮的入侵者，使他们获得高尚的信仰，让这些移民者在这个新的地方生存下来，并且重新恢复这座美丽的乐园，成为这片土地的合适的守护者。在整本历史书中，比德都是在救赎历史的背景下解释世俗的历史事件。在修辞和神学意义上，多样的景观能成为民族迁徙、定居和融合这一过程最直接的反映。接下来将集中分析景观改造和民族救赎过程之间的联系。

第四节　拯救英吉利民族：重建伊甸园

上文的讨论证明了伊甸园和荒野是比德《英吉利教会史》中空间表征的两个关键方面。比德的历史叙事的空间焦点从一开始的不列颠岛是一座封闭的花园转移到政治军事以及宗教冲突下在各处显现出来的蛮荒景观。这种空间转移显示出当时社会发展的不稳定的状况，尤其展现出了异教的破坏力。这一节将集中讨论恢复宜人的景观在本质上反映了盎格鲁—撒克逊民族逐步形成的精神上的统一。讨论主要从两方面展开：修道院景观和有关地景的奇迹故事。修道院景观和奇迹故事是叙述教会历史中不可或缺的组成部分：修道院景观是将神圣封闭的地方与荒野联系起来的必要场所，奇迹可以揭示施加于人与自然世界的精神力量的重大作用。

《英吉利教会史》（*Historia ecclesiastica gentis Anglorum*）一书的书名直接点明这本历史书的聚焦对象是统一在英吉利这个称谓之下的各个民族，所以教会史的核心其实是要关注民族身份和精神的统一。在整个叙述中，历史学家鲜明地反对异端邪说对教会的分裂作用，以及它对统一各民族之梦想事业的阻碍。作者的历史叙事的最终目的是揭示上帝赐予盎格鲁—撒克逊人选择基督教而非异教的恩惠。从这个意义上说，教会史可以看作盎格鲁—撒克逊人的救赎史。因此整部教会史在地景和空间方面的叙事肯定与这一写作目的紧密相关。首先是当时在宗教传播和文化输出中占据核心位置的修道院发挥着举足轻重的作用，修道院这一空间在这部历史著作中得到了细致的刻画。根据历史和考古证据，许多中世纪学家已经认识到修道院的生活方式在很大程度上对中世纪早期的景观形成产生影响。① 在这样的写作目的和历史背景下，修道院景观必然是这部史书中重要的文学景观。本书的第三章在讨论盎格鲁—撒克逊圣徒传记类文本时，已经阐释了隐修主义在个人精神发展中始终扮演着重要的角色。比德在其教会史中，除了涉及流亡的修士们的苦修，更多关注到教会发展的历史，所以呈现出修道院这个特殊空间的环境以及修士们作为一个群体在这一空间内进行的活动与实践。

事实上，比德在书中并没有过多地细致刻画修道院周围的地理环境。学者伊恩·伍德（Ian Wood）认为需要联系当时创作的历史背景去发现这背后的原因。他指出比德的作品留给读者的印象是他生活和工作的贾罗修道院"通常是一个与世隔绝的宁静天堂，只是偶尔被拉进更广阔的世界"，② 读者可能认为这个地点并不是一个商业和王权关注的中心。但真实的历史情况却与此大相径庭。伍德认为正是贾罗修道院在政治领域的重要性以及这所修道院与其最初的皇室赞助者，那位不受欢迎的国王埃格弗里思（King Ecgfrith）之间的联系，这一切政治因素对比德的创作产生了巨大的影响，使得他在写作中十分谨慎，并最终选择省略或删除了对他生活的周边环境的地理和政治背景的具体援引。除去上述所有这些客观的政治原因，笔者认为比德之所以没有十分具体地给出各个修道院的地理环境，很大原因是和圣人叙事的传统结合在一起，宗教作品中往往不太关注精确的地理位置细节。修道院在古典传统和中世纪文献中聚集了广泛的象征意义。修道院的生活的理念被认为是在尘世中与上帝产生精神连接的地点，修道院的空间往往是一个封闭的天堂，隔绝了周围的荒野。比德遵循了这种宗教叙事传统，因此尽量弱化

---

① Tim Pestell, *Landscapes of Monastic Foundation*: *The Establishment of Religious Houses in East Anglia c. 650 – 1200*, Woodbridge: The Boydell Press, 2002, p. 1.

② Ian Wood, "Bede's Jarrow", in *A Place to Believe in*, p. 82.

了这些空间的单独的特征，转而强调这些神圣地方的普遍性。

尽管比德十分克制对单个地点细节的描述，但作者确实注意到了一些重要地点的周围环境。从他对修道院的选址方面的描述就能看出这位历史学家对空间和地方的兴趣。有一个例子描述了在通常被称为伯格城堡的地方建造的一座修道院：

> Erat autem monasterium **silvarum**, **et maris vicinitate amoenmn**, constructum in castro quodam, quod lingua Anglorum Cnobheresburg, id est, urbs Cnobheri vocatur; quod deinde rex provinciae illius Anna, ac nobiles quique augustioribus aedificiis ac donariis adoraarunt. ① (emphases mine)

> 这座修道院建立在一个英吉利语中称为坎诺布希尔伯格即坎诺布希尔城的城堡之中，周围是树林，毗邻大海，风景宜人。此后，该国国王安纳和其他显贵人物又捐献了物品，盖起了更加堂皇的建筑物，把这座城堡装点得更加美丽。②

这段引文给出了典型的修道院的选址特点：既风景宜人且隔离于外部空间。

首先与其位置相关的两个地景细节是"树林"（*silva*）和"大海"（*maris*），这两个元素都是拉丁语文学传统中"安乐之居"的常见特征。此外，修道院修建在城堡之中，是一个相对封闭的空间，并且有着堂皇美丽的建筑物。这两个不同的空间特征在修道院这个地点和谐共存，这里既有自然的美丽风景，又有着代表人类文明的城堡和建筑，两者共同营造出修道院地景的美丽和独特。

然后在整本书中，作者反复提到修道院的周围的自然环境都相当不

---

① Bede, *Baedae Opera Historica*, Vol. I, p. 416.
② 比德：《英吉利教会史》，第 188 页。

错。比如书中提到的在南撒克逊地区的苏塞克斯海岸（Sussex coast）的一座很小的修道院：

> Erat autem ibi monachus quidam de natione Scottonim，vocabulo Dicul habeos monasteriolum permodicum in loco qui vocatur Bosan-hamm，**silvis et mari circumdatum**…① （emphases mine）
>
> 　　然而，该地区确有一个苏格兰修士，名叫迪库尔，他在一个叫巴桑汉的地方拥有一座小小修道院。该院在树林和大海环抱之中……②

由此可见，无论是宏伟的修道院还是很小规模的修道院，都突出了周围野生环境的宜人和美丽，山林和海水环抱着这些地方。然而也需要关注，在某些情况下，未开发的环境从一开始就不适宜居住。选择这样的地点建造修道院，这种行为本身包含着很多目的与意义，这一点可以在比德讲述东撒克逊主教切德（Cedd）如何在埃塞克斯地区建立修道院的情节中找到充分的证据。

在第 3 卷第 23 章中，历史学家比德详细描述了切德为拉斯廷厄姆（Lastingham）修道院准备场地的过程，通过文本细读可以发现整个过程充满了不同寻常的细节。当时统治德伊勒人（Derans）沿岸地区的埃塞尔沃尔德国王（king Ethelwald）遇见了在诺森伯里亚地区担任主教的切德，当他发现这位主教神圣、明智而又高尚时，就请切德接受他赠送的一块土地，用来建造一座国王本身能够在其中向主祷告、听讲福音、死后能够埋葬在里面的修道院。切德被他的虔诚所打动，着手建造这样的修道院，这位神圣、明智的主教选的地址十分特别：

> Favens ergo votis regis antistes elegit sibi locimi monasterii constru-

----

① Bede, *Baedae Opera Historica*, Vol. II, p. 74.
② 比德：《英吉利教会史》，第 254 页。

endi in montibus arduis ac remotis, in quibus latronum magis latibula ac lustra ferarum, quam habitacula fuisse videbantur hominum. ①

　　主教答应了国王的请求，在荒芜的高山上选择了盖修道院的地点。看来这里与其说是住人的屋宇不如说是令人触目惊心的匪洞兽穴。②

这个地点和前面两个修道院所处的"安居之地"形成了鲜明对比，位于荒山之中，且盘踞着各种怪兽，十分危险，现代读者很大可能上会觉得十分迷惑，想探明切德主教要选择这样一个残酷地方的原因。比德其实在史书的记叙中已经点明了这位主教的良苦用心：

　　Ut iuxta prophetiam Isaiae, "in cubilibus, in quibus prius dracones habitabant, oriretur viror calami et iunci," id est, fructus bonorum operum ibi nascerentur, ubi prius vel bestiae commorari, vel homines bestialiter vivere consueverant. ③

　　正如以赛亚所预言的那样，"在野狗躺卧之处，必有青草，芦苇和蒲草"。这句话的意思是：在从前野兽出没，野蛮人居住的地方将结出善行的果实。④

引文表明国王希望切德能够帮助该地区从过去的罪行中得到净化，并让上帝能够接受和亲近这个地方。可见比德在记叙历史事件时，十分关注这些事件背后的宗教寓意。比德接下来在记载这个新的修道院的建造过程时，突出了该地区的景观发生了象征性的变化——从野人和动物出没的地方变成了有人耕种的地方，植物也生长出现在以前从未有过的

---

① Bede, *Baedae Opera Historica*, Vol. I, p. 442.
② 比德:《英吉利教会史》，第 199 页。
③ Bede, *Baedae Opera Historica*, Vol. I, p. 444.
④ 比德:《英吉利教会史》，第 199—200 页。

地方。其实前文引用的以赛亚的预言预示了不止一个层面上发生的改变。因为修道院的建立和修士在这里的修道行为，在地景的外部景观上出现了青草等代表新生命的植物，但更大意义上的果实是精神世界结出的累累硕果。在这种语境下，再回看一开始修道院的选址的野蛮元素：荒芜的高山和匪洞兽穴，那里不仅是物质上的荒地，也是精神上的荒漠。但最终这片荒地转化为物质和精神上的丰硕收获的地点。由此看来，主教切德选择地点不是关注外在的景观特征，而是其潜在特质，切德有意寻找一个具有改造潜力的地区。也就是说这个地方以前和将来的情况可能会形成一个鲜明的对比，以此来歌颂和赞扬上帝所施加和影响的这些改变。这也是一个挑战和驱逐邪恶的机会，空间和地景上的净化行为本质上是一种精神上的胜利。因此主教没有直接去对抗邪恶，他首选的净化方式是祷告和斋戒。为了给这个修道院进行牢固的奠基，为了将这一空间从先前那里所犯下的肮脏罪恶中净化出来，切德请求国王批准他进行四十天大斋期，他会住在那里去祷告。[①] 这一净化行为非常重要且十分有效。切德的禁食祈祷，跟随基督在旷野的经历，通过象征性的模仿，他也重现了基督战胜魔鬼的场景。所有这些对修道院景观的分析都表明，在荒野中建造的修道院可以被认为是神圣的，因为它们与周围的环境截然不同。此外，修道院是一个很好的例子，一个在上帝的保护之下的理想社区，是不列颠岛上一座微观形式的封闭伊甸园。

除了从比德这本史书中寻找文本证据，其实可以参考一些其他历史方面的资料，以此更加丰富考察的角度，以探究盎格鲁—撒克逊修道院的空间质量。蒂姆·佩斯特尔（Tim Pestell）在研究大量历史和考古素材的基础上提出，隔离是盎格鲁—撒克逊宗教建筑最本质的地形特征。他强调了孤立地形设置的两个方面。首先，许多修道院都有围墙（val-

---

① 有关斋戒的细节，请参看第 3 卷第 23 章：拉丁文版本 *Baedae Opera Historica* 第 442 页，中译本《英吉利教会史》第 200 页。

lum)，确保和形成了宗教空间上的封闭。其次，修道院总是"突出地建在低洼地带，经常是沼泽地"，通过堤道与大陆相连。① 佩斯特尔更进一步论证指出了本笃会改革（Benedictine reform）之后，修道院的孤立位置在盎格鲁—撒克逊晚期变得更加普遍。这种特殊的空间设置的理由是，修道院运动的主要目标是恢复基本的禁欲主义宗教条件。在历史背景下，盎格鲁—撒克逊人的英格兰出现了两个主要特征："选择一个被视为具有神圣内涵的地点的愿望，以及对于那些重新建造的人来说，一个孤立的位置。"② 佩斯特尔的历史考证研究和前面分析的《英吉利教会史》中修道院的环境描述形成呼应，共同证明了修道院空间的独特空间特征：与外部的环境隔离，同时具有封闭的神圣秩序的特殊地点。

本节关注和讨论的第二个问题是，奇迹故事如何显示圣徒的精神能力对环境施加的直接影响。奇迹故事在《英吉利教会史》这本书中扮演着重要的角色，整本书总共记录了 51 个奇迹故事。这一部分的论述聚焦的是有关空间概念的土地和水的奇迹故事，通过分析教会历史中呈现的奇迹故事特点及细节，力图去证明奇迹故事的叙述可以清晰地展现特殊性质的空间属性以及英吉利民族身份构建与这些特殊空间之间的连接特征。在开始具体例证分析之前，将简单说明下奇迹故事这类叙事的特征。

首先需阐释为什么奇迹故事是研究教会历史的关键因素。现代观众可能会质疑历史书中记载的奇迹的真实性。与世俗历史不同，教会历史是以《圣经》的世界观和事件观为基础的。它的前提是"一个以神为中心的宇宙，在这个宇宙中，人们主要关注的是神圣的事物，而世俗的事物则是通过神圣来理解的"③。因此可得知教会史必然会从基督教教

---

① Tim Pestell, *Landscapes of Monastic Foundation*, p. 52.

② Tim Pestell, *Landscapes of Monastic Foundation*, p. 137.

③ Joe R. Christopher, "The Histories", in George Hardin Brown ed., *Bede, the Venerable*, Boston: Twayne, 1987, p. 161.

义的角度来处理一切事务。乔·R. 克里斯托弗（Joe R. Christopher）认为，比德的这部历史书是一部典型的教会史，此书"追溯了教会在时间和地理上的发展，直至地球的尽头"①。在他的历史记录中，比德对阐述特定的崇高真理、道德典范和基督教的基本训诫都非常感兴趣。不同时代的读者十分青睐比德的历史作品，正是由于他力求准确地记录过去具体行为事件中的细节，以探索人性的真相。这些奇迹故事为比德预定的教会历史的写作目的作出了很大的贡献。它们的叙事意义是建立在文化基础上的，我们不应该把现代人对世界的理解强加给比德和他的人民。科尔格雷夫断言："比德时代人们对事物的观点是原始的；人们天生容易轻信，而对证据的性质却只有模糊的理解"②。由此可以假设，把超自然的原因赋予难以理解的自然事件更容易，因为"头脑简单的人自然地准备把一种现象解释为上帝的直接干预"③。而作为一个虔诚基督徒的比德自然是深信奇迹发生的可能性，奇迹叙事也是他书写的教会史中有机且重要的叙事板块，不能被忽视和略过。

其次需考虑现代读者如何接近和理解奇迹故事，找出其中有用的历史信息。本尼迪克塔·沃德（Benedicta Ward）指出，比德和他同时代的人对奇迹故事的主要疑问不是"如何发生"，而是"发生了什么"以及"为什么发生"。奇迹本质上是解释性的叙事，这是比德从奥古斯丁那里继承来的叙述传统。沃德认为，对奥古斯丁来说，奇迹故事"是上帝奇妙的行为，表现为这个世界上发生的各种事件，他们并非与自然对立，而是从上帝在自然界中隐藏的运作中抽取出来的部分，而这一切

---

① Joe R. Christopher, "The Histories", in George Hardin Brown ed. , *Bede, the Venerable*, Boston: Twayne, 1987, p. 161.

② Bertram Colgrave, "Bede's Miracle Stories", in A. Hamilton Tompson ed. , *Bede: His Life, Times and Writings: Essays in Commemoration of the Twelfth Centenary of His Death*, New York: Russell, 1966, p. 452.

③ Bertram Colgrave, "Bede's Miracle Stories", in A. Hamilton Tompson ed. , *Bede: His Life, Times and Writings: Essays in Commemoration of the Twelfth Centenary of His Death*, New York: Russell, 1966, p. 455.

都有可能是奇迹"①。这说明奥古斯丁认为奇迹故事不仅是非同寻常的事件，而且是一种理解上帝对人类隐藏行为的方式。在这个著名的神学家的世界里，一切都是潜在的奇迹，都需要进行阐释。受奥古斯丁对待奇迹的解释观的影响，比德没有沉溺于讲述奇迹故事，而是更加注重这些叙事的寓言功能。沃德已经阐明了比德能在特定的背景下熟练地使用奇迹的深层原因：

> 比德当然相信奇迹的发生；这是他对现实的理解中不可或缺的一部分；但值得注意的是他控制和使用这种材料的方式。他主要感兴趣的不是奇迹外在的奇妙故事。他常用来形容奇迹的词不是 *miracula*，而是 *signa*。重要的是奇迹所表明的意义；奇迹本身的叙述是次要的。②

沃德这种从词源意义的细节出发的分析手法十分有效。两个拉丁语词语 "miracula" 和 "signa" 都有奇迹的含义，但是 miracula 侧重神奇事物的本身，而 *signa* 则十分关注奇迹传递出来的符号的、能指的意义。比德经常使用 *signa* 一词的这个细节确实在一定程度上反映出了他认为奇迹的意义是最重要的，奇迹本身内容和细节是次要的。读者被告知各种神奇故事，作者的目的不是要显示魔法，而是要显示内在意义的迹象和标志。奇迹的关键作用是加强精神方面的教诲。这些奇迹是奖赏和祝福，特别能够鼓励、充实和确认那些可能得到或已经得到信仰的人。在当时中世纪早期的文化语境之下，一本好书通常要向读者传递出精神教诲的内容。正如比德在这里所写的基督教信仰的传播，他把一种神圣的

---

① Benedicta Ward, *Miracles and the Medieval Mind：Theory, Record, and Event, 1000 – 1215*, Philadelphia：University of Pennsylvania Press, 1987, p. 3.

② Benedicta Ward, "Miracles and History：A Reconsideration of the Miracle Stories used by Bede", in Gerald Bonner ed., *Famulus Christi：Essays in Commemoration of the Thirteenth Centenary of the Birth of the Venerable Bede*, London：S. P. C. K., 1976, pp. 72 – 73.

知识传给了盎格鲁—撒克逊人民。对那个时代的人来说，这是一种新的世界观，"一种不那么英勇的、更像使徒的观念"①。

前三章的研究表明，在空间和居住者之间互动过程中，无论是英雄、怪物、流放者还是圣徒，他们在特定空间里是处于阈限的空间形式，试图完成自我的成长和身份构建。接下来的有关空间的奇迹故事将会从一个新的角度阐释"阈限"概念，即奇迹故事也具备阈限特征，换句话说，奇迹故事可以被认作是具有阈限特征的事件形式，它将精神效果与空间存在相结合。在全书50多个奇迹故事中，本书的讨论只关注有关水与土的奇迹故事，因为这两个元素对于空间构成和划分十分重要，有助于去定位和解读奇迹故事中的空间叙事特征。

在《英吉利教会史》中，土地是具有神圣力量的自然存在。诺森伯里亚最虔诚的基督徒国王奥斯瓦尔德（Oswald）的奇迹就是一个典型的例子，用以观察地方以及土地如何从圣人的存在中吸收疗愈属性。土地的神奇力量出现在这位虔诚神圣的国王死后："他对天主是如何虔信，他如何忠贞不渝，也是在他死后由于他的美德而展现的许多神迹来表明的。"②（*Cuius quanta fides in Deum，quae devotio mentis fuerit，etiam post mortem，virtutum miraculis claruit*）③ 在这死亡的地方，这方土地以及土壤具有医治的能力：

> Namque in loco ubi pro patria dimicans a paganis interfectus est, usque hodie sanitates infirmorum et horainum et pecorum celebrarinon desinunt. Unde contigit ut pxilverem ipsnin ubi corpus eiiis in terrain cormit, multi auferentes, et in aqxiam mittentes, suis per haec infinnis multum commodi adferrent. [...] Nee mirandum in loco mortis illius in-

---

① J. N. Stephens, "Bede's Ecclesiastical History", in *History*: *The Journal of the Historical Association*, Vol. 62, No. 204, February 1977, p. 5.

② 比德:《英吉利教会史》，第169页。

③ Bede, *Baedae Opera Historica*, Vol. I, p. 368.

firmos sanari, qui semper dum viveret infirmis et pauperibus consulere, eleemosynas dare, opem ferre non cessabat. Et multa quidem in loco illo vel de pulvere loci illius facta virtutum miracula narrantur. ① (emphases mine)

直至如今，在他为国奋战而被异教徒杀害的地方仍然不断有病人病畜被治愈。许多人把从他身体倒下的地方取走的土放到水里，就能借这些水减轻病人病畜的痛苦。……病人在奥斯瓦尔德死去的地方得到治疗，这是很自然的事，因为他在世时总是乐善好施，时常替穷人病人着想。确实，由于他的美德而展现的许多神迹传说就是在那个地方发生的或者是由那个地方的土引起的。②

这段叙述详细记载了奥斯瓦尔德因为其在世时的各种善行，使得自己成为一个虔诚的教徒乃至上帝的圣徒，因此他死去时的这块土地被神赋予了疗愈的神奇力量。值得注意的是，引文除了展现出神圣的行为和土地之间的奇妙关系，还发展出了一种精神上的行为和时间形成的平行关系。奥斯瓦尔德生前的善行在他死后仍在继续，这是比德通过使用"non desinunt"和"non cesseabat"提出的，这两处表述都显示了这种行为在时间上的延续特征，反复不断出现。比德继续回忆着奥斯瓦尔德的其他奇迹，这些神迹故事都与这位虔诚的国王的遗物有关。为了充分理解超自然和神秘力量对土地的影响，可以仔细阅读一个相关的奇迹故事。

在第3卷第9章中，比德讲述了一个具体的故事来表现奥斯瓦尔德国王死去的这个地方的神奇力量。一个特定的原则被应用到这个确定的空间区域，即空间场地能够吸收和保留精神力量。这个神迹的具体内容为：当一个骑手到达这个地方时，他的马非常疲乏，一动不动地站着，

---

① Bede, *Baedae Opera Historica*, Vol. I, p. 370.
② 比德：《英吉利教会史》，第169—170页。

头垂到地上，嘴里吐着白沫。紧接着马因为增加的疼痛而栽倒在地，当那匹马突然打滚到那位值得纪念的国王倒下的地方时，它很快神秘地恢复了，甚至比平时更贪婪地吃起田野里的青草。比德说："这位机灵的游人见此情景立即明白，治愈他的马的地方，定有特别圣洁之处。"①（*Quo ille viso*, *ut vir sagacis ingenii*, *intellexit aliquid mirae sanctitatis huic loco quo equus est curatus*, *inesse*）② 史书里出现的这句话的重要性在于，比德不仅把这个地方的历史和后来发生的事件联系起来，而且他同时代表了之前不了解这个地方和它的历史的骑马人，这位骑马人也在做同样的事情：用圣洁来定义特殊空间的性质。假设这是盎格鲁—撒克逊人的既定思维模式。神迹不在于发现任何空间都可以被赋予神圣的品质，而在于这个特定的空间被赋予了神圣的品质，这是特定事件的结果。

紧随其后的下一章讲述了另一个故事：另外一位不列颠旅行者来到奥斯瓦尔德国王被杀害的这块地方，他发现"地里有一处比其他地方更葱绿更悦目。"③（*uidit unius loci spatium cetero campo uiridius ac uenustius*）④ 这名旅行者非常机敏，他猜想到造成那块地上出现更葱绿这一不寻常的地景的原因肯定是由于军队里的一位比寻常人更为神圣的人物被杀害于此。他随机选择抓起一些土，用亚麻布包起来带走，设想或许这些尘土可以用来治愈病人。本章在后面的记载证实了他的想法是正确的。这个故事表明，在当时的盎格鲁—撒克逊社会背景下，人们普遍接受了美丽和绿色是圣人存在的两个公认地景标志。神奇力量的标准是能施加于各种人及地方的效果。

这部史书表现出比德和他同时代的人对现实世界的空间感知是由一个潜在的假设支配的，即他们认为所处的自然环境与善恶之间不断的精神斗争密不可分。这些盎格鲁—撒克逊基督徒遵循普遍的教父式的观

---

① 比德：《英吉利教会史》，第 170 页。
② Bede, *Baedae Opera Historica*, Vol. I, p. 370.
③ 比德：《英吉利教会史》，第 170 页。
④ Bede, *Baedae Opera Historica*, Vol. I, p. 372.

点，即世界与亚当和夏娃一起"堕落"，并受制于通过自然展现出来的精神力量。对上帝的顺从和富饶宜人的自然环境之间的联系是《旧约》中教导的，并在中世纪早期的基督教中作为一个普遍存在和广泛接受的原则。《旧约》强调的是全体范围内的服从，而中世纪的观念表达似乎集中在个人对上帝的服从对局部景观所造成的影响。因此，在盎格鲁——撒克逊人的思想中，一个人和他/她所居住的地方之间可能存在着动态的联系；精神力量——无论是善的还是恶的——强有力地存在于个人身上，可以对周围的环境产生影响。当然，这种宗教力量对环境施加强烈影响的空间模式十分有效地强调了圣徒的精神品质。例如在奥斯瓦尔德的死亡地点这个例子中，比德认为这种效应不仅存在于人们的概念中，而且实际产生的效果也是可见的。

除了土地，在研究盎格鲁——撒克逊的空间、地景和地点时，水一直都是一个反复出现的关键元素，比如前面章节已经论述过的沼泽、海洋等。此外，水在盎格鲁——撒克逊人的景观感知中扮演着重要的角色。威克汉姆·克劳利（Wickham Crowley）认为，盎格鲁——撒克逊人的文本不仅记录了他们对自然环境的观察，还描绘了土地和水交汇之处的边缘以及界限之间的关系，这是一扇了解盎格鲁——撒克逊人生活经历的窗户。[①] 他认为水从两个方面影响了盎格鲁——撒克逊人的地景观念。首先，水在当时中世纪的西方世界里是一个普遍存在的地景特征，因为在罗马时期已经下降的水位，在盎格鲁——撒克逊人移居英国期间再次上升；事实上，这可能是盎格鲁——撒克逊人离开他们被洪水淹没的家园去寻找新陆地的原因之一。克劳利在论文中给出了这段历史的背景信息：盎格鲁——撒克逊人离开了"洪水泛滥的家园"，搬到了"一个新的环境，在东海岸，有广阔的沼泽、岛屿和重塑的海岸线"。[②] 其次，盎格

---

① Kelley M. Wickham-Crowley, "Living on the Ecg: The Mutable Boundaries of Land and Water in Anglo-Saxon Contexts", in *A Place to Believe in*, p. 85.

② Kelley M. Wickham-Crowley, "Living on the Ecg: The Mutable Boundaries of Land and Water in Anglo-Saxon Contexts", in *A Place to Believe in*, p. 87.

鲁—撒克逊人对空间的概念与他们对水和土地的看法有关。在盎格鲁—撒克逊人的视觉和文字证据中，水常常扮演着边界划分者的角色。盎格鲁—撒克逊人并没有绘制很多景观的可视地图，而是在法律文书中记录下来了对这些客观地景和边界的描述。与地图不同，这些书面记录既包含了地名，也有可观察到的特征，这就要求有一些基础的共享术语才能观察、描述和创建这些边界和地景标志。因此，通过在这些文档中的命名来确定土地的边界，用以标记和划分土地，并将"人类的视觉和判断用文字传递给景观"。[①] 从以上的历史资料中可以得出这样的结论：对于盎格鲁—撒克逊人来说，水这一景观确实是作为可观察到的特征以及代表所有权和边界的抽象概念的符号而存在的。

水域对盎格鲁—撒克逊人来说是非常重要的，无论是在地形上还是在政治经济意义上。此外，水域既可以作为物理的、可观察的存在，也可以作为抽象概念的象征而存在。这一双重功能在《英吉利教会史》中明显地体现出来。其中一个典型的例子就是圣奥尔本著名的殉难故事。故事中的水的奇迹叙事传递出了个体和集体身份的融合，因为奥尔本身上维持着两个看似排他性的身份，一个是宗谱血缘上的身份，另一个是自愿成为基督徒的身份。这种基督教身份和部落身份之间的鸿沟是比德在这本历史书中试图弥合的对象。这位历史学家在强调部落和个人的救赎历史的同时，试图将基督教的身份普遍化。

可以通过细读第 1 卷第 7 章中圣奥尔本的故事来阐明水的象征作用。这一章的开头叙述不列颠岛上异教君主们正下令大肆进行对基督徒的宗教迫害，当时奥尔本还是一名异教徒。他把一位因受迫害而逃亡的教士接纳和藏匿于自己家中。当奥尔本看到这个逃亡的教士日夜祷告时，他自己也忽然被天主的恩惠所感化，开始以这名教士的信仰和德行为榜样，逐渐抛弃了异教，成为一名基督徒。但当他的行为被发现时，

---

① Kelley M. Wickham-Crowley, "Living on the Ecg: The Mutable Boundaries of Land and Water in Anglo-Saxon Contexts", in *A Place to Believe in*, p. 89.

他因拒绝交出这名教士而遭到审判，他绝不屈服，甚至遭受鞭刑，仍信仰不变，继而被审判官判处斩首。在奥尔本接受审讯的过程中，有一个细节需引起重视，审判官询问奥尔本的家庭和种族出身（*Cuius… familiae vel generis es?*）。① 众所周知，在当时的社会情况下，个体的血缘和种族身份十分重要，比如《贝奥武甫》中主人公在到达丹麦王国后，向守卫表明了自己的家族背景和种族来源。但是这里的奥尔本却拒绝说出自己的出身，他只是强调自己的基督徒的身份。很明显，比德避免突出奥尔本的种族身份，而是把他视作不列颠之子，强调了圣人奥尔本属于整个岛屿，而不是属于某个特定的民族，因而比德在整本史书的叙述中自始至终根本没有提到奥尔本的种族身份。

在奥尔本被押往刑场的路上，他来到一条水流湍急的河边。这个地方成为一个重要的分隔之地，因为"河的一边是城墙，另一边是他即将受难的开阔地"②。这条河在表面上是分离了城邦和行刑的开放荒地，但进一步仔细观察能够发现，城墙那边封住的不仅是城市，还有落后反动的异教政权，反而河那边的荒地能够带来宗教和信仰的新生力量。如果前面的异教和基督教的对立，表现在审判官和奥尔本两个个体之间的冲突。那下面的描述就将宗教冲突引向了更多人的精神选择问题。

当奥尔本来到河边时，他看见一大帮身份不同的男女老幼自发聚集到这里，他们显然是为天主所感动而走到一起，共同簇拥着奥尔本这位受到祝福和保佑的信徒和殉道者。很多人涌上这座桥，由于人数众多，桥上通行十分缓慢，天黑之前尚有许多人通过不了河上那座桥。比德在这里叙述道："总之，差不多所有的人都出来了，只有审判官孤独地留在城里，没有人侍候他。"③ 很明显，这里的空间分配已经表明了普通民众做出的宗教判断和选择，面对审判官代表的异教阵营和奥尔本所代

① Bede, *Baedae Opera Historica*, Vol. I, p. 38.
② 比德：《英吉利教会史》，第35页。
③ 比德：《英吉利教会史》，第35页。

表的基督教的阵营，民众纷纷选择走出城墙，走上这座桥，并渡过河，前往圣徒被行刑的荒地。前文已经分析过，在当时的历史背景下，水域通常起着边界的作用，但在这里，这条河不仅有了分割不同空间的意义，它甚至有了更深一层的意义：把基督徒和异教徒分开。并且在这种空间和群体身份的划分形成之后，这座桥在叙述中扮演了重要的角色，它抵消了边界水域的部族分裂作用。

在此过程中，奥尔本是一位基督教殉道者，他是代表统一力量的人物。这名宗教的殉道者被赋予了神奇的力量，当急于殉道的奥尔本来到河边，因桥面拥挤，一时无法从上面通过时，令人吃惊的是，圣徒举目望天，之后"只见河底枯干了，河水分开，为他让道。"① 奥尔本安全通过这条河，这一神迹故事很容易令人联想起著名的摩西在《出埃及记》中带领以色列众多部落穿过红海的故事。河水顺从圣徒的奇迹故事象征性地揭示了自然与宗教信仰的和谐。自然世界的河水为了向圣人致敬，放弃了作为在世俗世界中充当部落领土分割者的角色，转向为基督教提供了虔诚的服务。哈里斯（Harris）分析说："这条河为奥尔本提供了一条完成殉道的道路，也为异教徒提供了一条通往永生的道路"②。这位学者的阐释已经明确了河流作为一个象征景观的功用，景观的反常变化恰恰代表了从异教通向基督教的信仰之途。这条河在这个奇迹故事中的作用是复杂的，它不仅可以定义物理边界，还表明神圣的力量消除了世俗群体的分裂，并带来了不同个体和不同种族的融合。

随后奥尔本穿过了分开的水域，在前往刑场的路上，他和前来送行的民众一起登上了一座小山。比德详细描述了这座山拥有的不同寻常的美景：

---

① 比德：《英吉利教会史》，第35页。

② Stephen J. Harris, *Race and Ethnicity in Anglo-Saxon Literature*, New York: Routledge, 2003, p. 59.

Qui opportune laetus, gratia decentissima, quingentis fere passibus ab harena situs est, variis herbarum floribus depictus, immo usquequaque vestitus; in quo nihil repente arduum, nihil praeceps, nihil abruptum, quern lateribus longe lateque deductum in modum aequoris natura complanat, dignum videlicet eum, pro insita sibi specie venustatis, iam olim reddens qui beati martyris cruore dicaretur. ①

这座小山离刑场约半英里，山上风光旖旎，山坡上装点着，确实，应该说，到处开满了各色各样的野花。山上没有崎岖陡峭之处，整座山头以自然而平稳的坡度下降。由于宜人的自然恩惠，它自古以来就配得上、适合于用殉道圣徒的鲜血加以圣化。②

比德笔下描绘出的这座小山风景宜人，鲜花满地，甚至是地势平缓，这些都是上帝恩惠的美丽景致。与此同时，在这种空旷的山上，圣人可以和上帝产生联系，进行精神上的对话。于是紧接着读者就读到圣奥尔本登上山顶之后，祈求天主赐水。山上果然出现一股清澈的泉水，沿着特定的水道流下去。由此，从河水枯干为圣徒让道到山上留下泉水重新填满河床，河水的出现和消失都彰显了奥尔本获得的神赐的力量。比德直接评论道：

Qui videlicet fluvius ministerio persoluto, devotione completa officii testimonium relinquens, reversus est ad naturam. ③

看看那条河流吧，它在完成了使命，作出了贡献之后，又回到了原来的河道，从而完全证实了它对奥尔本的忠诚顺服。④

---

① Bede, *Baedae Opera Historica*, Vol. 1, p. 40.
② 比德：《英吉利教会史》，第35—36页。
③ Bede, *Baedae Opera Historica*, Vol. I, p. 42.
④ 比德：《英吉利教会史》，第36页。

这个神迹与比德的《英吉利教会史》的叙事语境极其相符，象征性地暗示了外在地景的特征能传递出自然界和基督教的共鸣。由此可以得出这样的结论：河水曾是分隔种族定居地的天然界限，但是为了表示对圣徒奥尔本的敬意，它放弃了作为英格兰部落的领土划分者的自然作用，并且对于该岛的任何居民来说这种物理界限的消失是合理的，显示了自然空间为基督教提供的虔诚服务。在基督教传统中，河水常常象征着洗礼、重生、圣徒的荣耀。事实上，比德自己在奥尔本的故事中也提到了这一点，他指出杀害奥尔本的刽子手"没有在洗礼盆中接受洗礼"（*fonte baptismatis non est ablutus*）。[①]

地景意义的精神内核因为宗教的传入发生了很大的变化。当罗马修士奥古斯丁（Augustine）在 6 世纪末把基督教带到英国东部时，[②] 他不仅仅是向当地的日耳曼部落引入了一种救赎的方式，同时带来了一种潜在的能形成统一身份的宗教的语言，这种语言能够唤起回忆和激起共同的精神追求。上面提到的修道院景观和关于土地和水的意象以及隐喻的隐含逻辑，从空间的角度重新定义了善行和群体生活的精神追求方向，从而改变了群体身份语言和道德语言之间的动态对话关系。这些空间和地点就是互动发生的地方。基督教的道德语言很快就迫使文本文化的意象和符号进行重新配置，而这些形象和符号曾使各种世俗集体具有凝聚力。可以说，两种语言之间的对话使得盎格鲁—撒克逊人以及其他生活于不列颠的部落群体将自己视为一个更宏大的宗教集体的一部分。换句话说，通过重新定义善行，或个人和集体应该达到的善，岛上的各个部落在转变的过程中被迫以不同的方式想象自己和各自的公共目标。然而，与此同时，他们的社区（即部落）身份的语言影响了本土基督徒的道德身份的表达。比德的伟大之处在于，他成功地协调了这种表达方

---

① 比德：《英吉利教会史》，第 36 页。
② 受教皇格列高利的委任和派遣，奥古斯丁率领基督教传教团于 597 年到达肯特。关于这一段历史，《英吉利教会史》有着详细的记载，请参看第 1 卷第 23 章至 33 章。

式。奥尔本对当地异教习俗的蔑视进一步表明，世俗的身份秩序有时与基督教的身份显得不相称。在比德的故事中，那些给世俗集体带来凝聚力的形象——例如作为边界的河水的形象——被用来说明基督教在重新配置英吉利各民族所扮演的角色。正如奥尔本模糊了顺从的圣徒和反抗的英雄之间的界限，河流的形象也模糊了洗礼之水和部落分裂之水之间的界限。奥尔本在河边的这幕神迹的场景展示了空间意象必要的模糊性，同时也承载着文化转型的重量。

圣人和神圣地点的故事反映了精神力量和物质力量的融合，从中盎格鲁——撒克逊人能够意识到基督教对他们土地产生的影响。比德在叙述的最后强调了这个令人愉快的岛屿花园的修复。《英吉利教会史》的最后两章转向前两章的重点，提供了这样一幅画面：这个岛屿目前已经实现了它早期的承诺，但也处于不安之中。比德列举了英格兰的主教，提供了一幅新的英格兰地图。他描述说，战争结束后，该岛成为一个繁荣的定居之地，但不是一个孤立的地方。由战争、饥荒和瘟疫造成的荒地可以被完全改变，整个英格兰应该在风和日丽的和平时期彻底放松下来，缓解紧张的局势：

> Qua arridente pace acserenitate temporum, plures in gente Northanhum-brorum, tam nobiles, quam privati, se suosque liberos, depositis armis, satagunt magis, accepta tonsura, monasterialibus ascribere votis, qllam bellieis exercere studiis. Quve res quem sit habitura finem, posterior ve-tas videbit. ①

> 由于出现了令人愉快的和睦与安宁的景象，许多诺森伯利亚人，包括贵族和平民，都将刀枪入库，急于使自己和自己的子女削发并起誓成为修士而不愿再从事征战了。这种习惯会造成什么结

---

① Bede, *Baedae Opera Historica*, Vol. II, p. 372.

果，下一代将能看出来。①

　　《英吉利教会史》的开头就显示了处于边缘地区的不列颠岛随时有可能重新回到孤立的状态，直到这里出现了照亮他人的精神工具，这座岛屿从而完成了一个基督教仪式，成为神圣的文化熏陶的地方，不列颠岛与世隔绝的状态才最终被打破，而这一切都只有通过基督教的传播才有可能实现。这一结局表明，比德超越了悲叹和忧郁的故事，提供了盎格鲁—撒克逊教会历史的宏伟图景，并通过传教工作，预先体验了英国民族形成的未来。

　　在以上进行的《英吉利教会史》中的空间讨论，存在一些基本的假设：其一，英格兰是与欧洲有联系的独特地理位置；其二，认识到历史是一个过程中的叙述；其三，所有的历史都是面向未来的，而未来可能受制于过去，但并非一定会受制于过去。比德的杰出成就在于创造了一段历史，在这段历史中，地方主义获得了全球意义，野蛮变成了文明，个人的虔诚和洞察力实现了从修道院出发并向外转移扩散的趋向。比德最后再次强调，基督教是岛上所有人民的精神指南：

　　　　In cuius regno perpetuo exultet terra, et congratulante in fide eius

Brittaniae, laetentur insulae multae et confiteantur memoriae sanctitatis

eius. ②

　　　　让人间在主的永恒中欢欣雀跃；由于不列颠有信仰天主的欢乐，让众海岛感到欣喜并为缅怀神圣的主而唱起赞美诗吧！③

　　所有这些都表明，伴随着基督教化，不列颠群岛作为一个整体经

---

① 比德：《英吉利教会史》，第377—378页。
② Bede, *Baedae Opera Historica*, Vol. Ⅱ, p. 372.
③ 比德：《英吉利教会史》，第378页。

历了从荒野到伊甸园的转变。这座美丽的花园，无论是在比喻意义层面上还是实际的政治历史进程中，他被上帝委托给园丁或看护者，他们能保护不列颠群岛，让其成长。对比德来说，最合适的守护者就是基督教会，① 通过皈依、教育和朝圣，创造了一种基督教文化，确立了英吉利民族的身份，并与外面的基督教世界保持着富有成效的关系。

比德将迁移至不列颠岛上的日耳曼居民作为一个单一的民族——英吉利民族（*gens Anglorum*），他们有着不同种族起源（盎格鲁人、撒克逊人、朱特人），将这群人统一放在一个特定的地区，这一地区具有不同的边界，并在一个统一的宗教系统下书写他们的历史，提供一个新的社会结构，并支持新生的民族身份。现在普遍认为比德是把英吉利人视作单一民族的第一人，由他发起并开始了记录英格兰地区统一的民族历史。从比德的作品开始，这位历史学家已经隐约表达出一种共同的"英国人"身份的存在，这种身份的形成主要依赖于这些群体共同的与土地间的联系，共同的语言以及文化传统的表达。强有力的证据来自这部著名史书的开头部分。这位富有洞见的历史学家强调指出，尽管岛上有四个民族使用不同的语言，但这些民族可以被视为一个整体，因为他们与用五种语言（即这些民族的四种语言加上拉丁语）所写的神圣律法和睦相处：

Haec in praesenti, iuxta numerum librorum quibus Lex Divina scripta est, quinqne gentium linguis, unam eandemque summae veritatis et verae sublimitatis scientiam scrutatur et confitetur, Anglorum videlicet, Brettonum, Scottorum, Pietorum et Latinorum, quae meditatione Scripturarum ceteris omnibus est facta communis. ②

---

① 详细研究教会在盎格鲁—撒克逊时期社会中发挥的各方面的作用超出了本书讨论的范围，可参看 John Blair, *The Church in Anglo-Saxon Society*, Oxford: Oxford University Press, 2005。

② Bede, *Baedae Opera Historica*, Vol. I, p. 16.

目前这个岛上的语言种类数目同"摩西五经"的卷数相同，一共有五种：岛上各族人民分别用英吉利语、不列颠语、苏格兰语、皮克特语和拉丁语钻研和宣传同一种最高真理和真正权威。上述最后一种语言由于研究《圣经》的缘故，已经成为各民族的通用语言。[①]

引文表明圣经和教会为英国成为一个统一的国家作出了很大的贡献。在充分考虑了历史背景后，坎贝尔（Campbell）主张到 1066 年盎格鲁—撒克逊建立了一个统一的民族国家。[②] 他分析说，那个时期英国没有民族主义者对国家的承诺，但出现了上层社会对民族交流的接受。教会与英国修道运动在思想上对政治统一产生了积极的影响。

比德的《英吉利教会史》指示了英吉利人的过去，但在此过程中，它更是提出了一种新的集体身份。比德用道德的语言建立起英吉利人的身份构建。比德确立了英吉利民族在不列颠岛上的首要地位，但更重要的是，他描述了他们对基督教的历史倾向。比德暗示，英吉利的民族凝聚力既是从部落认同中获得，也是从基督教认同中获得。如同前面分析到的比德将英吉利民族和以色列人进行的类比，以色列的出埃及和英吉利民族离开北欧的行为呼应，前者穿越红海到达上帝应允之地，而英吉利人穿越海峡到达这座位于世界边缘的美丽岛屿。因此，民族身份形成的基础是这个群体获得的新的家园并且有着共同的精神信仰。在整部《英吉利教会史》中，比德似乎已经表明，那些拒绝部落过去的历史且不接受上帝确立他们是神圣民族暗示的人，注定遭遇道德和政治上的失败。

总之，《不列颠之毁灭》和《英吉利教会史》中的空间表征和地景描述发挥着重要的功能，它能帮助现代学者和读者探究盎格鲁—撒克逊人对自我在世界上所处位置的看法。吉尔达斯和比德深受传播到不列颠

---

　① 比德：《英吉利教会史》，第 24 页。

　② James Campbell, "The United Kingdom of England：the Anglo-Saxon Achievement", in A. Grant and K. J. Stringer, eds. , *Uniting the Kingdom? The Making of British History*, London：Routledge, 1995, p. 31.

岛上的古典文本的影响，他们的历史作品共同表现出来不列颠群岛被视为边缘之地。这两位历史学家都提出了理解盎格鲁——撒克逊时期的不列颠岛，必须关联当时基督教中心的教会文化影响。在《英吉利教会史》中，比德进一步加强了基督教的精神力量，将其强加于形成民族认同的神话之上，并在边缘的不列颠岛和伊甸园之间建立起了空间主题上的联系。令人愉快的岛屿意象和景观的隐喻成为当时英格兰空间神话的核心概念。不列颠作为一个新的伊甸园，那里充满了一套看似矛盾的空间秩序：开放或孤立，伊甸园的神圣或堕落，"安乐之所"或荒地。这一切的对立又同时充分地动态体现于景观改造方面，比德的自然环境被视为善恶之间不断进行精神斗争的场地。通过对修道院景观和神迹故事的分析，可以观察得出美丽和绿色是圣人存在的两个有效的空间标志。上帝创造了一幅对人类有益且令人感到愉快的多彩丰饶的景观。从这个角度观察，《英吉利教会史》中从荒野到乐园的景观嬗变，很好地对应了作为上帝的新选民，盎格鲁——撒克逊人整个民族所经历的救赎史，揭示了他们的集体身份塑形过程与居住地之间自始至终存在的紧密的相互依存和影响的关系，他们的民族身份和记忆被铭刻在这片土地之上，文本中的空间和地点的记载将随这份历史记忆传递下来。随着盎格鲁——撒克逊人逐渐发展成为"英国人"，他们经历了一个"绘制"土地的过程，并且从这片土地上衍生出他们的身份，将其概念化为一个整体。

结　语

　　被想象力所把握的空间不再是那个在测量工作和几何学思维支配下的冷漠无情的空间。它是被人所体验的空间。它不是从实证的角度被体验，而是在想象力的全部特殊性中被体验。

——加斯东·巴什拉《空间的诗学》①

　　文学本身就是一幅地图，它用文字描绘了各种图景和人物。本书正是沿着盎格鲁—撒克逊文学文本中描绘的线路，发现和探索一个个地点和空间概念，并尽可能多地解读出生产了这些文本的社会空间的概念。本书里讨论的各种类型的古英语和拉丁语的文本已经鲜活地表现出盎格鲁—撒克逊人有着对空间和地点的迷恋倾向。一方面，盎格鲁—撒克逊人密切注意观察他们居住地的景观特征和细节，并根据社会实践和宗教信仰在脑海的想象中绘制出这些景观，并最终反映在不同主题的文本中；另一方面，尽管生活在位于当时世界边缘的岛屿之上，盎格鲁—撒克逊人的眼光却不仅仅囿于这一小方天地，他们对外面的世界和自己在这个世界上的位置充满了探索的兴趣。不可否认，比起后现代理论对空间意义的剥丝抽茧式的解析，盎格鲁—撒克逊人对空间的认知和体验显得更为直接和质朴，本项研究基于各类文本的细读，揭示出盎格鲁—撒克逊作家们积极致力于将空间这一抽象而广泛的概念转化为能够体验和

---

　　① ［法］加斯东·巴什拉:《空间的诗学》，张逸婧译，上海译文出版社 2013 年版，第 27 页。

— 219 —

感知的地点、景观、区域、边界等各个具体的概念和空间表征。

在现代空间视阈下去解读这些创作于一千多年前的文本，是为了靠近甚至是走进这些文本传递出的社会空间。正是由于这些文字的记录，中世纪早期的生活和实践离现代人也不是那么的遥不可及和无法感触。研究运用现代的视角，希望能发展出面向中世纪早期文本的空间研究。通过打破空间、地点和景观间的隔阂，充分考察三者之间的互通性以及独特性，全面分析盎格鲁——撒克逊文本中呈现出来的空间结构和其承载经济社会文化等各方面的信息和意义。因而本项研究的前提是将空间和历史地理知识作为文化系统的相互关联的元素，并阐述适合在跨学科和当代语境中应用的空间概念。文本的讨论以列斐伏尔空间三重体为理论起点，表明空间地景在盎格鲁——撒克逊文学中是多层次的，可以通过物理、心理、宗教的方式来感知。主体部分的分析集中于空间层次的不同表现形式及其蕴含着的深刻的社会信息。

对智慧诗歌和史诗《贝奥武甫》的文本分析表明，人类居住的文明社会与野生的自然空间之间存在巨大反差，常常表现在空间的对立方面，如中心对边缘，内部对外部，向下对向上的运动趋向。但是二者比邻而居，虽然有各种物理界限将其分开，但实质上是相互渗透，无法彻底分割的。运用北欧神话中水平——垂直的立体叙事结构进行类比，更加深刻理解了《贝奥武甫》中大厅和荒野两个异质空间的对立以及界限的不稳定特征。大厅这一社会空间的中心地带集中体现了当时的社会实践和社会关系，而怪物盘踞的自然荒地却成为定义人性和英雄主义的重要空间。两者不是简单地对立，而是相互制约和界定的存在。

以往盎格鲁——撒克逊学者普遍只关注空间的外在物理环境，在一定程度上忽视了对人物身体里的心理空间的隐喻解读。本书具体解析了古英语抒情诗歌空间和地景的表征方式，发现得出流亡者内心的不安往往是通过外部的自然景观得以外化传递和表达出来。同时个人与社会的紧密联系在流亡者的哀歌中得到了清晰的体现。研究进一步从时间观念和性别问题的角度探讨了人物内在心理空间和外在物理空间运动间的紧密联系。在古英语抒情诗歌中，流亡者的内心空间直接反映了辉煌的过去和混乱的现在之间既对立又并行的特征。此外，女性流亡者不同于暂时被驱逐的男性流亡者，她们永远被困在自然荒野之中，远离群体的集体空间。这种区别证明了受日耳曼尚武传统的影响，盎格鲁—撒克逊时期的女性始终位于社会的边缘地带。

此外，考虑到基督教在盎格鲁—撒克逊社会尤其是文学文化中发挥的举足轻重的作用，精神空间的表征特点十分突出。在这一时期的圣徒传记和寓言诗歌中，圣徒隐修的蛮荒之地、修道院空间都成为一个被神圣力量赋予特殊性质的空间，这些空间区别于日常生活的普通空间，它们是圣徒接受考验，争夺空间所有权，以及完成精神提升的特殊场所。景观改造和驯服动物成了圣徒完成救赎和达成圣洁身份的重要标志。借助基督教神学家桑提米尔所倡导的生态神学方法，可以观察到盎格鲁—撒克逊人对自然的双重态度：既害怕和抗拒充满未知危险的空间，同时又希冀能够与威胁力量和谐相处，甚至可以完成对其进行的地景改造。

本书各个章节在分析人物在空间中的实践活动时，都十分重视空间、地点和地景对盎格鲁—撒克逊人集体身份建构的塑形功能。研究表明，"边缘"这一空间定位的概念与身份建构中的"他者"概念一直联系在一起，它们共同渗透影响到盎格鲁—撒克逊人的社会和文化生活中。通过对盎格鲁—撒克逊历史文献的细读，可以看出，盎格鲁—撒克逊人处于世界的边缘。盎格鲁—撒克逊部落的起源神话大多和怪兽形象联系在一起，带有畸形和混杂的特征。此外，在盎格鲁—撒克逊王国的城墙之外，他们的王国被动荡不安的荒野所包围。这些都证实了外围、边缘和蛮荒是根植于盎格鲁—撒克逊文化中的空间概念，它们的存在对盎格鲁—撒克逊人来说是十分熟悉的。盎格鲁—撒克逊时代的修士史学家们在其历史记载中构建起了边缘英国和伊甸园之间的空间联系，以突出基督教的精神力量能够缩短中心和边缘的空间距离，并且重新定义边缘之地的内涵。在比德的《英吉利教会史》中，从边缘孤岛到"安乐之所"的空间演变与盎格鲁——撒克逊人作为上帝选民的救赎是一致的，从而反映出基督教的精神力量极大地作用于空间的再现上。盎格鲁——撒克逊人甚至通过现实世界的实践，将这种构想的空间转变为生活在其中的表征性空间，从而在这座美丽的地上乐园中创造出一个民族认同的神话。

本书的讨论揭示了代表性景观及重要地点的空间意义可以用来解析复杂的社会关系。核心空间与周围环境的划分和相互关系符合列斐伏尔的空间生产概念：盎格鲁——撒克逊人进行开垦播种、圈地建造等生产实践时，逐渐完成他们对各个不同功能空间的划分，并在此过程中形成了他们抽象的空间观念，如边界、封闭空间、垂直差异和运动，进而对空间施加秩序。空间秩序通过具体的地点和地景表征出来，它们是不同的人生活的具象空间，盎格鲁——撒克逊人的经历可以借助象征和想象的方法在文学作品中表现出来。基于对各种盎格鲁——撒克逊文本的深入研究，得出有关空间实践和文学呈现的最核心的观点：对盎格鲁——撒克逊人来说，占有和控制空间是至关重要的，这不仅是对权力的要求，而且为身份认同感奠定了基础。

首先，当时人类对空间的控制有其局限性，但在文学文本之中盎格鲁——撒克逊人能充分构建起对这些空间的不同理解。有些空间对于活着的人来说是不可读懂的：天堂和地狱在人死之前是很少被光顾的地点，普通人也不可能长时间生活在社会关系完全真空的荒野。然而，人们一次又一次地试图控制空间和地点，最明显的机制就是划分出来建筑空间：边界区分了内部世界和外部世界，成功界定了人类可能居住的地方，作为典型代表的大厅为社会关系和生产实践提供了一个感到安全的中心地点。盎格鲁——撒克逊人把占有的空间和地点想象成有人居住的丰饶之地，丰富多样，常常充满光明和井然的秩序。这个空间的维系是由领主和扈从的社会关系来共同维护，尤其需要具有非凡能力的英雄来保卫社会空间。即便是在荒野之中，作为"基督战士"的圣徒能赢得驱赶魔鬼的空间争斗，并改变空无的地景。而在不稳定的社会背景下，安全的家园并不是永久的，很容易变成废墟。当荒野和文明的边界消失时，这个巨大的空间可能会被改造成圣徒隐修的适当居所。这种空间性质的转变也说明了盎格鲁—撒克逊人思想中更广泛的趋势，他们认为空间不是空的，是等待被填满和建立起秩序的，它是上帝的创造物，并有可能结出果实，无论它最初看起来多么荒凉。正如文化地理学家豪依主张的那样，对盎格鲁—撒克逊人来说，任何"地方的故事都必须始终将占有和剥夺的纠缠关系作为历史事实和未来的可能性来处理"[①]。景观的变化突出了基督教对盎格鲁—撒克逊文学的文化影响，在空间争斗和改造过程中，异教日耳曼文化和中世纪早期基督教对盎格鲁—撒克逊英国文化景观的形成起着关键作用。因此，空间研究为思考不同传统的融合和盎格鲁—撒克逊文化的形成开辟了新的途径。

其次，盎格鲁—撒克逊人在文本中呈现出的对空间的控制并不仅仅局限于那些可以被物理控制的区域。盎格鲁—撒克逊人试图理解他们在政治上无法控制的地方，从而实现一种不同的掌握：当他们无法统治一个地方时，他们仍然可以与这些空间实现连接，将它们放入自己的记忆和文本中以获得一种不同的力量。一些盎格鲁—撒克逊人尤其是接触了古典文献的学者们知道他们生活在古典权威所定义的世界边缘，然而他们努力通过自己的实践和创作促使这个边缘空间转变为一个潜在的中心地带。盎格鲁—撒克逊作家经常翻译和改编经典文本，通过这些文本的交流与传递，令其居住的小岛更多为外界所知，积极与当时世界文明的核心地带罗马和耶路撒冷产生互动。他们研究遥远国度的历史，扩充他们的精神和文学档案。在这种意义上，盎格鲁—撒克逊学者和作家们试图摆脱其边缘地带的刻板印象，通过合法化其上帝选民的身份，在文学

---

① Nicholas Howe, "The Landscape of Anglo-Saxon England", p. 95.

创作中突出了不列颠岛是新的伊甸乐园的空间概念。

最后，控制空间使其成为有人居住的地点景观，这一过程本质上可以被看作一种社会文化的形式，显示了对土地和群体的归属感。因此本书的主体部分一直关注身份构建和空间意义之间的关联性。就不同群体的人（英雄、圣人和被迫流亡者）与自然景观、社会景观和精神景观的联系，充分表明了日耳曼和基督教的文化传统共同主导的个人、群体和社会的定位与关联。第一章定义了对抗怪物和保护社会空间的英雄主义。第二章强调集体生活，突出流亡者的内心荒野，强调个人与社会的紧密联系。第三章注意到个体在宇宙中的位置，通过信仰的力量揭示出神圣空间的生成作用。第四章从英国民族认同意识的萌芽出发，论述了具有民族意识的象征地景。简言之，文学文本中的空间呈现反映了人物和地景不同层面的互动，成为考察盎格鲁——撒克逊人构建民族、文化和宗教身份的重要工具。在这些高度想象的文本空间里，回响着个体记忆、群体经验、人类的集体意识。

本项研究具体探讨了盎格鲁——撒克逊文本中空间地点的表现形式和功能，将空间研究延伸至中世纪早期英国文学的讨论，希望能在一定程度上丰富国内外国文学研究中空间理论应用的层次，也为现代社会空间认知提供更为丰富的研究视角、精神资源和信仰启示。此外，专著中涉及的文本和主题是经过谨慎地选择，以便阐明盎格鲁——撒克逊人理解空间及地点时的一些主要特征，同时不会让讨论变得过于庞杂。近年来，国外学者十分关注这一时期拉丁语文本的研究，而盎格鲁——拉丁文学在国内中世纪文学研究领域还处于相对被忽视的状态。本书首次将拉丁语文本的讨论纳入整个盎格鲁——撒克逊文学的系统研究中，突出关注双语的文本创作对这一时期文化观念的影响，是对盎格鲁——撒克逊文学研究的一种积极的尝试和拓展。

在整个研究讨论之中，各种空间形式不仅是一种文学表达方式，而且是透过具体的空间划分和空间实践来观察盎格鲁——撒克逊社会对周围环境的反应，包括物质和精神上的反应，以便能更多地理解这个社会的运作方式。文学中的空间研究仿佛打开一扇窗，透过这个窗户，现代读者可以看到遥远的盎格鲁—撒克逊人对宇宙、自然和历史景观的看法。同时文本中各种地点和地景传递出了多层次的丰富的信息，这些文本起源的文化是空间与居住其中的居民间的互动来创造的。由此文学对个人主体性的建构是外在世界和内在生活空间之间的辩证联系，是在这两个领域之间复杂的互动中产生的。现代读者阅读和理解作为"他者"的盎格鲁—撒克逊文化，能够更清楚地了解英国民族的起源。同时回溯古代人类活动与空间的互动情况，可帮助厘清人们对自我生存方式与周围环境认知的嬗变趋势，对思考当代人类生存环境颇具启发，具有一定的现实意义。当下人们越来越意识到，我们居住的生态系统不是静态的，而是动态的，它不是独立存在的，而是与人类历史共生发展的。

　　尽管本项研究深掘各种空间的文化象征，关注它们对盎格鲁—撒克逊时期个体、群体、民族施加的影响，研究得出的结论是试探性的，因为叙事性文学所代表的世界不应该没有条件地完全符合现实。同时现代读者和学者不能完全把自己的生活经验放在一边，像盎格鲁—撒克逊人那样感受、认知这些空间。然而，研究者们可以调整获得观点的角度，就像身处民族混杂社会中的盎格鲁—撒克逊人每次在文字、听觉或视觉上遇到不同的文明时所做的那样，可以使用一系列的策略来认识自己的处境，并理解他人的处境。本研究揭示了盎格鲁—撒克逊文学的多元性、秩序性、多样性和启发性。然而，就像空间本身一样，这种文学作品的丰富程度无法被完全描绘和了解，尚有很多角度的信息等待被发现。同时空间研究需要调动跨领域的多个学科的知识，在本书的讨论中，更重视文学和历史文献，而未能串联和并置考古资料和视觉材料。因此，未来国内中世纪文学研究应更加重视结合文献和实物证据，最大可能地调动交叉学科的资源，还原当时社会文化最完整的面貌。

　　除了跨学科联动研究的加入，仅就中世纪英国文学研究的发展而言，本项研究将来也可进行进一步的拓展。应该注意空间表征的一致性或内聚性。根据列斐伏尔的观点，历史中存在的空间在表征层面上具有潜在的连续性，它支撑着表征性空间及其所伴随的意象和神话故事，即通常所称为的"文化模式"。① 鉴于此，中世纪文学作品中的空间研究和地景讨论理应展现持续的文化力量，这一研究方向在未来应注意从两个角度进行拓深。首先，中世纪早期只是英国文学形成阶段中最古老的一层，后续可以将研究对象拓展至中世纪后期，甚至延伸到更远的文艺复兴时期，调查在不同的社会和历史背景下，重点的空间构建和地理景观的表现形式和象征意义的变化。同时，共时角度的比较研究也十分重要。盎格鲁—撒克逊文学关注的只是不列颠岛上主体地区的移民影响和文化演变，其实早期爱尔兰文学在空间和地景方面有着相关又不同的呈现，在空间视阈下比较研究这两个地区的文学能更加全面地获知当时整个不列颠岛的混杂的文化传统间的博弈、冲突与融合，还原一个多元的社会文化景观。

　　这项研究所讨论的空间呈现、空间概念和空间关系最终都回归到具体存在和物质，回归到人们生活和经历的世界。通过考察盎格鲁—撒克逊文学文本中的空间、地点和地景，我们不仅可以构建一个文化视角，还可以重建一个经验世界。然而，这些中世纪早期的文本并不仅仅是一面镜子，只能去被动反映盎格鲁—撒克逊时期的文化。诚然，文本本身包含着属于自己的代码和系统，自己的神话。它通过自己的媒介传递出语言和文化概念，创造意义模式。正如本书空间研究呈现出的那样，这些模式可以关联内部世界、心灵和身体的风景，也可以反映外部社会和物理环境，甚至探索了更抽象的宇宙本身。空间视阈下的盎格鲁—撒克逊文学研究正是为广阔的学术讨论开辟了一条新的道路，以期将来从更多角度来讨论盎格鲁—撒克逊研究的构成、特征、实践以及建立起与更广泛的学术研究领域间的关系。

----

① Lefebvre, *The Production of Space*, p. 230.

参考文献

一　文本资料（**Primary Sources**）

Aldhelm, *Aldhelm, the Poetic Works*, trans. Michael Lapidge and James L. Rosier, Cambridge: D. S. Brewer, 1985.

Aldhelm, *Aldhelm, the Prose Works*, trans. Michael Lapidge and Michael W Herren, Cambridge: D. S. Brewer, 1979.

Aldhelm, *Saint Aldhelm's Riddles*, trans. A. M. Juster, Toronto: University of Toronto Press, 2015.

Bede and J. E. King, *Baedae Opera Historica: with an English Translation by J. E. King*, 2 vols., Cambridge, Mass.: Harvard University Press, 1930.

Bede, *On Ezra and Nehemiah*, trans. Scott DeGrogorian, Liverpool: Liverpool University Press, 2006.

Bertram Colgrave ed. and trans., *Two Lives of Saint Cuthbert*, Cambridge: Cambridge University Press, 1940.

Ephraim Emerton ed. and trans., *The Letters of St. Boniface*, New York: Columbia University Press, 1940.

Evagrius, *Vita Antonii Abbati*, *Patrologiae Latina*, eds. J. P. Migne et al., Paris: Garnier, 1844—1903.

Felix, *Felix's Life of Saint Guthlac*, ed. and trans. Bertram Colgrave, Cambridge: Cambridge University Press, 1985.

Geoffrey of Monmouth, *The Historia Regnum Britannie of Geoffrey of Monmouth*, ed. Neil Wright, Cambridge: D. S. Brewer, 1984.

George Philip Krapp and Elliott Van Kirk Dobbie, eds. , *The Anglo-Saxon Poetic Records*, 6 vols. , New York: Columbia University Press, 1931—1953.

Gerald of Wales, *The History and Topography of Ireland*, trans. John O' Meara, Atlantic Highlands: Humanities Press, Inc. , 1982.

Gildas, *De Excidio et Conquestu Britanniae*, ed. and trans. Michael Winterbottom, London: Phillimore, 1978.

Gildas, *The Ruin of Britain and Other Works*, ed. Michael Winterbottom, London: Phillimore, 1978.

Isidore of Seville, *Etymologiae* Book XIV. , ed. W. M. Lindsay, Oxford: Oxford University Press, 1957.

Isidore of Seville, *Etymologies of Isidore of Seville*, trans. Stephen A. Barney, J. Lewis, J. A. Beach, and Oliver Berghof, Cambridge: Cambridge University Press, 2006.

J. A. Giles ed. , *The Complete Works of Venerable Bede*, 6 vols. London: Whittaker and Co. , 1843.

Jane Roberts ed. , *The Guthlac Poems of the Exeter Book*, Oxford: Oxford University Press, 1979.

J. M. Wallace-Hadrill, *Bede's Ecclesiastical History of the English People: A Historical Commentary*, Oxford: Oxford University Press, 1988.

Nennius, *British History and The Welsh Annals*, ed. John Morris, London: Phillimore, 1980.

N. F. Blake ed. , *The Phoenix*, Liverpool: Liverpool University Press, 1990.

Paulus Orosius, *Seven Books of History against the Pagans*, trans. A. T. Fear, Liverpool: Liverpool University Press, 2010.

Pliny, *Natural History*, trans. John Bostock, London: Bohn, 1845.

Plotinus, *The Enneads*, ed. and trans. Stephen MacKenna, London: The Medici Society Ltd. , 1924.

R. C. Gregg trans. , *Athanasius: The Life of Antony and the Letter to Marcellinus*, New York: Paulist Press, 1980.

S. A. J. Bradley ed. and trans. , *Anglo-Saxon Poetry*, London: J. M. Dent, 1995.

Seamus Heaney trans. , *Beowulf: A New Verse Translation*, New York & London: W. W. Norton & Company, 2000.

《贝奥武甫：古英语史诗》，冯象译，生活·读书·新知三联书店 1992 年版。

［英］比德：《盎格鲁—撒克逊编年史》，寿纪瑜译，商务印书馆 2004 年版。

［英］比德：《英吉利教会史》，陈维振、周清民译，商务印书馆 1991 年版。

［英］蒙茅斯的杰佛里：《不列颠诸王史》，陈默译，广西师范大学出版社 2009 年版。

二　研究文献（Secondary Sources）

Adolf Harnack, *Militia Christi: The Christian Religion and the Military in the First Three Centuries*, trans. D. I. Gracie, Philadelphia: Polebridge Press Westar Ins. , 1981.

Adrian Hastings, *The Construction of Nationhood: Ethnicity, Religion and Nationalism*, Cambridge: Cambridge University Press, 1997.

Agnes Reffy Horvath, "Saint Guthlac, the Warrior of God in the Guthlac Poems of the Exeter Book", *The Ana Chronis T*, No. 6, 2000.

A. H. Merrills, *History and Geography in Late Antiquity*, Cambridge: Cambridge Univeristy Press, 2005.

Alain Renoir, "A Reading Context for *The Wife's Lament*", L. E. Nicholson and D. W. Frese, eds. , *Anglo-Saxon Poetry: Essays in Appreciation*, London: University of Notre Dame Press, 1975.

Alaric Hallet al, eds. *Interfaces between Language and Culture in Medieval England: A Festschrift for Matti Kilpiöö*, Leiden & Boston: Brill, 2010.

Alf Siewers, "Landscapes of Conversion: Guthlac's Mound and Grendel's Mere as Expressions of Anglo-Saxon Nation-Building", *Viator*, Vol. 34, 2003.

Alf Siewers, *Strange Beauty: Ecocritical Approaches to Early Medieval Landscape*, New York: Palgrave Macmillan, 2009.

Alvin A. Lee, *The Guest-Hall of Eden: Four Essays on the Design of Old English Poetry*, New Haven & London: Yale University Press, 1972.

Andy Orchard, *A Critical Companion to Beowulf*, Woodbridge: D. S. Brewer, 2003.

Andy Orchard, *Pride and Prodigies: Studies in the Monsters of the Beowulf-Manuscript*, Cambridge: D. S. Brewer, 1995.

Anne L. Klinck, *The Old English Elegies: A Critical Edition and Genre Study*, Montreal: McGill-Queen's University Press, 1992.

Anne Thompson Lee, "*The Ruin*: Bath or Babylon?" *Neuphilologische Mitteilungen*, Vol. 74, No. 3, 1974.

Ann K. Warren, *Anchorites and Their Patrons in Medieval England*, Berkeley: University of California Press, 1985.

Anthony D. Smith, *The Ethnic Origins of Nations*, Oxford: Blackwell, 1986.

Antonina Harbus, *The Life of the Mind in Old English Poetry*, Amesterdam & New York: Rodopi B. V. , 2002.

Arthur G. Brodeu, *The Art of Beowulf*, Berkeley: University of California Press, 1959.

Asa Simon Mittman, *Maps and Monsters in Medieval England*, New York & London: Routledge, 2006.

Benedict Anderson, *Imagined Communities: Reflections on the Origin and Spread of Nationalism*, rev. edn. , London: Verso, 1991.

Benedicta Ward, "Miracles and History: A Reconsideration of the Miracle Stories used by Bede", Gerald Bonner ed. , *Famulus Christi: Essays in Commemoration of the Thirteenth Centenary of the Birth of the Venerable Bede*, London: S. P. C. K. , 1976.

Benedicta Ward, *Miracles and the Medieval Mind: Theory, Record, and Event, 1000 – 1215*, Philadelphia: University of Pennsylvania Press, 1987.

Bertram Colgrave, "Bede's Miracle Stories", A. Hamilton Tompson ed. , *Bede: His Life, Times and Writings: Essays in Commemoration of the Twelfth Centenary of His Death*, New York: Russell, 1966.

Britton J. Harwood and Gillian R. Overing, eds. , *Class and Gender in Early English Literature: Intersections*, Bloomington: Indiana University Press, 1994.

Calvin B. Kendall, "Imitation and the Venerable Bede's *Historia Ecclesiastica*", Margot H. King and Wesley M. Stevens, eds. , *Saints, Scholars, and Heroes*, Vol. 1, Minnesota: Collegeville, 1979.

Cameron Hunt McNabb, " 'Eldum Unnyt': Treasure Spaces in *Beowulf*", *Neophilologus*, Vol. 95, No. 1, 2011.

Caroline Brady, "The Synonyms for 'Sea' in *Beowulf*", *Studies in Honor of Albert Morey Sturtevant*, Lawrence, KA: University of Kansas Publications, 1952.

Carolyne Larrington, *A Store of Common Sense: Gnomic Theme and Style in Old Icelandic and Old English Wisdom Poetry*, New York: Oxford University Press, 1993.

Catherine A. M. Clarke, *Literary Landscapes and the Idea of England*, 700 – 1400, Cambridge & New York: D. S. Brewer, 2006.

Charles Jencks, *The New Paradigm in Architecture: The Language of Postmodernism*, New Haven: Yale University Press, 2002.

Cheryll Glotfelty and Harold Fromm, eds. , *The Ecocriticism Reader: Landmarks in Literary Ecology*, Athens: University of Georgia Press, 1996.

Christopher A. Jones, "Envisioning the *Cenobium* in the Old English *Guthlac A*", *Medieval Studies*, Vol. 57, 1995.

Claes Schaar, *Critical Studies in the Cynewulf Group*, New York: Haskell House Pub Ltd. , 1969.

Clair McPherson, "The Sea as Desert: Early English Spirituality and *The Seafarer*", *The American Benedictine Review*, Vol. 38, No. 2, 1987.

Clare A. Lees and Gillian R. Overing, eds. , *A Place to Believe in: Locating Medieval Landscapes*, University Park, PA: Pennsylvania State University Press, 2006.

Clare A. Lees ed. , *The Cambridge History of Early Medieval English Literature*, Cambridge: Cambridge University Press, 2016.

Clarence J. Glacken, *Traces on the Rhodian Shore: Nature and Culture in Western Thought from Ancient Times to the End of the Eighteenth Century*, Berkeley & Los Angeles: University of California Press, 1967.

Craig Williamson, *The Old English Riddles of the Exeter Book*, Chapel Hill, N. C. : University of North Carolina Press, 1977.

Daniel Calder, "Perspective and Movement in *The Ruin*", *Neuphilologische Mitteilungen*, Vol. 72, No. 3, 1971.

Daniel Donoghue, *Old English Literature: A Short Introduction*, Oxford: Blackwell Publishers Ltd. , 2004.

Daniel G. Calder, "Setting and Ethos: The Pattern of Measure and Limit in *Beowulf*", *Studies in Philology*, Vol. 69, No. 1, 1972.

Daniel G. Calder, "Setting and Mode in *The Seafarer* and *The Wanderer*", *Neuphilologische Mitteilungen*, Vol. 72, No. 2, 1971.

Debra Higgs Strickland ed. , *Images of Medieval Sanctity: Essays in Honour of Gary Dickson*, Leiden & Boston: Brill, 2007.

Dee Dyas, Valerie Edden and Roger Ellis, eds. , *Approaching Medieval English Anchoritic and Mystical Texts*, Woodbridge & Rochester: D. S. Brewer, 2005.

Della Hooke, *Anglo-Saxon Settlements*, New York: Blackwell Publishing Ltd. , 1988.

Della Hooke, *The Landscape of Anglo-Saxon England*, Leicester: University of Leicester Press, 1998.

Derek Gregory et al. eds. , *The Dictionary of Human Geography*, 5th ed. , Malden, MA: Blackwell, 2009.

D. G. Scragg ed. , *The Vercelli Homilies and Related Texts*, Oxford: Oxford University Press, 1992.

Dick Harrison, "Invisible Boundaries and Places of Power: Notions of Liminality and Centrality in the Early Middle Ages", Walter Pohl, Ian Wood, and Helmut Reimitz eds. , *The Transformation of Frontiers: From Late Antiquity to the Carolingian*, Leiden & Boston: Brill, 2001.

Dolores Warwick Frese, "*Wulf and Eadwacer:* The Adulterous Woman Reconsidered", *Notre Dame English Journal*, Vol. 15, No. 1, 1983.

Dominic Alexander, *Saints and Animals in the Middle Ages*, Woodbridge & New York: The Boydell Press, 2008.

D. W. Meinig, "Symbolic Landscapes: Models of American Communities", D. W. Meinig ed. , *The Interpretation of Ordinary Landscapes: Geographical Essays*, Oxford: Oxford University Press, 1979.

Edward B. Irving, *A Reading of Beowulf*, New Haven: Yale University Press, 1968.

Edward W. Soja, *Postmodern Goegraphies: The Reassertion of Space in Critical Social Theory*, New York: Verso, 1989.

Edward W. Soja, *Thirdspace: Journeys to Los Angeles and Other Real-and-Imagined Places*, Cambridge, MA: Blackwell Publishing Ltd. , 1996.

E. G. Stanley, "Old English Poetic Diction and the Interpretation of *The Wanderer*, *The Seafarer* and *The Penitent's Prayer*", *Anglia*, Vol. 73, No. 4, 1955.

Elaine Treharne, *Old and Middle English* c. 890 – c. 1450: *An Anthology*, 3rd edn. , Oxford: Blackwell, 2009.

Elizabeth Grosz, *Space*, *Time and Perversion: Essays on the Politics of Bodies*, New York: Routledge, 1995.

Fabienne L. Michelet, *Creation*, *Migration*, *and Conquest: Imaginary Geography and Sense of Space in Old English Literature*, Oxford & New York: Oxford University Press, 2006.

Felix J. Oinas ed. , *Heroic Epic and Saga: An Introduction to the World's Great Folk Epics*, Bloomington: Indiana Univerisy Press, 1987.

Gaston Bachelard, *The Poetics of Space*, trans. Maria Jones, Boston: Beacon Press, 1994.

Gerald Bonner, et al. , eds. , *St. Cuthbert*, *His Cult and His Community to AD* 1200, Woodbridge, Suffolk, UK: Boydell and Brewer, 1989.

Gilles Deleuze and Félix Guattari, *A Thousand Plateaus: Capitalism and Schizophrenia*, trans. Brian Massumi, Minneapolis: University of Minnesota Press, 1987.

Gordon Hall Gerould, "The Old English Poems on St. Guthlac and their Latin Source", *Modern Language Notes*, Vol. 32, No. 2, 1917.

Greg Garrad, *Ecocriticism*, London & New York: Routledge, 2004.

Harald Kleinschmidt, "Space, Body, Action: The Significance of Perceptions in the Study of the Environmental History of Early Medieval Europe", *The Medieval History Journal*, Vol. 3, No. 2, 2000.

Henri Lefebvre, *The Production of Space*, trans. Donald Nicholson-Smith, Oxford: Blackwell Publishing Ltd., 1991.

Howard Stein, *Developmental Time*, *Cultural Space: Studies in Psychogeography*, Norman & London: University of Oklahoma Press, 1987.

Hugh Macdougall, *Racial Myth in English History: Trojans*, *Teutons*, *and Anglo-Saxons*, London: University Press of New England, 1982.

Hugh Magennis, *Images of Community in Old English Poetry*, Cambridge & New York: Cambridge University Press, 1996.

Hugh Magennis, *The Cambridge Introduction to Anglo-Saxon Literature*, Cambridge: Cambridge University Press, 2011.

Jacques Le Goff, *Medieval Civilization* 400 – 1500, trans. Julia Barrow, Oxford: Basil Blackwell Ltd., 1988.

Jacques Le Goff, "The Wilderness in the Medieval West", *The Medieval Imagination*, trans. Arthur Goldhammer, Chicago: University of Chicago Press, 1988.

Jacquline Stodnick and Renee R. Trilling, eds., *A Handbook of Anglo-Saxon Studies*, Malden: Blackwell Publishing Ltd., 2012.

James Campbell, "The United Kingdom of England: the Anglo-Saxon Achievement", A. Grant and K. J. Stringer, eds., *Uniting the Kingdom? The Making of British History*, London: Routledge, 1995.

Janet Poindexter Sholty, Into the Woods: Wilderness Imagery as Representation of Spiritual and Emotional Transition in Medieval Literature, Ph. D. dissertation, U of North Texas, 1997.

J. D. Niles, *Beowulf: The Poem and Its Tradition*, Cambridge, Mass. : Harvard University Press, 1983.

Jeffrey J. Cohen, *Medieval Identity Machines*, Minneapolis: University of Minnesota Press, 2003.

Jeffrey J. Cohen, *Monster Theory: Reading Culture*, Minneapolis: University of Minnesota Press, 1996.

Jeffrey J. Cohen, *Of Giants: Sex, Monsters, and the Middle Ages*, Minneapolis: University of Minnesota Press, 1999.

Jennifer Neville, *Representations of the Natural World in Old English Poetry*, Cambridge & New York: Cambridge University Press, 1999.

J. N. Stephens, "Bede's Ecclesiastical History", *History: The Journal of the Historical Association*, Vol. 62, No. 204, 1977.

Joe R. Christopher, "The Histories", George Hardin Brown ed. , *Bede, the Venerable*, Boston: Twayne, 1987.

John Blair, *The Church in Anglo-Saxon Society*, Oxford: Oxford University Press, 2005.

John Friedman, *The Monstrous Races in Medieval Art and Thought*, Cambridge, Mass. : Harvard University Press, 1981.

John Howe, "Creating Symbolic Landscapes: Medieval Development of Sacred Space", John Howe and Michael Wolfe eds. , *Inventing Medieval Landscape: Sense of Place in Western Europe*, Gainesville: University Press of Florida, 2002.

John Howe, "The Conversion of the Physical World: The Creation of a Christian Landscape", James Muldoon ed. , *Varieties of Religions Conversion in the Middle Ages*, Gainesville, Florida: University Press of Florida, 1997.

John R. Black, Tradition and Transformation in Text and Image in the Cults of Mary of Egypt, Cuthbert, and Guthlac: Changing Conceptualizations of Sainthood in Medieval England, Ph. D. dissertation, U of North Carolina, 2004.

Joyce Hill, "The Solider of Christ in Old English Prose and Poetry", *Leeds Studies in English*, Vol. 12, 1981.

J. R. R. Tolkien, *Beowulf: The Monsters and the Critics*, London: Proceedings of the British Academy, 1936.

Julia Kristeva, "About Chinese Women", Toril Moi ed., *The Kristeva Reader*, New York: Columbia University Press, 1986.

Katherine O'Brien O'Keeffe and Andy Orchard, eds., *Latin Learning and English Lore*, Toronto: University of Toronto Press, 2005.

Katherine O'Brien O'Keeffe, "*Beowulf*, lines 702b – 836: Transformations and the Limits of the Human", *Texas Studies in Literature and Language*, Vol. 23, No. 4, 1981.

Katherine O'Brien O'Keeffe ed., *Reading Old English Texts*, Cambridge: Cambridge University Press, 1997.

Katherine O'Brien O'Keeffe, "Guthlac's Crossings", *Quaestio: Selected Proceedings of the Cambridge Colloquium in Anglo-Saxon, Norse and Celtic*, Vol. 2, 2001.

Katherine O'Brien O'Keeffe, "Heroic Values and Christian Ethics", Malcolm Godden and Michael Lapidge eds., *The Cambridge Companion to Old English Literature*, 1991.

Kathleen E. Dubs, "*Guthlac A* and the Acquisition of Wisdom", *Neophilologus*, Vol. 65, No. 4, 1981.

Kemp Malone, "Grendel and His Abode", A. G. Hatcher and K. L. Selig, eds., *Studia Philologica et Litteraria in Honorem L. Spitzer*, Berne:

Francke, 1958.

Kirsten Hastrup, *Island of Anthropology: Studies in Past and Present Iceland*, Odense: Odense University Press, 1990.

Lars Malmberg, "*The Wanderer: Wapema Gebind*", *Neuphilologische Mitteilungen*, Vol. 71, No. 1, 1970.

Laura Feldt ed., *Wilderness in Mythology and Religion: Approaching Religious Spatialities, Cosmologies, and Ideas of Wild Nature*, Boston & Berlin: Walter de Gruyter, 2012.

Laura L. Howes ed., *Place, Space, and Landscape in Medieval Narrative*, Knoxville, Tenn. : University of Tennessee Press, 2007.

Laurence K. Shook, "The Burial Mound in *Guthlac A*", *Modern Philology*, Vol. 58, No. 1, 1960.

Liz Herbert McAvoy, *Medieval Anchoritisms: Gender, Space and the Solitary Life*, Woodbridge: D. S. Brewer, 2011.

Lorraine Daston and Katharine Park, *Wonders and the Order of Nature*, 1150—1750, New York: Zone Books, 1998.

Lukasz Stanek, *Henri Lefebvre on Space: Architecture, Urban Research, and the Production of Theory*, Minneapolis: University of Minnesota Press, 2011.

Lynn White Jr., "The Historical Roots of Our Ecological Crisis", *Science*, Vol. 155, No. 3767, 1967.

Malcom Andrew, "Grendel in Hell", *English Studies*, Vol. 62, No. 5, 1981.

Manish Sharma, "A Reconsideration of the Structure of *Guthlac A*: The Extremes of Saintliness", *Journal of English and Germanic Philosophy*, Vol. 101, No. 2, 2002.

Margaret Bridges, *Generic Contrasts in Old English Hagiographical Poetry*, Copenhagen: Rosenkilde and Bagger, 1984.

Margaret E. Goldsmith, "*The Seafarer* and the Birds", *The Review of English Studies*, Vol. 5, No. 19, 1954.

Martin Green ed. , *The Old English Elegies: New Essays in Criticism and Research*, Rutherford, N. J. : Fairleigh Dickinson University Press, 1983.

Mary Clayton, "Hermits and the Contemplative Life in Anglo-Saxon England", Paul E. Szarmach, ed. , *Holy Men and Holy Women: Old English Prose Saints' Lives and Their Contexts*, Albany, NY: State University of New York Press, 1996.

Max Oelschlaeger, *The Idea of Wilderness: From Prehistory to the Age of Ecology*, New Haven: Yale University Press, 1991.

Merlin Coverley, *Psychogeography*, Harpenden: Pocket Essentials, 2006.

M. G. McGeachy, *Lonesome Words: The Vocal Poetics of the Old English Lament and the African-American Blues Song*, New York: Palgrave Macmillan, 2006.

Michael Camille, *Image on the Edge: The Margins of Medieval Art*, Cambridge, Mass. : Harvard University Press, 1992.

Michael Lapidge and D. Dumville, eds. , *Gildas: New Approaches*, Woodbridge: The Boydell Press, 1984.

Michael Lapidge, *Anglo-Latin Literature* 600 – 899, London & Rio Grande: The Hambledon Press, 1996.

Michael Swanton, *English Literature before Chaucer*, New York: Longman, 1987.

Michel de Certeau, *The Practice of Everyday Life*, trans. S. Rendall, Berkeley: University of California Press, 1984.

Michel Foucault, "Of Other Spaces", *Diacritics*, Vol. 16, No. 1, 1986.

Mike Crang, *Cultural Geography*, London: Routledge, 1998.

Natalia Breizmann, " 'Beowulf' as Romance: Literary Interpretation as

Quest", *Modern Language Notes*, Vol. 113, No. 5, Comparative Literature Issue, 1998.

Neil Smith, *Uneven Development*, 3rd ed. , Athens, GA: University of Georgia Press, 2008.

Nicholas Howe ed. , *Home and Homelessness in the Medieval and Renaissance World*, Notre Dame: University of Notre Dame Press, 2004.

Nicholas Howe, *Migration and Mythmaking in Anglo-Saxon England*, New Haven: Yale University Press, 1989.

Nicholas Howe, "The Landscape of Anglo-Saxon England: Inherited, Invented, Imagined", John Howe and Michael Wolfe, eds. , *Inventing Medieval Landscape: Sense of Place in Western Europe*, Gainesville: University Press of Florida, 2002.

Nicholas Howe, "Two Landscapes, Two Stories: Anglo-Saxon England and the United States", Paolo Squatriti ed. , *Natures Past: The Environment and Human History*, Ann Arbor: University of Michigan Press, 2007.

Nicholas Howe, *Writing the Map of Anglo-Saxon England: Essays in Cultural Geography*, New Haven: Yale University Press, 2008.

N. J. Higham, and Martin J. Ryan eds. , *The Landscape Archaeology of Anglo-Saxon England*, Woodbridge: The Boydell Press, 2010.

Oliver Rackham, *Trees and Woodland in the British Landscape*, London: J. M. Dent & Sons Ltd. , 1990.

Patrick Wormald, *The Times of Bede: Studies in Early English Christian Society and Its Historians*, Oxford: Blackwell Publishing, 2006.

Paul E. Szarmach ed. , *Sources of Anglo-Saxon Culture*, Kalamazoo, MI: Medieval Institute Publications, 1986.

Paul F. Reichardt, "*Guthlac A* and the Landscape of Spiritual Perfection", *Neophilologus*, Vol. 58, No. 3, 1974.

Paul H. Santmire, *The Travail of Nature*, Philadelphia: Fortress Press, 1985.

Peter Clemoes, *Interactions of Thought and Language in Old English Poetry*, Cambridge: Cambridge University Press, 1995.

Phillip Pulsiano and Elaine M. Treharne, eds. , *A Companion to Anglo-Saxon Literature*, Oxford: Blackwell Publishers Ltd. , 2001.

Rebecca Stephenson and Emily Thornbury, eds. *Latinity and Identity in Anglo-Saxon Literature*, Toronto: University of Toronto Press, 2016.

R. F. Leslieed, *Three Old English Elegies*, Manchester: Manchester University Press, 1961.

Richard Butts, "The Analogical Mere: Landscape and Terror in *Beowulf*", *English Studies*, Vol. 68, No. 2, 1987.

Richard Gameson ed. , *The Cambridge History of Book in Britain*, Vol. 1 c. 400 – 1100, Cambridge: Cambridge University Press, 2012.

Richard J. Schrader, "Sacred Groves, Marvellous Waters and Grendel's Abode", *Florilegium*, Vol. 5, 1983.

Robert A. Dodgshon, *The European Past: Social Evolution and Spatial Order*, New York: Palgrave, 1987.

Roberta Gilchrist, *Gender and Material Culture: The Archaeology of Religious Women*, London: Routledge, 1994.

Robert W. Hanning, *The Vision of History in Early Britain from Gildas to Geoffrey of Monmouth*, New York: Columbia University Press, 1966.

Roderick Nash, *Wilderness and the American Mind*, 3rd edn. , New Haven & London: Yale University Press, 1982.

Rosemary Woolf, "Saints' Lives", Eric Gerald Stanley ed. , *Continuations and Beginnings: Studies in Old English Literature*, London: Nelson, 1966.

Rosemary Woolf, "The Devil in Old English Poetry", *The Review of English*

Studies, Vol. 4, No. 13, 1953.

Ruth Wehlau, *The Riddle of Creation*: *Metaphor Structures in Old English Po-etry*, New York: Lang, 1997.

Sam Newton, *The Origins of Beowulf and the Pre-Viking Kingdom of East An-glia*, Cambridge: Cambridge Press, 1993.

Scott DeGregorio, "Bede's *In Ezram et Neemiam* and the Reform of the North-umbrian Church", *Speculum*, Vol. 79, No. 1, 2004.

Shari Horner, *The Discourse of Enclosure*: *Representing Women in Old English Literature*, Albany: State University of New York Press, 2001.

Simon Schama, *Landscape and Memory*, London: Harper Collins, 1995.

S. L. Clark and Julian N. Wasserman, "The Imagery of *The Wanderer*", *Neophilologus*, Vol. 63, No. 2.

Stanley B. Greenfield and Daniel G. Calder, *A New Critical History of Old English Literature*, *with a Survey of the Anglo-Latin Background by Mi-chael Lapidge*, New York & London: New York University Press, 1986.

Stanley B. Greenfield, "Attitudes and Values in *The Seafarer*", *Studies in Philology*, Vol. 51, No. 1, 1954.

Stanley B. Greenfield, *Hero and Exile*: *The Art of Old English Poetry*, Lon-don: Hambledon Press, 1989.

Stanley B. Greenfield, "The Old English Elegies", Eric Gerald Stanley ed. , *Continuations and Beginnings*: *Studies in Old English Literature*, Lon-don: Nelson, 1966.

Stephen A. Gottlieb, "The Metaphors of *The Wanderer*, Lines 53a – 55a", *Neuphilologische Mitteilungen*, Vol. 66, No. 2, 1965.

Stephen J. Harris, *Race and Ethnicity in Anglo-Saxon Literature*, New York: Routledge, 2003.

Stopford Brooke, *English Literature from AD 670 to AD 1832*, 3rd rev. edn. ,

London: Macmillan, 1897.

Susan Bratton, *Christianity, Wilderness, and Wildlife*, Scranton, Pa. : University of Scranton Press, 1993.

Susan M. Kim, "Man-Eating Monsters and Ants as Big as Dogs: The Alienated Language of the Cotton Vitellius A. xv 'Wonders of The East'", L. A. J. R. Howen ed. , *Animals and the Symbolic in Medieval Art and Thought*, Groningen: Egbert Forsten, 1997.

Thomas O'Loughlin, "Living in the Ocean", Cormac Bourke ed. , *Studies in the Cult of Saint Columba*, Dublin: Four Courts Press, 1997.

Tim Cresswell, *Place: A Short Introduction*, Malden, MA: Blackwell Publishing, 2004.

Tim Pestell, *Landscapes of Monastic Foundation: The Establishment of Religious Houses in East Anglia c. 650 – 1200*, Woodbridge: The Boydell Press, 2002.

Victor Turner, *From Ritual to Theatre: The Human Seriousness of Play*, New York: PAJ Publications, 1982.

Victor Turner, *The Ritual Process: Structure and Antistructure*, Ithaca: Cornell University Press, 1977.

Vivian Salmon, "*The Wanderer* and *The Seafarer* and the Old English Conception of the Soul", *Modern Language Review*, Vol. 55, No. 1, 1960.

Walter J. Ong, *Orality and Literacy: The Technologizing of the Word*, London & New York: Routledge, 2002.

W. Cunningham, *Saint Austin and his Place in the History of Christian Thought*, Cambridge: Cambridge University Press, 1886.

W. F. Bolton, *Alcuin and Beowulf: An Eight-Century View*, London: Edward Arnold Ltd. , 1979.

W. F. Bolton, "The Background and Meaning of Guthlac", *Journal of English and Germanic Philology*, Vol. 61, No. 3.

W. G. Hoskins, *The Making of the English Landscape*, London: Hodder and Stoughton Ltd., 1995.

［英］W. G. 霍斯金斯:《英格兰景观的形成》,梅雪芹、刘梦霏译,商务印书馆 2018 年版。

William Witherie Lawrence, "The Haunted Mere in Beowulf", *PMLA*, Vol. 27, No. 2, 1912.

Yi-Fu Tuan, *Space and Place: The Perspective of Experience*, Minneapolis: University of Minnesota Press, 1977.

Yi-Fu Tuan, "Thought and Lanscape: The Eye and the Mind's Eye", D. W. Meinig ed., *The Interpretation of Ordinary Landscapes: Geographical Essays*, Oxford: Oxford University Press, 1977.

Yi-Fu Tuan, *Topophilia: A Study of Environmental Perception, Attitudes, and Values*, Cambridge: Cambridge University Press, 1974.

陈才宇:《古英语与中古英语文学通论》,商务印书馆 2007 年版。

［法］德勒兹、加塔利:《资本主义与精神分裂（卷 2）:千高原》,姜宇辉译,上海书店出版社 2010 年版。

［美］段义孚:《空间与地方:经验的视角》,王志标译,中国人民大学出版社 2017 年版。

［美］段义孚:《恋地情结》,志丞、刘苏译,商务印书馆 2018 年版。

［法］加斯东·巴什拉:《空间的诗学》,张逸婧译,上海译文出版社 2013 年版。

江泽玖:《英雄史诗 Beowulf 中的妇女形象》,《上海外国语学院学报》1982 年第 2 期。

李赋宁编著:《英语史》,商务印书馆 1991 年版。

李赋宁、何其莘主编:《英国中古时期文学史》,外语教学与研究出版社 2006 年版。

刘乃银：《时间与空间：〈贝奥武甫〉的结构透视》，《国外文学》1995
　　年第 2 期。

陆扬：《空间理论和文学空间》，《外国文学研究》2004 年第 4 期。

罗芃主编：《改革开放 30 年的外国文学研究》（第一卷，文献综述，上），
　　北京大学出版社 2018 年版。

[法] 米歇尔·德·塞托：《日常生活实践（1. 实践的艺术）》，方琳琳、
　　黄春柳译，南京大学出版社 2015 年版。

王继辉：《论盎格鲁—撒克逊文学和古代中国文学中的王权理念：〈贝
　　奥武夫〉与〈宣和遗事〉的比较研究》，北京大学出版社 1996
　　年版。

[英] 维克多·特纳：《象征之林——恩登布人仪式散论》，赵玉燕、欧
　　阳敏、徐洪峰译，商务印书馆 2006 年版。

吴宁：《日常生活批判——列斐伏尔哲学思想研究》，人民出版社 2007
　　年版。

肖明翰：《英语文学传统之形成：中世纪英语文学研究》（上册），社会
　　科学文献出版社 2009 年版。

杨慧林、黄晋凯：《欧洲中世纪文学史》，译林出版社 2001 年版。

杨开泛：《国内古英语文学研究 30 年述评》，《理论月刊》2012 年第 8 期。

[英] 约翰·布莱尔：《盎格鲁—撒克逊简史》，肖明翰译，外语教学与
　　研究出版社 2008 年版。

张涛：《论古英语诗歌中荒野景观的文化内涵：从亨利·列斐伏尔的后现
　　代空间理论谈起》，《暨南学报》（哲学社会科学版）2014 年第 5 期。

后　记

　　这本书是我踏入中世纪英国文学研究领域进行学术探险的一个阶段性成果。回想这一段通往益格鲁—撒克逊文学研究的行程，有过困惑和挫折，但这段求索也令我收获了珍贵的学术成长。项目书稿的完成与两段经历息息相关，其一是在上海的求学经历，另一则是在剑桥大学进行的访学。

　　2010 年的秋天，我决定将博士研究对象定为英国中世纪早期的文学作品。之所以做出这样一个大胆的选择，深受恩师华东师范大学外语学院的刘迺银教授的鼓励与引导。刘老师当年师从国内中古英语文学研究领路人李赋宁先生，在北京大学完成了关于乔叟的博士论文。刘老师总是鼓励自己的学生去中世纪文学的领域闯一闯，他说那是国内学界还未开垦的一块学术荒地，需要年轻的学者去拓荒、去耕作。感谢恩师，他渊博的知识和对英国文学的开阔视野为我打开了一个值得终身探索的学术领域，他的细致耐心的指导使我获益良多，他的严谨的治学态度和高尚的人格品质给予了我深刻的影响，会一直激励我专注投入自己的研究事业。

　　十分感谢母校华东师范大学这个多元化的平台，我在那里连续完成了硕士和博士阶段的学习，深切喜爱华东师大充满活力的学术环境。一方面外语学院拥有众多优秀的教师，在他们的课上学到的不仅仅是文学文化的知识，更有对待教学及科研认真且开明的态度，毕业已经数载，依然怀念那里春风化雨的氛围。感谢金衡山教授、费春放教授、陈茂庆教授、廖炜春教授，他们精彩的授课与中肯的指导使我终身受益。另一方面，外语学院之外的天地也给了我思想驰骋的宽广空间。在攻读硕博期间，选修了大量的跨系课程，去哲学系和思勉人文高等研究院听了很多关于西方古典哲学和思想史的课程与讲座，这些学术大家们的渊博学识令我领略到人文学科研究的大智慧，深刻影响了我的阅读与思考。这些知识养分给了本人想要古今贯通的一份勇气，在这本书里力求实现现代理论与古典文本的对话。尤其要感谢哲学系张小勇博士，他开设的拉丁语课程使我接近和实现了对这门古老语言的学习。

博士阶段的理论知识及语言学习，为申请获批国家社会科学基金项目打下了坚实的基础。成功立项伊始，内心涌上一种努力被看到的欣慰之情，但在随后开展项目研究的两年多时间内，虽时常体验到不断发掘新的文本和视角的快乐，同时也深感责任之重和难度之大，资料获取和同行交流面临诸多困难。2017 年我获得了一次宝贵的机会，由国家留学基金委资助，去剑桥大学进行为期一年的访学。我访学的盎格鲁—撒克逊、诺尔斯语与凯尔特语系是目前全世界唯一一个以盎格鲁—撒克逊研究为核心导向的系所，这里聚集了剑桥大学中世纪研究的诸多精英力量，是一个教学和研究相结合的平台，具有跨学科、多语言、多元文化的特点。我积极参与了《古英语语言和文学》《拉丁语语言和文学》《文献学和古文书学》以及《盎格鲁—撒克逊历史》等课程学习及讨论。尤其是在参与文献学的课程时，授课教师和专家带领我们去各个图书馆近距离观察中世纪的手稿，面对上千年古老的手稿时，能清晰看到上面的纹理、书写与插图，直观感受到了过去文明蓬勃而出的生命力，对所从事的研究有了更强的使命感。尤其要感谢导师 Richard Dance 教授，他是古英语文学方面的专家，为人十分亲切，给了我诸多建议和指导，还关心我在国内进行研究的难处，一直肯定和鼓励我。系里其他教授、专家和教师以及博士也给了我很多支持和帮助。要感谢 Rosalind

Love 教授在申请留学基金委项目过程中给予的帮助，虽然正值学术休假期，她还是通过邮件和见面讨论给了我很多关于拉丁语文本的指导。感谢 Simon Keynes 教授的精彩课程和讲座，让历史变得更加生动与具体。感谢 ASNC Society 这个大家庭，每周都能和很多志同道合的青年学者们进行聚会和交流，让单一的研究生活多了份精彩，少了份孤独。

这一路走来，要感谢的人还有很多，同门师兄师姐们给了我很多支持，尤其是陕西师范大学的张亚婷教授和温州大学的杨开泛博士与我分享了资料，提出了意见。我的工作单位安徽师范大学的领导和同事们给了我坚实的支持，蔡玉辉教授对我的项目申请和论文撰写提出了很多宝贵的建议。还有本科好友戴园园博士在美国读硕和香港大学读博期间，也帮助搜集了大量资料。总之，谢谢众多师友们的支持和鼓励，这里一并表达感谢。

感谢国家社会科学基金项目的大力支持，令我在艰难的时刻看到前进的光亮。感谢国家留学基金委和安徽师范大学，使我有机会去英国剑桥大学访学，感谢中国社会科学出版社文学艺术与新闻传播出版中心主任郭晓鸿女士的大力支持与辛勤劳动，使此书得以顺利出版。最后要感谢我的家人，要对一直支持我的父母说一声谢谢，你们的爱与理解、支持与包容是我航行中最温暖的港湾，也令我更加坚定自己的选择与前行的方向。

张　涛

2021 年 1 月